金陵全書

丁編·文獻類

臨川先生文集（四）

（宋）王安石 撰

南京出版社
南京出版傳媒集團

圖書在版編目（CIP）數據

臨川先生文集；臨川集拾遺 /（宋）王安石撰；羅振玉輯. -- 南京：南京出版社, 2023.6
（金陵全書）
ISBN 978-7-5533-4160-6

Ⅰ. ①臨… Ⅱ. ①王… ②羅… Ⅲ. ①中國文學－古典文學－作品綜合集－北宋 Ⅳ. ①I214.42

中國國家版本館CIP數據核字（2023）第058288號

書　　名　【金陵全書】（丁編・文獻類）
　　　　　臨川先生文集・臨川集拾遺
作　　者　（宋）王安石
出版發行　南京出版傳媒集團
　　　　　南　京　出　版　社
　　　　　社址：南京市太平門街53號　　郵編：210016
　　　　　網址：http://www.njcbs.cn　　電子信箱：njcbs1988@163.com
　　　　　聯系電話：025-83283893、83283864（營銷）　025-83112257（編務）

出 版 人　項曉寧
出 品 人　盧海鳴
責任編輯　程　瑶
裝幀設計　楊曉崗
責任印製　楊福彬

製　　版　南京新華豐製版有限公司
印　　刷　南京凱德印刷有限公司
開　　本　889毫米×1194毫米　1/16
印　　張　164
版　　次　2023年6月第1版
印　　次　2023年6月第1次印刷
書　　號　ISBN　978-7-5533-4160-6
定　　價　3200.00元（全四册）

用微信或京東APP掃碼購書

用淘寶APP掃碼購書

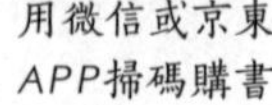

臨川先生文集卷第七十七

書

上張太博書二

某愚不識事務之變而獨古人是信聞古有堯舜也者其道大中至正常行之道也得其書閉門而讀之不知憂樂之存乎己也穿貫上下浸淫其中小之爲無間大之爲無崖岸要將一窮之而已矣中不幸而失先人母老弟弱衣穿食單有寒餓之疾始憮然欲出仕往即焉而乃幸得於今年矣唯是憂患疢

筋力之憊而神明之昏也學日以落而廢職之咎幾不能以免其敢出所有以求當世貴者之識哉其亦偷禄焉而已矣今也執事廷之勤問之密而又使獻其所爲文其又敢自閉匿以重不敏而虚教命之辱哉謹書所爲原説詩序書詞凡十篇獻左右夫文者言乎志者也既將獻故又書所以志以爲之先焉冒犯威重惟恕之

二

某意味淺薄不知所以爲文得君子過顧不能閉伏所短以終取憐聞命之辱輒具以獻退自悔恐且得罪戾而失所以望於君子者伏惟執事有特之盛名而不以矜愚有使者之重而不以驕微賤報之書援

之欲其至於道加賜所作使得覘而法之誠見執事之賢於人也賢與衆人之所以異不在此其將安在伏惟執事之用心持久而力行則環偉閎廓自重之士將皆願綴於門闌之游豈獨某哉其將從某者始也既拜賜敢不獻其將然

上人書

嘗謂文者禮教治政云爾其書諸策而傳之人大體歸然而已而曰言之不文行之不遠云者徒謂辭之不可以已也非聖人作文之本意也自孔子之死久韓子作望聖人於百千年中卓然也獨子厚名與韓並子厚非韓比也然其文卒配韓以傳亦豪傑可畏者也韓子嘗語人以文矣曰云云子厚亦曰云云疑

二子者徒語人以其辭耳作文之本意不如是其已也孟子曰君子欲其自得之也自得之則居之安居之安則資之深資之深則取諸左右逢其原孟子之云爾非直施於文而已然亦可託以為作文之本意且所謂文者務為有補於世而已矣所謂辭者猶器之有刻鏤繪畫也誠使巧且華不必適用誠使適用亦不必巧且華要之以適用為本以刻鏤繪畫為之容而已不適用非所以為器也不為之容其亦若是乎否也然容亦未可已也勿先之其可也某學文久數挾此說以自治始欲書之策而傳之人其試於事者則有待矣其為是非耶未能自定也執事正人也不阿其所好者書雜文十篇獻左右願賜之教使之是

嘗有定焉

上凌屯田書 代人作

俞跗扁鵲醫之良者也其足之所經耳目之所接有人於此狼疾焉而不治則必欿然以爲己病也雖人也不以病俞跗扁鵲焉則少矣隱而慮俞跗扁鵲之心其羞嫌書某有狼疾焉則何如也末如之何其已未有可以治焉而忽者也今有人於此弱而孤壯而屯屢困塞先大父棄館舍于前而先人從之爾世之極寠而不能葬也嘗觀傳記至春秋過時而不葬與子思所論未葬不變服則戚然不知涕之流落也竊悲夫古之孝子慈孫嚴親之終如此其甚也今也乃獨以寠故犯春秋之義拂子思之說鬱其爲子孫之心而不得伸

猶人之瘕疾也寧有閒哉惟執事仁而躬義憫鄉而悼厄窮人之命對也而又有先人一日之雅焉某之疾庶幾可以治焉者也是敢不謀於龜不介於人跋千里之途犯不測之川而造執事之門自以為得所歸也執事其忽之歟

與祖擇之書

治教政令聖人之所謂文也書之策引而被之天下之民一也聖人之於道也蓋心得之作而為治教政令也則有本末先後權勢制義而一之於極其書之策也則道其然而已矣彼陋者不然一適焉一否焉非流焉則泥非過焉則不至甚者置其本求之末當後者反先之無一焉不悖於極彼其於道也非心得

之也其書之策也獨能以不詩耶故書之策而書引而教之天下之民反不善焉無矣二帝三王引而教之天下之民而善者也孔子孟子書之策而善者也皆聖人也易地則皆然某生十二年而學學十四年矣聖人之所謂文者私有意焉書之策則未也間或悱然動於事而出於詞以警戒其身若施於友朋褊迫陋庳非敢謂之文也乃若有執事欲收而教之使獻焉雖自知明敢自蓋耶謹書所為書序原說若干篇因敘所聞與所志獻左右惟賜覽觀焉

與孫子高書

子高足下辱賜教遷及樂道之深反復詳悉論議懇至於心幸天介踈謹與時多忤始自恃以今則弊無以養故應舉

京師名錯百千人然不顧過爲人知亦誠無以取知
於人獨因友兄田以遇得進之倖實二君子不我愚
而許之朋往往有溢美之言實疑於人抑二君子實
過豈某願哉兄乃亦收其辭以爲既見直二君子之過
而深某之慙也其取予乎兄粹淳嘗深文彩焰然而
推縮鋒角不自矜舊具大樹立之器人所趨慕宜擇
豪異而明之顧眷眷於某豈今所謂同年交者固皆
當然哉某願從兄並求誠不待同年然後定也承日與
介第讀肆國史商較盛衰甚盛甚孔子曰吾之空
言不如見之行事深切著明也私立一言甚於兄爲是見
奉計縣嘗度江南上一日盡室行汴山清華有可樂
要無良明以共之亦足憮然奉寄寔外奉親自壽

與孫侔書三

某頓首昔辱書具感恩意之厚先人銘固嘗用子固文
但事有缺略向時忘與議定又有一事須至別作然
不可以書傳某於子固亦可以忘形迹矣而正之云
然則某不敢易矣雖然告正之作一碣立於墓門使
人之名德不泯幸矣今子固亦近得書要某云不
表此遂入京恐欲知故及此秦氏事固如足下說
向秦詭較乃已入京考於禮蓋亦皆如足下之說但
愁痛不能具道此意以貫於賢者耳銘事子固不以
我罪我兩人者以事有會然者且吾兩人與子固豈
當相求於形迹間耶然能不失形迹亦大善唯碣宜
早見示也某憂痛愁苦千狀萬端書所不能具以此

思足下欲飛去可以言吾心所欲言者惟正之子固耳思企思企思企千萬自愛

二

某啓手筆感媿近亦聞正之喪配未敢即問人生多難乃至此乎當歸之命耳人情處此豈能無懸但當以理遣之無自苦爲也然此乃某不能自勝者二年之間愁釁相仍居常忽忽不自聊勉從俗徃還其心唯欲閉門坐卧耳欲往奉見久矣況以書見趣乎親老常多病生事怵迫如坐燬屋之下不可以一日輟而不圖其能遠來千里之外乎欲足下一至廣德某嘗走見矣爲十日之會亦足以晤言矣或潤州亦可也諸侯面論此不復云矣正之或來潤或廣德不可

復以它爲解矣某甚重去親側若正之難來此亦無所係着但至澗及賡德尤爲易耳

三

某到京師已數月求一官以出既未得所欲而一身爲火所燔爲生之具略盡所不燔者人而已家人又頗病人之多不適意豈獨我乎然足下之親愛我良厚其亦欲知我所以處此之安否也故及此耳知與公蘊居甚適何時當邂逅以少釋愁苦之心乎且頻以書見及某自度不能數十日亦當得一官以出但不知何處耳子高當已入京不知得及相見於京師否諸不一一千萬自愛

請杜醇先生入縣學書

人之生久矣父子夫婦兄弟宗　合朋友其倫也孰持
其倫禮樂刑政文物數制事爲其具也其具孰持之
爲之君臣所以持之也君臣不得師則不知所以爲君
臣不得師則不知所以爲臣爲之師所以并持之也
君不知所以爲君臣不知所以爲臣人之類其不相
賊殺以至於盡者非幸歟信乎其爲師之重也古之
君子尊其身恥在舜下雖然有鄙夫問焉而不敢忽
斂然後其身似不及者有歸之以師之重而不辭曰
天之有斯道固將公之而我先得之得之而不善誨
於人使同我所有非天意且有所不忍也某不得縣於
此踰年矣方因孔子廟爲學以教養縣子弟愿先生
留聽而賜臨之以爲之師某與有聞焉伏惟先生不

與古之君子者異其意也幸甚

二

惠書何推褒之隆而辭讓之過也仁人君子有以教人義不辭讓固已爲先生道之今先生過引孟子柳宗元之說以自辭孟子謂人之患在好爲人師者謂無諸中而爲有之者豈先生謂哉彼宗元患知道尊退之毋爲師其孰能爲師天下士將患乎師哉夫誇與譽非君子所卹也適於義而已矣一不日適於義而毀謗之卹是薄世終無君子唯先生圖之示詩賛而無邪亦足見仁人之所存甚善甚善

答孫元規大資書

其不學無術少孤以賤材行無可道而名聲不聞於

當世巨公貴人之門無可進之路而亦不敢輒有意於求通以故聞閤下之名於天下之日久而獨未嘗得望履舃於門比者得邑海上而聞左右之別業實在敝境猶不敢因是以求聞名於從者卒然蒙賜教督讀之茫然不知其爲愧且恐也伏惟閤下危言讜論流風善政簡在天子之心而諷於士大夫之口名聲之盛位勢之尊不宜以細故苟自貶損今曖曖之跡先加於新進之小生疑左右者之誤而非閤下之本意也以是不敢即時叅謝以忤聽以累左右而自得不敏之誅顧未嘗一日而忘拜賜也今茲來又拜教之辱然後知閤下眞有意其存之也夫禮之有施報自敵以下不可廢況王公大人而先加禮新

達之小生而莫敢譏之禮欽然若反之其爲罪也大矣雖聰明寬闊莫有以容而察於此而獨區區之心不知所以裁焉

答孫少述書

少述足下某天稟疎介與時不相值生平所得數人而已兄素固知之置此數人復欲強數指不可謂嗟哉兄之日淺而相愛深別後焦然如失所憑兄易問者八九壽答卒不過一冊而已以爲吾黨之相與情誼何如爾間之密疏不足計也不能無今之游交笑讀之使午行於涂嘗某於兄願不能抵此月十二日抵眞州明日當舟行無暮嘗爲宋先生叙字且虜所覡詩以寄元珍去月代書民先受鄙邑爲之奈何近日

人事可嗟可惟者衆何時見兄論之春暄自重

答王該秘校書

某不思其力之不任也而唯孔子之學操行之不得取正於孔子焉而已官爲吏非志也竊自比古之爲貧者不知可不可耶今之吏不可以語古拘於法限於勢又不得久以不見信於民民源源然日入貧惡借令孔子在與之百里尚恐不得行其志於民故凡某之施設亦苟然而已未嘗不自愧也足下乃從而譽之豈其聽之不詳耶且古所謂蹈之者徒若是而止耶殆不若是而止也易子之事未之聞也幸教之亦未敢忽也

某頓首自足下之歸未得以書候動止而以慰左右者之憂乃辱書告以所不聞幸甚如見譽則過其實甚矣告者歎足下也其尤顯白不可欺者縣之獄至或歷累月而無一日之空屬民治以苟自免以得罰者以十數安在乎民之無訟而服役之不辭哉且某之不敏不幸而無以養故自縻於此蓋古之人有然者謂之爲貧之仕爲乘田曰牛羊蕃而已矣爲委吏曰會計當而已矣牛羊之不蕃會計之不當斯足以得罪牛羊蕃而已矣會計當而已矣亦不足道也唯其所聞數以見告幸甚

答張幾書

張君足下某常以今之仕進爲皆詘道而信身者顧

有不得已焉者捨爲仕進則無以自生捨爲仕進而求其所以自生其詘道有甚焉此固某之亦不得已焉者獨嘗爲進說以勸得已之士焉得已而已焉者未見其人也不圖今此而得足下焉足下恥爲進士貴其身而以自娛於文而貧無以自存此尤所以爲難者凡今於此不可毋進謂也况如某少知義道之所存乎今者足下乃先貶損而存之賜之書詞盛指過不敢受而有也惟是不敏之罪不知所以辭敢布左右惟幸察之而已

答楊忱書

承賜書虛欲交之不知其爲懼與媿也已又喜焉聞君子者仁義塞其中澤於面浹於背謀於四體而出

於言唯志仁義者察而識之耳然尚有其貌濟其言匱其言濟其實匱者非天下之至察何與焉某嘗窮觀古之君子所以自為者顧而自忖其中則欿然又思昔者得見於足下俯數刻爾就使其中有絶於衆人者亦未嘗得與足下言也足下何愛而欲交之邪或者焯然察其有似邪夫顧而自忖其中則欿然其為貌言也乃有以君君子之愛宜乎不知其為懼與媿也然而足下自許不妄交則其交之也固宜相切以義以就其人之材而後已爾則某也甚有賴其為言也可以已邪

荅陳柅書

某啓伏蒙不遺不肖而身辱先之示之文章使得窺

究其所蘊又取某所以應見聞者而序而存之以寵其行足下之賜過矣不敢當也某儒陋淺薄學未成而往其言行往往背戾於聖人之道擯而後復者非一事也自度尚不足與庸人爲師况敢足下之辨良後明安能一有所補邪雖然足下過聽誦某所序而存者或非某所聞於師友之本指也則義不得默然而已某生之書其通性命之分而不以死生禍福累其心此其道聖人也自非明智不能及此明智矣讀聖人之說亦足以及此不足以及此而陷溺於周之說則其爲亂大矣墨翟非亢然誣聖人而立其說於世蓋學聖人之道而失之耳雖周亦然韓氏作讀墨而又謂子夏之後流而爲莊周則莊墨皆學聖人而失其源者

也老莊之書具在其說未嘗及神仙唯葛洪爲二人作傳以爲仙而足下謂老莊潛心於神仙疑非老莊之實故嘗爲足下道此老莊雖不及神仙而其說亦不皆合於經蓋有志於道者聖人之說博大而閎深要當不遺餘力以求之是二書雖欲讀抑有所不暇某之所聞如此其離合於道惟足下自擇之

荅余京書

某行不足以配古之君子智不足應今時之變宜竊食窮縣而無勢於天下非可以道德而謀功名之合也今足下貺損手筆告之所存文辭博美義又宏廓守而充之以卒不還其至可量邪顧告之非其所推褒之語不以實稱顯有以不敢歟足下著孔子曰不患

人之不己知患己不知人也此亦足值足下知人之
明獨媿而已不敢當也

答王景山書

某愚不量力而唯古人之學求友于天下久矣聞世
之文章者輒求而不置豈取友不敢須臾忽也其意
豈止於文章耶讀其文章庶幾得其志之所存其文
是也則又欲求其質是則固將取以為友焉故聞足
下之名亦欲得足下之文章以觀不圖不遺而惠賜
之又論以見存之意幸甚幸甚書稱歐陽永叔尹師
魯蔡君謨諸君以見比此數公今之所謂賢者不可
以某比足下又以江南士大夫為能文者而李泰伯
曾子固豪士某與納焉江南士大夫良多度足下不

徧識安知無有道與藝閉匿不自見於世者乎特以二器槩之亦不可也況如某者豈足道哉恐傷足下之信而又重某之無狀不敢當而有也孔子曰十室之邑必有忠信如丘者聖人之言如此唯足下思之而已聞將東游它語須面盡之

臨川先生文集卷第七十七

臨川先生文集卷第七十八

書

荅郊大夫書

與章參政書

與王宣徽書三

與彭器資書

與程公闢書

與李修撰書復圭

與徐賢良書

與楊蟠推官書二

與孟逸祕校手書九

與樓郁教授書

承敎并致令嗣埋銘祭文發揮德美足以傳後其

感惻豈可勝言妻子以虧於人事惟覬見令嗣數數款[illegible]之心所愛尚不知應接之勞也不圖奄忽遂隔生死言及於此祇傷慈念然壽夭有命悲痛無補惟覬以理自開釋耳無緣會晤千萬良食自愛

與章參政書

自聞休命日與賢士大夫同喜承誨示重以感媿又喜動止多福某外尸榮祿幸可以小惕而痞端稍瘳即苦瞀眩拔老殘年況不復久唯祝公爲時自愛勉建功業稱明主眷遇而已書不逮意想蒙恕亮

與王宣徽書

某頓首再拜阻闊門墻浸彌年月惓惓鄉往豈可勝言某屏居丘園衰疾日嬰闕於修問想蒙矜恕北部

徛校偶至北山得聞比日動止康豫深慰鄙情也南北遼闊無緣進望履舄惟冀爲時倍保崇重無任禱頌之至

又

某頓首再拜留守宣徽太尉台座久違言侍豈勝瞻仰山川阻闊修問曠踈竊惟尊體動止萬福門內吉慶新正伏冀爲國自重下情禱頌之至不宣

二

某惶恐再拜伏承屢求自佚　聖上貪賢想必未遂高懷無緣造詣豈勝企仰某衰疾日積待盡丘園無苟眷記但深感切

與彭器資書四

某啓數得會晤甚深以慰釋遽當乖闊豈勝係戀[illegible]無緣追路且爲道自愛謹勤此以代面敘

與程公闢書

某啓比承故人遠屈殊以不獲從容爲恨叉煩專使貺以好音豈勝感悵陰晴不常寒暄屢變尤喜跋涉動止安豫平字韻詩不敢違指聊供一笑集古句亦勉副來諭不足傳示也尚此阻闊惓惓可知千萬自愛以副情禱也不宣厚之康強必數相見久欲致書未果幸因晤語爲道惓惓也

與李修撰書 復圭

某啓比得奉餘論殊以不從容爲恨忽復改歲豈勝

思但乃煩枉教慰感何可復言比凡言動止多福日冀
别膺休命復得展晤於丘園未間以食自壽不宣

與徐賢良書

某叩首再遞面启向蒙賢者不以無狀遠賜存省區
區哀感所不可言自後日欲修問而乃重煩手教寵
加無慮重以愧惕也從是北征計在旬月過潤吉此
甚近以凡蹉之故無由一至京口奉候瞻向之情可
以意知也自别　不復治禮亦時時體中疾病諸非
面見何可言也千萬自愛數以書見及幸甚尊兄支
福不及别削也

與楊蟠推官書

某頓首推官足下辱手筆所以見教者過當不敢當

也某不爲通乎道者曰有志乎道可也方當求正乎人某敢正人乎哉讀足下之文但知畏之而已足下固嘗得賢人者而師之願造請益聞焉以私故未遑謹奉手啓不宣

二

某頓首區區之意已白左右參乎不見亮而相責望加焉夫豈敢有愛哉特無以當所欲耳雖然得間將識進其疑者亦冀足下或有以開之不宣

與孟逸秘校手書

某頓首秘校足下自京師奉別於今已八九年事物之役少休息時不得暇問但增勤企忽得書乃知尚滯下邑幸得會合歡慰固無量顧乘一日之雅而

以公函見賜竊戁怍不知所謂也尋見在齋于鳥自
愛他留面陳

二

某頓首昨日以旱事奉報既而且以書抵王公言今
旱者皆貧民有司必不得已不若取諸富民之有良
田得穀多而售數倍之者貧民被災不可一一恤也度
治所已接狀矣然民既爲使者所沮得無貧儒力不
能復自訴者乎唯念之屯田必已入城矣前治畜叔
事何其詳也錦鶏更求兩雌不欲忤物姑且欲存自
愛

三

某頓首數日得奉談笑殊自慰别後懷渴[illegible]深以[illegible]

動止萬福鬫巳領得感作當有元給之直幸示下不然則曾自是不贖人矣按田良苦惟寬中自愛兩日稍寒矣尤宜自愛

四

某頓首到郡怱怱欲一詣邑奉見尚未果伏惟動止萬福歲饑如此幸得賢令君相與爲治宜不至有失所者然聞富室之藏尚有所閉而未發者切以謂方今之急閤下宜勉數日之勞躬往隱括而發之裁其價以予民損有餘以補不足天之道也悠悠之議恐不足卹在力行之而巳不知鄙見果可行否幸一報有以見敎幸多及屯田尊候萬福不及上狀不知端州何時可以到此欲及其將至使人以書迓之幸一

爲致問示及不久得奉見未爾自愛

五

某頓首某不肖學不得盡意於文章仕不得行其所學苟居竊食動輒媿心而世之同好惡者已云少矣遇足下於此最爲相盡義不得諱其不能之文過蒙推褒非所望也朋友道喪之日久矣以某之不肖行於前而悔之於後自己爲多矣況足下之明邪每望教督而終未蒙惟足下不遺以朋友之義見存不勝幸甚更數日遂東去十里自愛不勝思懷也

六

某頓首辱書感慰悵想按田勞苦乞自愛惟下戶所得亦不多又誠可哀至於豪右雖所謂至少未爲損也

仁明審處之而已質利甚好但其心亦自質却數十千恐不免嫌謗也邑中但痛繩之岂有不從者乎按置一二人自然趨令矣日夕思一見無由聞常因檢覆至近郊能入城否或不欲入城懼請謁之煩即至近郊可示諭當走城外奉謁也

七

某頓首辱書感慰非兄之愛厚何其能勤勤不忘如此也奔走南北而事多不能如心去就之際未知所擇安能無勞於心邪不知兄代者何時到乎春暄千萬自愛以慰鄙懷也時以書見及不勝幸願

八

某頓首近别殊思渴雨不足遽止爲之奈何兩日欲

作書往而私門不幸再得小功之訃愁苦豈可以言説邪元規得南信否昨日報之當更重其憂思然恐其急於得實又當走人往候之故耳前日所議云何欲以公往可否然元規方内憂暇議此否此決無害事但已之爲不可耳更裁之黄任道書煩送去無聊上問不謹幸憐察

九

某頓首幸以一日之雅而每辱以公禮見加非所望也蒙諭具曉盛意舉監若行辭不難也至於閤下治行自爲諸公所知不患無知已切惟以道自釋餘留面究也蠹蝕之入令歲如何邑亡歲之凶固賢令佐政治之所及也竊以爲慰

與樓郁教授書

某竊區無狀每自隱匿又宜得罪於賢者敢圖不遺辱賜手筆而副以褒揚之辭乎此乃重某之不肖使不得聞其過惡而非所以望教誨之意也足下學行篤美信於士友窮居海瀕自樂於簞瓢之內此某所仰歎也

答王逢原書

某啓不見已兩月雖塵勞汨汨企望盛德何日無之忽辱惠書承以論語義見教言微旨奧直造孔庭非極高明孰能爲之仰羨仰羨近蒙子固袞甫過我因與二公同觀尤所歎服何時得至金陵以盡遠懷不宣

荅王致先生

某頓首先生足下久不見顔色傾渴無量蒙賜手筆存奬尤過新將頗慰民望固幸甚足下無事於職而愛民之心乃至於此可以爲仁矣他留面陳悤悤不謹

回文太尉書

某再拜留守太尉儀同台座久違言燕莫勝悵仰山川阻闊久曠馳問仰惟尊體動止萬福亟圖衰疾候望無階唯冀爲時倍保崇重下情祝望之至不宣

回元少保書

某啓比承存問不敢因郵叙感日詷詧從之東馳布悃愊尋使臨門誨諭稠疊區區感激何可具言承動

止康寧深以爲慰相望數驛而褱德日滋無緣馳詣但有鄉往若春氣暄和乗興遊衍得陪几杖何幸如之未爾間伏乞良食自重不宣

二

某啓久闕修問豈勝企仰新歲想膺多福貴眷各吉慶山川相望拘綴無緣造晤冀倍自壽重以副惓惓也程公闕想日得從容也

荅范峋提刑書

某啓久阻闊豈勝鄉往承誨喻示及知舟馭已在近闕良喜動止萬福冀得瞻晤又重以喜餘非面叙不悉

二

某啓承營從數辱丘園得聞餘論多所開釋戒行有
日適以服藥疲頓不獲追路豈勝愧悵冐涉方遠冀
良食自壽以慰係戀謹奉啓以代面叙

荅孫華老書

某啓丘園自屛煩公遠居衰疾不獲奉迓仰惟營從
跋涉勞苦謹遣人馳此奉候不宣

荅俞秀老書

某啓比嬰危疾療治百端僅乃小愈竊聞秀老亦久
被枕近纔康復不知營從何時如約一至乎歲盡當
營理報寧庵舍以佇遊愒餘非面叙不悉未相見間
自愛令弟見訪闕於從容及聞邀之已過江矣聞不
久復來不及別悒也

荅宋保國書

某啓使人三至示以經解副之佳句勤勤如此豈敢鹵莽以虛來旨所示極好尚有少疑想營從非久淹於符離冀異時肯顧我可以究懷未爾爲時自愛不宣

荅熊伯通書

某啓幸得會晤豈勝欣慰遽復乖闊實深悵悒明日當展親墓不獲追送贈儀旌斾重增愧恐唯冀爲時自重受代非久北還餘非面叙不可宣究也

二

某啓久欲相送於崇某適值展墓今日聞舟師尚在淮濱猶欲與七弟一往而疲憊殊甚惓惓之情何可

其言重煩誨諭感激感激况氏書即馳送幸甚婚姻之末豈勝欣慰冬寒跋涉自愛想公非久淹南方冀復朝夕會晤於此為時自愛不宣

答蔣穎叔書

阻闊來久豈勝思渴承手筆誨以所疑因得聞動止良以為慰如慕所聞非神不能變而變以赴感特神是耳所謂性者若四大是也所謂無性者若如來藏是也雖無性而非斷絕故曰一性所謂無性曰一性所謂無性則其實非有非無此可以意通難以言了蓋惟無性故能變若有性則火不可以為水水不可以為地地不可以為風矣長來短對動來靜對此但令人勿著兩若了其語意則雖不著二邊一切著二

此亦是著故經曰不此岸不彼岸不中流長爪梵志一切法不受而佛意之以受與不受亦不受皆爭論也若知應生無所住心則但有所著皆在所訶雖不涉二邊亦未出三句若無此過即在所可三十六對無所施也妙法蓮華經說實相法然其所說亦行而已故導師曰安立行淨行無邊行上行也其所以名芬陀利華取義甚多非但如今法師所釋也佛說有性無非第一義諦若第一義諦有即是無無即是有以無有像計度言語起而佛不二法離一切計度言說謂之不二法亦是方便說耳此可冥會難以言了也

臨川先生文集卷第七十八

臨川先生文集卷第七十九

啓

罷相出鎮回謝啓
謝皇親叔敎啓
賀韓史館相公啓
回留守太尉賀生日啓
除參知政事謝執政啓
回王參政免啓
參知政事回宗室賀啓
回曾簽書免啓
上執政辭僕射啓
除宰相上兩府乞入主免啓
回謝舍人啓
回韓相公啓

回文侍中啓

賀韓魏公啓

伏審判府司徒侍中寵辭上宰歸榮故鄉兼兩鎮之節麾備三公之典冊貴極富溢而無亢滿之累名遂身退而有褒加之崇在於觀瞻孰不慶羨伏惟某官受天間氣爲世元龜誠節表於當時德望冠乎近代輿司密命總攬中權毀譽幾至於萬端夷險常持於一意故四海以公之用捨一時爲國之安危越為滿體遂躋元輔以人才未用爲大恥以國事不達爲深憂言衆人之所未嘗任大臣之所不敢及事變甚暴有成功　英宗以哀疚荒迷慈聖以謙冲退託内揆百官之衆外當萬事之微國無危疑人以書一周勅

霍光之於漢能定策而終以致疑姚崇宋璟之於唐
善處理而未嘗遭變記在舊史號為元功未有獨運
廟堂再安社稷弼亮三世敉寧四方巍然在諸公之
先難乎如今日之懿若夫進退之當於義出處之適
其時以彼相方又為特美某亦久叨庇賴實預甄收職
在近臣欲致盡規之義世當大有更懷下上之參用
自絕於高閎非敢忘於舊德邀聞新命竊御遐風瞻
望門闌不任鄉往之至

賀致政文太師啓

伏審明制閔煩安車歸憩位在三師之首名兼兩鎮
之崇誕告數聞具瞻胥慶豈惟某契竊仰高風恭惟
致政儀同太師聲冠時髦望隆國棟天應時而生德

齊考實而念功蕭何漢之宗臣方叔周之元老寵賚
莫二宜受社之葬窮懇惻有加遂留賚而弗獲贈承
雖阻企慕實深

賀留守侍中啓

伏以璽章有請辭寵甚堅遂回眞號之手以徇謙
之美爰田衍食舊鎮撫臨雖非朝廷爵以察功之心
茲見君子廉以激貪之節高風所洎薄俗以義爭[illegible]
留守太保侍中躬毅將明之才出逢開泰之運讓謙
三遷尋執事樞勳庸已著於三朝寵祿具膺參多社
惟奇出處作世表儀未遑慶牘之登首辱書之貺
承言感戢實倍悃悰

賀留守王太尉啓

春聞宇覽崇壓耆明肇建節旄再司管籥匪周邦之
爲魁乃黎獻之交欽伏惟留守太尉朝廷偉材宗廟
貴器畢聞既大寵祿用光取苛茂之十官最先諸老
間季友於兩社乃允具瞻將壇之拜既崇公袞之歸
豈況其舊眷家識拔尚阻趨承踊躍之私實爲倍百

賀致政趙少保啓

竊審抗言辭寵得謝歸榮爵西省諫諍之官序東宮
師保之位緊庭鳴玉尚仍前日之班里舍擁金甫遂
高年之樂伏惟慶慰資政少保懋昭賢業素寅亮聖時
白首之直惟清仲山之明且哲所居之名赫赫豈獨
後思爾瞻之節巖巖方當上輔遂從雅志實激貪風
久卽披承徒深欽仰

賀呂參政啓

竊聞明命登用大儒是宜朝野之交歡豈特親朋之私慶某官以君子之器值聖人之時直道王言石發承而必受淫辭所詖行雪見睍而自消果能措手之豪式受鈞衡之任王功方就焉無一責之歸國勢已安更加九鼎之重宜徙惠好過示謙謙若其同莊操之堅以稱茂恩之厚

回謝王參政啓

伏審光被上恩寵參國論明緝敷言庶幾交訢無並逕衡之君疇咨當軸之輔尚克違之敢弼則曰朕無後言欲舉弼之能宣則曰予有疏附厥像協濟乃樂是瞻當盛德之日顯覽衆材而疇舉懋庸旨各顯允屬

聖明恭惟參政侍郎秉哲存誠推仁及物告嘉謀于

啓學旨會茲幸扆揚孚號于庭辭必稽於典要以陳

謇閑邪之類應贊元經體之業宣念羈單最稱眷舊

宰鍳一斎久承論議之餘持稟三朝常嘗踐更之久

復叨恭於並命華籥幸於為儀曲荷至懷先詒重賚

克勵同寅之志敢忘眷顧之勤

賀董參政啓

某聞大號登用正人國論所歸士大屬望嘗僉參政

諫議秉所蘊甚富負在生民久矣詆相遭乃過明主遂大

甚存乎道術緒餘實見之功名湖州導發生門闌素契

方士師之來立可謂日知所樂正之前為云胡不喜

更荷誨言之無間但慚慶禮之不先

免參政上兩府啓

恕奉明綸俾參大政蒙恩則厚撫己不遑矧以聖明之時尤藉輔弼之任實人或謬責人□非輕□敢拙辭仰慚優渥雖已陳情而懇避者□□汗之雖退敢竭丹衷更煩公議伏惟某官望隆熙世謀協聰僉矜一介之誠願借半辭之助使安常分無忝□時亦所以正選用之體恩不獨荷保全之私惠

答高麗國王啓

伏以邈疆阻闊覿上無階道義流聞瞻言𡩋食禮及國勢寶在辰遠以好音申之嘉惠眷存即厚慰感實深恭惟大王膺保德名威修猷訓纂榮褒之舊服襲壽豈之多祥冀順節宣衆綏福履肯心展物具如

別紙　原闕

罷相出鎮回謝啓

比奉制恩許還宰柄勞費慶事但淹歷於歲時蕭劇
亂安員叨踰於寵數受方國蕃宣之寄兼將相威儀
之多在於無功是謂叨寵此蓋留守太師悉能兼善
美務成人顧惟衰殘之餘每賴推揚之助得荷紆紱
歸責丘園仰玷寵光之私實踰分願之素

謝皇親叔散孝

臣者叨被命書延登展蓋方[illegible]運追羣聖以
上行褒典所加治功宜稱[illegible]道論豈言高位之
散安寓集愧懷遽承慶問拜嘉甚寵叙感形矣[illegible]

賀韓文館相公啓

伏覩制命登用臣宗大〻嘗與衆正欣賴伏惟慶慰
恭惟史部相公世載睿業躬合聖時道直方而行以
不疑氣剛大而養之無害逮專國柄實佑帝庭貪夫
以廉惟伯夷之行是效枉者更直則成湯之舉可知
某久曠舊恩尚竊榮祿以承流而自効知勵義之所
歸

回留守太尉賀生日啓

閭史記時永念劬勞之報于兵傳教乃蒙懸賜之加
仰荷眷憐豈勝感惻伏惟判府留守太尉望隆國棟
聲冠時髦如昳畝之餘生乃門闌之舊物尚負品題
之賜每愧懸憧敢圖恩紀之施未遺幽遠仰承嘉貺
增激儒衷

本頁原本闕，現據《中華再造善本・臨川先生文集》校補。

除參知政事謝執政啓

此者登備近司，與聞大政，誤膺休命，良積愧懷。竊念某早以孤生，出階賤仕，稍蒙推擢，遂至叨逾。久於侍從之班，初乏論思之效。皇明繼照，符守外分，亟被召還，得參勸講。已汗禁林之選，更陪宰席之延。據非其宜，知有所自。此蓋伏遇某官貫行忠恕，啓佑善良，因令危拙之身，亦與訏謨之地。敢不自致進爲之義，庶以上同經濟之心。

同王參政免啓

伏審升拜　帝選，進陪國論，孚號布宣於朝位，歡言騰溢於士林。早與明游，實先慶忭。恭惟某官元精發秀，冲氣鍾和，　贊密命於三朝，蜚隆名於四海。大忠無

本頁原本闕，現據《中華再造善本·臨川先生文集》校補。

拂常深簡於上心經德不回非外務於衆口久蓄康民之施畀情置輔之求方益當上同扶世之猷庶以自免瘝官之責過煩重問曲蒙鐫諭懷冀回褒以就二遂協謀而許國

參知政事回宗室賀啓

此者明敭 上恩使陪國論惟才能之淺陋荷眷遇之特殊遜避弗容省循知畏此蓋伏遇某官道術博愛志務上同肩許國之至懷樂推賢而與共因令孤拙得冒寵靈先宗家慶問之勤尤積媿顏之厚

回曾簽書免啓

伏審顧膺優詔進貳中樞伏惟歡慰某官鍾才宏遠逢運休明夙專注於宸心克將明於王政乃宣其民瞻

之地實有盛濟之才明命誕敷師言咸允而刻章上
奏辭寵更堅惟祗若於王休庶益彰於邦采

上執政辭僕射書

竊以中臺揆路之要左省侍從之崇以疇茂勳乃稱
公論某誤尸宰事以曠天工方懸莫副於具瞻豈意
更叨於殊獎比陳愚款亟賜俞音伏惟某官仁在曲
成義惟兼善特借亟辭之助庶逃虛授之尤

除宰相上兩府大王免啓二

伏奉制命特授云云綸綍之言布宣於朝廷鈞衡之
任總率於臣工必得出之才乃稱具瞻之實某昭
塵章辱參豫政機雖有許國之愚忠初無濟時之略
效又思自強以免究敢圖眷注之私尋賁褒章之

地方蒙曲諭未獲所辭於□書官學士完懇誠俯垂憐
測少借半籌之助以紓債責之慚

二

竊以鈞衡之任寔繫於百工苟非經濟之材曷臨於
庶績某曩叨柄用已之事功方進虛責之危豈稱具
瞻之實敢圖隆眷未獲固辭伏惟某官仁以阻成義
淮兼濟願借重言之助庶逃虛授之慚

回謝舍人啓

伏審詔試公府書命帝庭發對明緡之恩遂膺顯服
之賜豫遊惟舊懷慰良多舍人美行遒倫高材適務
自翱翔於朝路實熠燿於士林孚號載揚師虞惟允
未皇賁喜特辱鳴謙感愧之私數言曷罄

回韓綱公啓

伏審祗服命書，已臨使府。來章得請，允欣閭里之四老；舊俗去思，胥慶旌麾之入。伏惟某官氣凝衛厚度學古本元，忠義著於三朝，功名垂於一代。銅臺坐鎮，居多恬養之休；棠訟日清，久被仁漸之化。幸追駐學，先辱貽書，惕然汗顏，俯以拜貺。其爲感戢，實倍悃悰。

回文侍中啓

伏審驟奉制書，榮遷官秩，暫解樞衡之密，出分藩翰之憂。伏惟某官器範曠夷，才猷膚敏，著三朝之茂烈，爲一代之宗工。遽辭機務之繁，屢貢祈藩之請。詔音賜可，顧志願之莫違；寵數有加，唯德功之宜稱。豈期明愍尚屈，謙盛先嘗，成命之行，允協衆言之望。冀迴

沖守以對茂恩

臨川先生文集卷第七十九

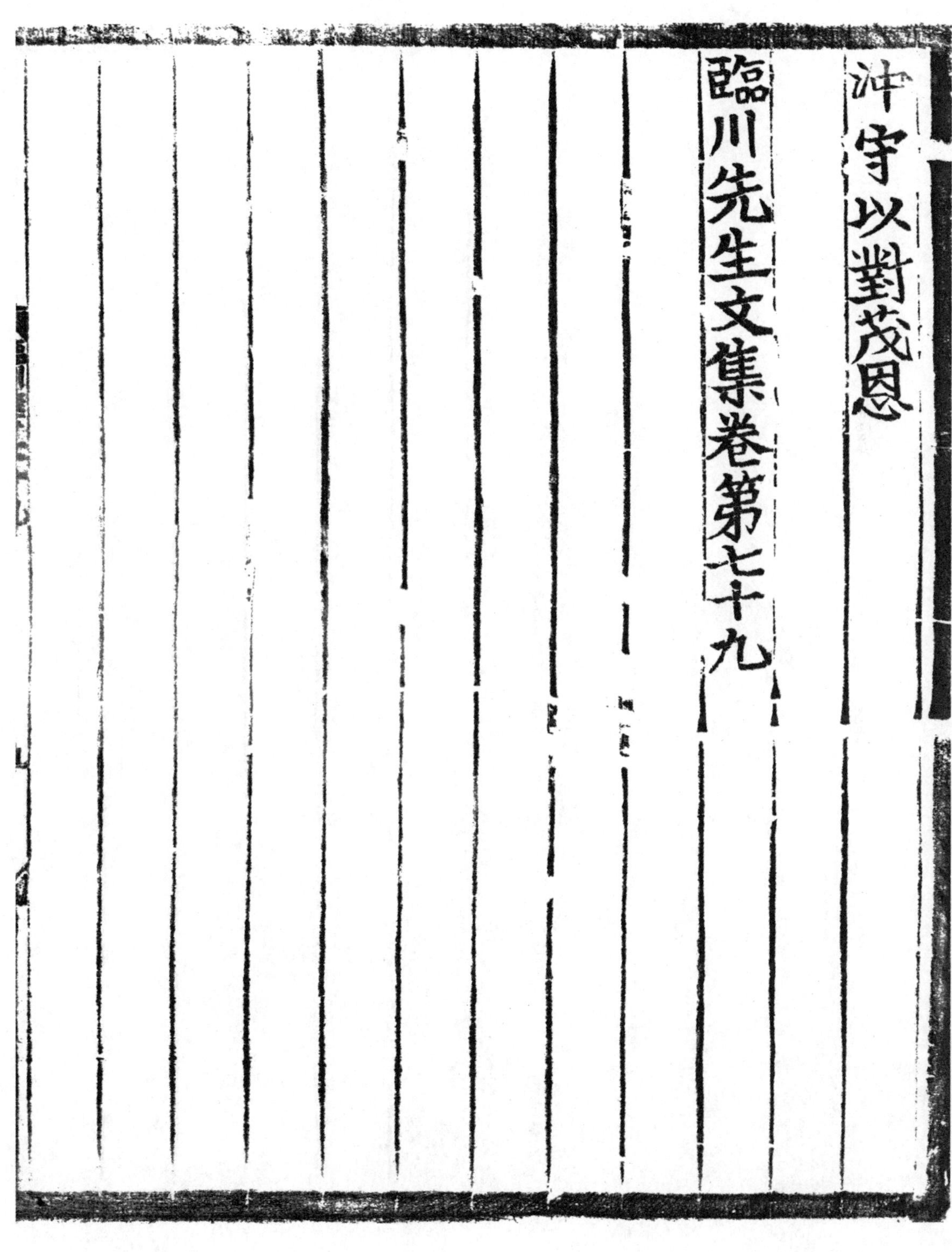

臨川先生文集卷第六十

啓

回賀冬啓三

回賀正啓三

賀文太師啓

謝知制誥啓

回謝館職啓

知常州上中書啓

知常州上監司啓

上揚州韓資政啓

上郎侍郎啓二

上田正言啓

伏以七齒出戰華三山徵遴甚万曲至孫展之壽益宜哲人
膺祉之多恭惟儀同太師一代宗工三朝耆壽俊遺舊
新陽之盛備膺諸福之歸矧以慶衍門於一穠壽聽睦
祝頌實倍等夷

二

伏以四序密移一陽來復氣驗管灰之應官書雲物
之占恭惟幕官佐主以明之材庇民以豈弟之政
踐揚幾要特并具瞻就之功名老方益壯壽考益宜
宜介多祥遐無萬壽之田第切馳情之極

三

伏以陽朋初復圭景長惟勳德之並茂臣宜福祿之
曾至幕官於高百辟望重三朝壯善益之榮名益蕃

三皇篤經邦之遠業復荷天衢延登台華彌增善頌

回賀正啓三

伏以斗回寅位德盛木行物參引達之陽萌有[illegible]奉之令伏惟留守司徒侍中澤忠許國令德在民方載旦之肅臨宜春祺之盛應某方茲居里邑望造門賀叙慶之帝違在驗識而昌已

二

伏以斗回寅位德盛木行品物時亨吉人壽長恭惟某官元功致主茂德宜民烝庶之所詠歌神明之所輔相肅臨穀旦宜介吉祥疇慶未遑鳴謙遠忝感銘之素敢叙何殫

三

肇歲發端，始和治之令。惟國元老，輔天純禧。伏惟具官抗志極高，守氣甚約，措之事業，而盛大發爲謂望函韓光暫息，佇藩行還，寧康瞻馳，頌禱倍百嘗貴

賀文太師啓

伏以歲旦更始，物得時以生，當命相布德之時，乃庚民觀象之月。伏惟致政儀同太師王續之尊，天陟之才，冕服命圭，極上公之貴；號神旗豹尾，總全翼之喜師。豆復揭於明靈，以時膺於戩穀。某限以病居，在遠憂賀，人無階同善頌於輿人，以自輸於微志

謝知制誥啓

據非其稱，慙甚於榮。竊以通會朝之籍於禁書出詰命之書於天下。自昔必求乎良士，方今尤謹之。表官

非夫能達先王之言及通當世之務文章足以潤色知術足以討論一有誤居必乖衆論某素出貧賤偶遭盛明讀書雖勤未免是古之累更事雖久終無適時之才製作奄遲而不工思慮短淺而不敏有此一物自足窮於多士之時矧是四端豈宜辱於邇臣之列茲蓋伏遇某官以忠恕總覽異戴以寬大甄收謂其引分而無求償或負能而有待因加獎借使得諸論蓋大公之賜所加唯至誠之報爲稱敢不內盡致身之德益以上同許國之心

回謝館職啓

某膺明詔綜理秘文凡與交游舉同慶慰惟館閣圖書之府實朝廷俊乂之域起賢良進士之高科或

出公卿大臣之列薦因循流弊稍容濫進於平時選用校讐多得真才於近歲蓋甞爲其讀講之已審故不必課試而後知某官以其高才資加至美之行服異能於大衆蓋已千人積素望於明時固非一日鋒工所以發論而無避先帝所以特用之而不疑雖列職書林於儐未塞然舊功朝路其進可量乎不獲造門先承枉駕焉私懷感戴豈易數言

知常州上中書啓

將毋之求屢聞於聽覽長民之寄終累於陶鎔豈圖便安心焉寵屢得蓋謂抱關擊柝所以待士之爲貧責鑄蒙鎔所以處人之有疾其志卑者其獲多其能薄者其任輕自非審實分以正予容則必近利而喜諛如某

者蓋論奏素蠹會請恩備官牧人既以貧而擇利奉
使饑歲又以疾而告勞豈其能薄而志卑宜乎任輕
而獲少尚蒙優詔猥備一州自惟蕪然何以稱此殊
蓋伏遇某官同一德而以寬裕處心奉燭萬情而
以平均待物遂令尊賤亦至可逾承惟憂國之所存
獨可勤民而上副觀今州部已遠朝廷田疇多荒守
將數易教條之約束人無適從簿書之因緣吏有以
肆惟是兖庸之舊嘗茲凋瘵之餘自非上蒙寵靈少
假歲月則牧羊弗息彼新何望於少休晝土復堤此
亦無逃於大譴更蒙元造終賜曲成

知常州上監司啓

蒙恩寬裕追守郡便變辭日造會以自受察窃念某郡

陋之質拙蹤於時聞先子之緒餘慕古人之名節黽
勉仕宦聊盡爲貧之謀苟簡歲時亦預在公之款來
佐群牧南更二年數承州符兼更鐵縣顧神明之罷
薾當事役之浩穰懸非其宜辭得所欲遂以一身之
賤猥分千里之憂荷霑露之生成出雋賢之撫按竊
惟幸會良冏震驚惟此一陋邦近更數守吏卒圍訝迎
之窮里閭苦聽斷之煩自非從容少賜優假緩日月
之效使教條之煩則何以上稱賢照下寬彫弊惟
某官逢亨嘉之會奮將明之材簡在清衷久於須使
保愛養元元之意樂無以持斷斷之能庶幾始終得出
茂賴未期望履允切動以情願順節宣以需褒寵

上揚州韓資政啓

某受才素卑趨世亢拙冒干從事之選積有歲年言之憂汔由恩臨得以理去違離大旆留止逾邪惟德之依無時以懈整傒夫之駕方爾就途拜使者於庭盡禁承教未忘故吏之賤加賜上樽之餘望不素然報將安所念當遠適顧戀惆長懷行願高明之才還處樞要坐今衰廢之俗復覩大平伏惟爲上自愛副人所望

上郎侍郎啓二

伏蒙過采浮議使承乏官借寵則榮循涯而懼顧留平聽得究下情頑疏之人滯固於事席先子之緒業玷大常之寺名備位於茲歷年無狀安全者幸盛矣乃宜何言誤知欲覯頌試審處私計追惟舊聞不越

殂以代庖，蓋言有守未操刀而使割可必無傷輙敢用是固辭誠願易而他使俾依違王事雖名理之未安妄冐人知亦平主之不欲高明在上悃愊發中臨啓怔忪果於得請

二

某備官有守望履無階職是薄書之憂缺然竿牘之獻顧惟薄陋最荷庇存實賴盛恩之臨不誅苛禮之廢惟春且暮於氣已暄伏惟養福有經衛生無恙伏惟某官望隆先進德茂老成言歸典刑動應的表早收功於要路晚得謝於明時貴而能貧恬以養智為時所嚮於義可師伏惟順序節宣慰人所望

上田正言啓

謝去賓廷歸安子舍遽今旋月惟日想風會稽攷之相仍顧睠書而不暇伏況賢哲異稟神明與休起居安恬福履膍厚恭以某官剛絜不倚沈深內明逢時以征取位如拾朝所恃賴士相攜依矧惟甚盛之才實在可言之職廟謀中失物議否臧有足敷陳諒無回隱仰裨大政取顯官聯四面所瞻一心以徯某早煩教育晚出薦延方茲辦裝不日臨職趣馳之地固未有涯芘賴之心尚安所適

上撫州知州啓代人

講聞風聲積有時序刺史之天所芘先人之樹固存仰高之心惟日爲歲顧賤官之有守遁私謁之無階恭惟班宣有條保養多福伏以某官學周事變行應

表儀比以將明之之才遂當寬博之選一麾坐府猶屈於遠圖三節造庭茲宜膺於顯數伏惟爲國自愛副人所瞻

謝孫詁能圖啓

伏念某蕞爾之材儻然而仕進有官謗未嘗不懟退無私田何以自處苟安朴野之分無意賢達之遊類勞位之嚴尊加功名之儁偉　天子之所倚重士人之所取平敢干冐進之誅自廢退藏之守過蒙收引親賜撫臨因使下材得闚餘教蓋志千乘以友賤貧之士先匹夫而輕貴富之身在古已希豈今宜有顧無報稱私用震驚比聞治舟既祖取道恨造門之獨後慚追路之不遑尚幸仁明儻存哀恕庶身於此望

復何階順變于時養安以節

謝王司封啓

伏念某孤窮之人少失所恃雖勉心竭力求以合於古人而固陋顓蒙動輒乖於時變以此而遊於世未嘗見恕於人而自趨走下風習聞餘教慰藉之禮稱揚之私忤嚴顔而不加犯上之誅拂盛指而更以普公爲是書又報荅騎從見臨不以先進略後生不以上官卑下吏以至其去重煩送將又瞷其行使不留滯爰初就道甫爾踰旬乖離雖新感戀殊甚伏惟順節自壽副人所瞻

謝提刑啓

叨備一官甫更三歲不賴全安遭會使章

接臨州部頒望風而震恐將按劾以去歸敢圖高明見遇優過載銜盛德尤激下情雖離尚新企仰殊甚茂惟賢雋善迓福祥固有神明陰來輔相褒陞之寵倚立以須伏惟爲上自顯副人所望

謝夏運察推啓

伏審某官策足盛時收名異等以財自稱爲議所歸時惟私幸之多代有同升之義惟當造請勢未暇遑敢圖高明不自重貴親存廠館申貺華牋竊觀以思懼恐且媿咸池無賴於海鳥章甫不加乎越人夫何謙辭乃爾盧辱方且撰日以時造門

荅交代張廷評啓

某受才無它竊邑於此更書始下已傾自附之誠賜

問撫臨重荷相存之意維兹地所邈在海濱方條教之未孚得仁賢而復治恭以某人天材粹美地勢高華生逢盛時進取顯仕分一雷之土雖屈遠圖撫千室之弦坐期美政趨承在近企仰居深

賀致政楊侍讀啓

伏審得謝中樞載歸下國孔 在事議臣雖願其留蹤廣乞身觀者固榮其去丁時翕絶取道阻長繁盛德之可師宜明神之實相茂惟興止休有福祥伏惟某官逢辰清明取位通顯義勇不挫忠精無虧登備諫工曾已告嘉猷于后奉將使節則以下膏澤於民儀儀會朝凛凛侍從功名之美既耀於將來智略之閎猶嗟於不試 引年去任循禮得中雖其養恬有以

鎮薄熹塵非數見器 則深竊冒上官之大惠雖防
不敢推揚後進之美意 云何敢忘備位於茲仰高無
止

答桂帥余侍郎啟 安道

受才無狀驟義有年剡以先人早爲雅故夫何竿之牘
之間乃後門闌之厠識一人賢貫古之才殊而又早尊之
勢隔恭惟某官以拔萃之論□□以論僚帥憂戎滑夏之
近憂與保民之長利育紀之政當謹徙出之傳無能
之詞敢虛遠人之屬過蒙不收引先賜拊循丹青甚殷
奉累玉瑩之拚土卒至陋繯紉綈繡之華莫副推揚
旋知感服念當拜賜宜在至前韋粤節於本朝得望
塵於本路私懷本畢不善遠 何良深

遠迎宣徽太尉狀

伏審某官遠驅台斾肅將國都朝論其休上心虛佇某限於官制莫遂郊迎蹔趨命之弟違副譽咸而已只謹奉狀攀迎

先狀上韓太尉 琦公

昔者幸以鄙身託於盛府無薄才以參幕畫之用有疏節以累含容之寬久而弗惟滋以自愧伏惟某官憂國愛君之操仁民恤物之方實禮賢豪包收疵賤盡嘗沐浴於餘澤而且蠱舞於下風執云去離遂自疏斥徒以地殊南北勢隱卑尊小夫竿牘之勤不足自效莫府文書之衆或以為煩方隨傳車得望一參圖顏、皆緣於疇昔國得鑽仰於緒餘敢圖高明望來書以下賤不矜其討之拙賢而容愚不諱其褻之懷夫惟昔之有道皆慎所以與人欲示其自養之淵除必觀其所遇之能否一憖固陋有玷將求尉安郊關即趨牆屏其爲感喜一易談言

答程公闢議親迎之書

某竊言念某政通德之門、識數伺叙宜家之慶矣說又者張尊賢郎措官顯成傳芳鯉庭言示訓選之好逑之音邇見又要之獨數鴻義之復問敢稽鶴喜之叶吉茲宅眷惟瑤姿幸習婦功交秦晉之歡仰荷嘉命室金蘭之館俯愧表宗擧止一所兼數陳曹㒸譜奉表謝伏惟照察謹狀

臨川先生文集卷第八十

臨川先生文集卷第八十一

啓

謝徐秘校啓

謝林肇長官啓

荅林中舍啓二

荅定海知縣啓

荅戚郎中啓

上樞密王尚書啓

與交代趙中舍啓

與張護戎啓

與譚主簿啓

上范資政先狀

謝許發運啓

謝王供奉啓

荅馬太博啓二
荅沈邑田啓
荅陳推官啓
賀集賢相公啓 代人作
賀樞密相公啓 代人作
賀鳳翔知府陳學士啓 代人作
賀樞密相公啓 代人作
賀昭文相公啓 代宋宣獻公作
謝及第啓

知常州謝運使元學士啓

叨恩兩觀，備任一州，以無能之賤身，在有道之聖世。杜歸之志，已繇於東南；詞闕之儀，嘗塵於左右。其

爲國瑋器有時盛名久矣歲更之勞此焉寄屬之重
傳節所在神民具依膺時綏休介福有裕約齋上路
將前受於指令請祝下風唯更加於調護

賀慶州杜待制啓

伏審拜命宸章作藩侯閫凡假聲猷之重居深慶蹈
之懷恭惟某官華國粹賢逢辰吉且以儒雅飾治術
以器業結上知嶽續計庭之司飛榮書殿之祕矣都
按部聳群吏之應隔陝服登車峻列侯之風爭國家
以邊城之寄戎路漸折眷內閣之近班督帥臣之重
柄申伯宣力方維屏以顯膺韓侯獻功即介圭而入
覲佇恭嚴程以協具瞻北律方嚴沖眞尚遠希上爲
宗社保固禨靈

賀運使轉官啓

竊審中旨進秩郎闈服顯命之褒優諫輿情而驩抃某官器博以遠道粹而明學際天人之端識通治亂之本紬秘延閣轉劇外司彼方祿祿以巧圖此獨安安而養正恬於所守人之難能本朝拔越次之恩差非常之士建左兵之名部實文臺之美資矜飾端廉敦厚風教尚煩使節之寄以漸台衮之榮某側聞詔聲阻隨賓慶瞻望英重云云

賀鈴轄蒙太保啓

榮拜恩章總持師柄伏惟慶慰竊以一都會之府二浙統於權維諸刺史之兵五符歸於節制國家以安娛之地域民甚於富穰備豫有經置使新於紀律宜

得兜壘之士以雄鎮領之方恭惟某官器範端良機守強濟出天婣之貴而自任清節持使斧之重而素高能聲此執朝僉遂董戎寄韜謀戒俗肅於南州軒陛圖功即膺於寵數屬闕掌於支郡阻通慶於賓榮瞻企風稜豈勝欣悚

賀知縣啓

光膺芝檢榮宰花封凡屬庇庥良增欣抃恭惟某官資性敏悟器懷坦夷直哉有古人之風挺然生賢者之後自歷煩任整施幹材美聲聞于帝聰佳器稱乎國實是乃拜綸綍之命殿子男之邦凜乎清風聲是群望操刀之能製錦素顯殊勳彈琴之不下堂行聞異政

上宋相公啓

此者冒辱官次榮誌使車躬裁瑣瑣之文弘布惓惓之意干塵爲吝震疊于懷會走幹之鼎來辱賜書而寵荅優爲體皃略去等夷緊癸予之大隆滋回皇之失次恭審鎮臨以簡係御惟和積有倅祥來護與寢佚況慕官風華臺茂天韻閎深早冠冐於士人亟奮翔於朝野讜言善纂發爲天子之光厚賞美名布在輿人之誦惟江都之舊壤乃天塹之上游地營京師聊倚諸侯之重民瞻嵒石方圖師尹之賢曾是頑辟繁然庇賴尚茲嬰薄未即趨馳

上集賢相公啓

[illegible]審受命荊州抗麾吾路處洪鈞之大器小以台持贍莫

衮之尊辭孤而難附恭惟某官識道賢業聯三契精禮之至和納乎嘉之益福伏惟某官學甚淵奧養直之氣爲廟堂倚平之計逢辰清明發聲高妙搢紳近署之列直筆中臺之端龍閣之富圖書齋承顧問蜀部之風教化遂協部僉違促鋒車入參嚴幾旋屬國虛曜狼角之色往寇喜清河之民聲義節以請行先登兵而制勝淮西入命晉公上入宣慰之名觀方燀威子儀闕慕帝府之盛盡劉大尉入奏元功式尊適室之榮上正文昌之坐方將圖講時熙事修舉治綱坯冶一陶韶成於醇化籥兮群慝論務恭太寧廌惟並進之微寵此庇曜之下伏希上爲國體保固台臺酬尊劍庭下情無任云云

上韓戶部啓

某一涯承乏之自嗤於塵容吉合會懷賢坐鎮於風美欲
懇孝流之暇妙苟安節之佇恭惟某官貞學忝天懿
文章國譜學臨仕途吉六展由郡晉之階擢臺端之
要公毅執法而邪肇不奸譏剪盡規而權綱自正疇
咨心循之具往貳計侯之司式是均勞遂滄祿外夸
輸閩俗訪山水之昔遊文二年歸恩郡轄褫而日見入
持政柄允副民瞻屬臨懷謝不之辰尚遠陰豈之弄願
藝顧背前對寵光

上杭州范資政啓

某近游制寡久猥孤風當賁脊之無容幸叟譽之有
蹤將王之彰明晉宇以照人歸星之文借談端而飾

物羈頸方甚於中露逢迎下問於芻村仍以安石之鄙復見宰之之易茲惟弃故少愁蕪聞言旋桑梓之鄉驟感神府之詠寫吳綾之范思未盡攀轅憲楚乙之孤風但[illegible]闈闕恭台貫序虛白調神檮頌之私不任下懇

上江寧府王龍圖啓

某竊覩聞殊風覘高遠恩賢百舍無階覿見之嵩泰之一涯彌開門牆之便恭審鎮臨會府燕息黃堂訟稀書清道環天擇伏惟知府龍圖巖廊佳品壽棟上尋達專會於凝旒躋榮階於近署龍圖司秘閣之奧憲臺峻右陝之邦均逸方城爲國巨屏帝眷渥尋召還即對於清光台座熒煌圖任必歸於舊德蕭辰方

爾宇蔭尚遥伏希上爲治朝保和福履

上泉州畢少卿啓

自去容暉何嘗候問竭來冗局顧委瑣之自爲陰想儕庸知崇高之難附伏審履和嘉月靜專華堂謐話晝清道環天粹恭惟知府凝姿恬懿遠器廉平出拒褻之名家而無重衣之逸領使符於壯齒而集巧宦之識全德所高上意必簡方將治成坐鎮揺巳近班胥綍臺閣之規光大勳業之舊畀最惟孤蒼屢佩獎知經羽畢飛巳甘心於枚豈陰虬自躍恩達豐於風雲尚遥堂下之趨益切城中之詠

上信州知郡大諫啓

欽德名之重竊伏歎焉仰庭角之盗何嘗見其謂

玉堂之彥時飛賁翰之音垂賁塵容過形講掖外惟榮侃中所銘藏恭惟某官挺不世之資敦絕俗之器敷揚大業陟降泰庭演潤鑾坡光大訓辭之美保釐天邑具瞻表則之材屬邪正之彙連亦榮遜之均致銀符籍郡聊福於民艱驕靡賛謀即稽於天若寘海濵承乏之守蔭未邊伏希上爲本朝精調均履

上明州王司封啓

伏審使旌來臨州部紀江湖之重阻留淮楚之近藩令德所存明神來相茂惟輿立侍有福祥恭以某官國之老成士所素仰入參省計出擁州麾竊聽海類之謠迎貪善政特憂朝右之計思得罷歎曾無幾時遂去茲土某竊邑無狀茲身有歸

上運使孫司諫啓

近者承廉使袁獲拜於眞賢恪次海濱已虔承命署顧賦材之艱拙藉容厚之庇存踞景爲懷向風增悚某官清標昭理天業鎮浮以謨明抗論諄亘以言識輿被仙轍赤裳接部一新廢置之綱文石臨恩即還清切之禁伏冀爲時寶績延國寵章

上發運副使啓

海濱重複天顗閩疎想經制之會煩圖和倪之籌隱恭惟某官材爲時標名著西夏師歷清廢置之綱仰給兵農之大憂戎久次即冠近班屬陽月之届和諒福基之敦裕未涯拜伏益用瞻祈

上李仲偃運使啓

伏念某得邑海瀕，寄身節下，操舟取道，持版過庭，自顧下寮之愚，敢扳先子之雅，坐蒙高義，曲借善顏，載惟恩私有過分願，去離門守，來造署居，取庭自今，馳情無遠，要之養莫辜是曠官之憂，庶也始終不爲愛己之負，歲時回薄，氣候互寒，明賢之姿，休福所嚮，伏惟順節，自壽副人所瞻

上通判啓

颷馳歲事，斗曠音塵，詠德所深，揺旌曷諭，伏審某官臣華儒幄，顯被於王靈，貳政侯藩，益隆於寵寄，忝守官於支邑，嚮仰莊於公村，欣抃之誠，倍萬常品

謝范資政啓

竊聞六化雖若重胥執訊，隆堂近脩於常禮，占辭記

室屢致於尊光賜逾褒衮之榮仰極高山之詠恭想
臨海郡會宣國福咸衡六氣之和薦百嘉之祜伏惟
某官道宗當世名重本朝思皇廊廟之材均逸履臨
之郡即還大政以澤含生某客跡海濱被光台聖童
焉著第風猗於掄揚立鯉聯榮復浮於契眷幸嘗棲
庭以奐鈞成

謝知州啓

某竊承人乏附麗德輝顧庸陋之無堪辱存之光
厚終遣官誘得近宸慈布聯仰高惟日爲歲恭惟
宜善治穫育太和伏以某官美業内充懿文彌傳
會升平之世躋陞通顯之官風閣日隆寵靈交至漢
廷下詔方尊千里之師謝守論功當爲九伯之冠行

□並列允副僉言歲秋氣正剛風華浸遠□膺依禱頌儕
詣等倫

謝隣郡通判啓

某備官於茲問聞之久非席邊承之舊難陳鄙慕之私敢圖高明過自貶損授之溫教益以謙辭惟茲感銘其敢忘去進德之盛知名於今當褒以遷可拱而俟仰惟自壽下副所懷

謝葛源郎中啓

伏念某受材單少瀕道闊疎時所謂賢少爲知慕刻先君之德友實當世之名卿唯門牆之高未始得望故年牘之褻無容自通如其仰望之勤豈有須臾之間敢圖風誼親貶書辭追講前人之懽坐忘介子之

既拜嘉已厚論媿則多恭以某官邦之耆明朝所貴重聲譽著行乎四海勢猶屈於一州雖歆養之仁士民猶賴而夔升之寵日月以須唯茲惷愚其幸甚賴伏惟爲道自愛副人所瞻

謝林中舍啓

鄉風有年修問無所維家伯氏得婿高門顧惟幸會之多曾是邇承之晚比聞州郛乎去改縣章洽所相望越試甚喜謂宜朝夕可布腹心敢圖高明見遇勤將先賜撫存之教尚加獎引之辭雖睦嫺之風可以無俗而貶損之意有如過中言觀以思頗恐且媿餘謝去簿寒來歸士所居明清賈相茂惟體三休祥未即承顏惟祈善福

謝徐秘校啓

比因幸會得奉光儀下問稍嘗存之深遂傷睽隔之遠忽承高誼特損謙辭既顯獎引之過中非孤蒙之敢望拜嘉之重爲媿則多區區具隽之材神明所相茂惟興止休有福祥未即趨承惟祈加調護亟膺殊擢以慰遐思

謝孫肇長官啓

伏蒙貶損撰先臨存方以出行渠川未嘗得望車騎繼陳悃愊叙謝高明敢以圖仁人見遇如舊申錫重問相存有加唯賤且貧并愚不肖學爲時眛道任則曠官荷推褒之過情處負媿以終日三陽肇處萬物同春茂惟賢明休有祉福以時自壽良副所瞻

答孫中舍啓二

幸齎封吟叨纍戚媚仰風誠勤奉問寶鉉承圖盛忘
申覬華辭荷相存之至隆非遽數之可既欽孝德履
茂享春祺用冀保綏少符顒嚮

二

去德不遠嚮風誠勤旦有簡書之煩必無筆牘之獻
敢圖風誼遠損書辭仰銜存愛之隆實重瀆慁之過
奉由占對竊冀保綏禱頌之私指陳不旣

答定海知縣啓

竊邑海旁得鄰境上末叩私書之未暇屑重問以寵光
惟知感悰豈易盡縷指末涯占對充積詠恩惟加目頤
良副所望

答戚郎中啓

阻闊風覯圖常詠思重慶詔章由推陞郎署聞報之晚
裁賀未皇敢意謙明首形緘問辭傅以厚義高且醇
承拜寘前誦玩亡斁喜聞王事優餘神宇粹平某官
奉國不回受官以正秩中臺之顯要柄外鎮之慘舒
民無隱情治有異迹許聞旌召續附慶書

上樞密王尚書啓

竊以璿璣上列齊七政以均和帝袞輔成欽四鄰之
基命親逢華旦允屬宗工恭惟某官與國忠純奕葉
明哲對越光華之旦居然文雅之宗簡在上心蔚爲
時棟雍容禁署嘗密贊於宸謀參貳宰司多委成於
治體奮庸甚盛注意特隆屬恩誥之誕頒分鎮臨之
重寄居留神甸爲表則於四方寵進樞庭當共衡於

萬里聲教所暨慶抃率同俯念亟蘇厥明存記纔繫
章而祗役望君惺以勞懷恭聽言音豈勝至願

與文代趙中舍啓

嘗請代期當留聽下單舟在境敢無告於僕人言或
可師將有求於令尹自餘占對乃盡布陳

與張護戎

鼎來畝邑甫次近郊傳聞使旌適在州部將親盛德
尤激權悰

與譚主簿

受茲治丹亦以造境將聯職治可丐規模惟言則多
非陳所悉

上苑賁政先狀

某此老之官敞邑取道樂郊引舟將次於近圻歛版卽趨於前屛瞻麾戟下情無任

謝許發運啓

近持悃愊進叩高明荷溫教之見存傚善舟而使濟亦既競道卽將造門惟玆下情感喜殊甚

謝王倅奉啓

伏審拜恩鼎來視職惟茲蹤賤將庇高明敢圖恩私先賜教督感悚之極數言罔殫

荅馬太博啓二

伏審進被恩章來臨職任茲惟華會得奉光儀敢圖隆私先賜華問感佩之至云云

二

伏審先奉聖恩已諧禮上未皇眷好先辱賜書慰望深敘陳不既

答沈屯田啓

遠承纏舊違去尚新唯是企思之深曾無忘去之頃致圖恩紀特賜書辭仰荷眷存之光內懷悉媿之極歲六郡沐物且長贏茂推賢明多有侍福寵況藩宣之盛荷成陪貳之良伏惟順序自頤副人所望

答陳推官啓

蒙受詩無它竊邑於此高明賜教褒論過情竊觀以熙朋恨恐且媿未由占對良自係綴

賀集賢相公啓代人

恭以禁林流恩玉堂遷秩寵能兼常伯守在冬官伏惟

慶慰。恭以某官龍衮氣甚豐，精神益風華懿美嶢峩
東南之篤。六韻純淪，溫如西北之璞；不惜尺木，遂致
青雲。出圖任於老成，日對揚於休命；股肱作楨，義同
國體之安；喉舌命官，遂致文明之政。茲為異數，允答
具瞻。某充位外藩，希風上國，既文辭叙彌高，天差之
合通謁為儀，寢遠亘晏之日，雖偷無狀，震慄兼常。

賀樞密相公啓 儀式

恭審遷秩上公，聯華冢宰。伏惟慶慰。竊以某官略非
世出，韻自天成。時歸莫倖之材，獨禀高明之器。光華
漫漫，遂適於泰辰；文學彬彬，道階於臚仕。遠濬明之
正統，圖衛翼之元勳。周歷清華之階，越登機密之首。
通規亮節，朝矜式以取平；深策遠猷，上咨嗟而倚重。

懋惟徽猷允合膺公命布帛貪言盈觀聽某久從外補遂聽上臚曾馳謁之未遑第承風而竊抃瞻依之厚度越于常

荅福州知府學士啓代人

某啓竊聞義風累更元曆雖疆域之相比愧緘蹤之未皇敢意謙明首書存聘賜之良實重以好辭無因至前承尹知府某官卿材脩固國器方康登步本朝注翔盛問維高閩之要地實東越之舊都顧賴忠良顯此襟帶既聞善治宜有寵章用冀保和且須來命

賀鳳翔知府龔學士啓代人

伏審荐命恩綸類條旋府寵情慶慰某官器謀雄毅業履聲明名日起以貴盛甚龍而獨立儒林

之館方捐事以戰功歧陽襟帶之邦出承流而宣化
國家試能補郡顯俊熙天即須寬大之書召還清切
之禁某襄晚無狀情契所同顧海上之身寫爲俗吏
瞻謗中之彦敢附青雲未涯瞽見之儀益切瞻言之
素顯臻持攝前對寵光

賀昭文相公啓 代宋宣獻公作

恭審肅被寵靈參司樞要伏惟慶慰竊以安危所繫
文武相須眷注意之殊時崇仰成之異體至若萬務
通于四海二柄萃于一門簡在休辰職隸全德恭以
某官風華博照天韻雄成挾旦奭之謨讜襲韋平之
參胄逢辰鼎盛序爵彌高清議被民阜冠一時之傑
豈覩振俗遄躋三代之隆嗟彼羌豪嘗言邊吏有嚴

天討爰整王師上方深拱以倚平博謀而取重異數
今責欽若壯猷興謠所同巖瞻惟允昔鼎通函谷然
沛邑之宗臣威蔑匈奴實漢家之真宰宜今具美異
古兼徽某夙附末光雅續善庇任藩城而倚畀扆耆
自安估宿郎之移文是紛濟喜依歸之素有過等夷

謝及第啓

三月二十二日　皇帝御崇政殿放進士蒙　恩賜
及第釋褐者四方之傑茂對清光一介之微猥塵華
選冒榮之辱撫己而慙竊以國家攬八寓之廣具萬
官之富一化所濟人有善行數路之舉野無滯材取
士如此之詳得人於斯爲盛然猶謙不自足樂於旁
求比詔郡邑詳延巖穴向非夙有聲華著在觀聽何

以疇上勤恤塞人顯言鮮豈不苟者然敝而賤其頑且陋
逢世治文追師鄉道貞寔爰優吾賤儒之名高文大
冊無作者之實昊乾不帶尭子與費僑家異土歸掃
窮閻上不能執軒冕以取高下不能力稼穡而為養
俛首干進蘄榮遜親適會詔之興亟遂負書而應令
鄉老署其行薦之明朝眷官皆言其材置以異等亟趨
法座輦試殊庭僅成戲歔之誤復玷高華之選夫何
抵此厥有繇緒茲蓋伏遇某官德厚兼容風華博縣
斟酌元氣洪纖溥被其仁彫刻衆形妍惡曲成其象
舉雲涵潤秉律噓枯使是寒士階於學路敢不審圖
大方尋齊常慮取所承學著之行事唯仁之守唯誼
之循不以邪曲回精忠之操不以寵利汚廉潔之尚

庶期盡齒無負大賜易此而他未知所裁

臨川先生文集卷第八十一

臨川先生文集卷第八十二

記

虔州學記

虔於江南地最曠大山長谷荒翳險阻交廣閩越銅鹽之販道所出入椎埋盜奪鼓鑄之姦視天下爲多慶曆中嘗詔立學州縣虔亦應詔而卑陋褊迫不足爲美觀州人欲合私財遷而大之久矣然吏常力屈於聽獄而不暇顧此凡二十一年而後改築於州所治之東南以從州人之願蓋經始於治平元年二月提點刑獄宋城蔡侯行州事之時而考之以十月者知州事錢塘元侯也二侯皆天下所謂才吏故其就此不勞而齋祠講誦候望宿息以至庖湢器用皆有所又斥餘財市田及書以待學者內外完善矣於是州人相與樂二侯之適己而來請文以記其成余辭之

也先王所謂道德者性命之理而已其度數在乎俎豆鍾鼓管絃之間而常患乎難知故爲之官師爲之學以聚天下之士期命辯說誦歌絃舞使之深知其意夫士牧民者也牧知地之所在則彼不知者驅之爾然士學而不知知而不行行而不至則奈何先王於是乎有政矣夫政非爲勸沮而已也然亦所以爲勸沮故舉其學之成者以爲卿大夫其次雖未成而不害其能至者以爲士此舜所謂庸之者也若夫道隆而德駿者又不止此雖天子北面而問焉而與之迭爲賓主此舜所謂承之者也蔽陷畔逃不可與有言則撻之以誨其過書之以識其惡待之以歲月之久而終不化則放棄殺戮之刑隨其後此舜所謂威

之者也蓋其教法德則異之以智仁聖義忠和行則同之以孝友睦婣任恤藝則盡之以禮樂射御書數淫言詖行詭怪之術不足以輔世則無所容乎其時而諸侯之所以教一皆聽於天子天子命之矣然後興學命之曆數所以時其遲速命之權量所以節其豐殺命不在是則上之人不以教而爲學者不道也士之奔走揖讓酬酢笑語升降出入乎此則無非教者高可以至於命其下亦不失爲人用其流及乎既衰矣尚可以鼓舞群衆使有以異於後世之人故當是時婦人之所能言童子之所可知有後世老師宿儒之所惑而不悟者也武夫之所道鄙人之所守有後世豪傑名士之所憚而愧之者也堯舜三代從容

無爲同四海於一堂之上而流風餘俗詠歎之不息
凡以此也周道微不幸而有秦君臣莫知屈己以學
而樂於自用其所建立悖矣而惡夫非之者乃燒詩
書殺學士掃除天下之庠序然後非之者愈多而終
於不勝何哉先王之道德出於性命之理而性命之
理出於人心詩書能循而達之非能奪其所有而予
之以其所無也經雖亡出於人心者猶在則亦安能
使人舍己之昭昭而從我於昏昏哉是心非特秦
也當孔子時既有欲毀鄉校者矣蓋上失其政人自
爲義不務出至善以勝之而患乎有爲之難則是心
非特秦也墨子區區不知失者在此而發尚同之論
彼其爲愚亦獨何異於秦嗚呼道之不一久矣揚子

曰如將復駕其所説莫若使諸儒金口而木舌蓋有意乎辟雍學校之事善乎其言雖孔子出必從之矣今天子以盛德新即位庶幾能及此乎今之守吏實古之諸侯其異於古者不在乎施設之不專而在乎所受於朝廷未有先王之法度不在乎無所於教而在乎所以教未有以成士大夫仁義之材雖地曠以遠得所以教則雖悍昏囂凶抵禁觸法而不悔者亦將有以聰明其耳目而善其心又況乎學問之民故余爲書二侯之績因道古今之變及所望乎上者使歸而刻石焉

君子齋記

天子諸侯謂之君卿大夫謂之子古之爲此名也所以

命天下之有德故天下之有德通謂之君子有天子諸侯卿大夫之位而無其德可以謂之君子蓋稱其位也有天子諸侯卿大夫之德而無其位可以謂之君子蓋稱其德也位在外也遇而有之則人以其名予之而以貌事之德在我也求而有之則人以其實予之而心服之夫人服之以貌而不以心與之以名而不以實能以其位終身而無謫者蓋亦幸而已矣故古之人以名爲羞以實爲慊不務服人之貌而思有以服人之心非獨如此也以爲求在外者不可以力得也故雖窮困屈辱樂之而弗去非以夫窮困屈辱爲人之樂者在是也以夫窮困詘辱不足以槩吾心爲可樂也已河南裴君主簿於洛陽治齋於其官

而命之曰君子裴君豈慕夫在外者而欲有之乎豈以爲世之小人衆而躬行君子者獨我乎由前則失己由後則失人吾知裴君不爲是也亦曰勉於德而已蓋所以榜於其前朝夕出入觀焉思古之人所以爲君子而務及之也獨仁不足以爲君子獨智不足以爲君子仁足以盡性智足以窮理而又通乎命此古之人所以爲君子也雖然古之人不云乎德輶如毛毛猶有倫未有欲之而不得也然則裴君之爲君子也孰禦焉故余嘉其志而樂爲道之

度支副使廳壁題名記

三司副使不書前人名姓嘉祐五年尚書戶部員外郎呂君沖之始稽之衆史而自李紘以上至查道得

其名自楊偕以上得其官自郭勸已下又得其在事之歲時於是書石而鑱之東壁夫合天下之衆者財理天下之財者法守天下之法者吏也吏不良則有法而莫守法不善則有財而莫理有財而莫理則阡陌閭巷之賤人皆能私取予之勢擅萬物之利以與人主爭黔首而放其無窮之欲非必貴强桀大而後能如是而天子猶爲不失其民者蓋特號而已耳雖欲食蔬衣敝憔悴其身愁思其心以幸天下之給足而安吾政吾知其猶不得也然則善吾法而擇吏以守之以理天下之財雖上古堯舜猶不能毋以此爲先急而況於後世之紛紛乎三司副使方今之大吏朝廷所以尊寵之甚備蓋今理財之法有不善者其

勢皆得以議於上而改爲之非特當守成法吝出入以從有司之事而已其職事如此則其人之賢不肖利害施於天下如何也觀其人以其在事之歲時以求其政事之見於今者而考其所以佐上理財之方則其人之賢不肖與世之治否吾可以坐而得矣此蓋呂君之志也

桂州新城記

儂智高反南方出入十有二州十有二州之守吏或死或不死而無一人能守其州者豈其材皆不足歟蓋夫城郭之不設甲兵之不戒雖有智勇猶不能以勝一日之變也唯天子亦以爲任其罪者不獨守吏故特推恩褒廣死節而一切貸其失職於是遂推選

士大夫所論以爲能者付之經畧而今尚書戶部侍郎余公靖當廣西馬寇平之明年蠻越接和乃大城桂州其方六里其木甓瓦石之材以枚數之至四百萬有奇用人之力以工數之至一十餘萬凡所以守之具無一求而有不給者焉以至和元年八月始作而以二年之六月成夫其爲役亦大矣蓋公之信於民也久而費之欲以衛其財勞之欲以休其力以故爲是有大費與大勞而人莫或以爲勤也古者君臣父子夫婦兄弟朋友之禮失則夷狄橫而窺中國方是時中國非無城郭也卒於陵夷毀頓陷滅而不救然則城郭者先王有之而非所以恃而爲存也及至喟然覺寤興起舊政則城郭之脩也又嘗不敢以爲

後蓋有其患而圖之無其具有其具而守之非其人有其人而治之無其法能以久存而無敗者皆未之聞也故文王之興也有四夷之難則城于朔方而以南仲宣王之起也有諸侯之患則城于東方而以仲山甫此二臣之德協于其君於爲國之本末與其所先後可謂知之矣慮之以悄悄之勞而發赫赫之名承之以翼翼之勤而續明明之功卒所以攘戎夷而中國以全安者蓋其君臣如此而守衛之有其具也今余公亦以文武之材當 明天子承平日久欲補敝立廢之時鎮撫一方脩扞其民其勤於今與周之有南仲仲山甫蓋等矣是宜有紀也故其將吏相與謀而来取文將刻之城隅而以告後之人焉至和二

年九月丙辰群牧判官太常博士王某記

太平州新學記

太平新學在子城東南治平三年司農少卿建安李侯定仲求所作侯之爲州也寬以有制靜以有謀故不大罰戮而州既治於是大姓相勸出錢造侯之庭願興學以稱侯意侯爲相地遷之爲屋百間爲防環之以待水患而爲田二十頃以食學者自門徂堂閎壯麗密而所以祭養之器具盖往來之人皆莫知其經始而特見其成既成矣而侯罷去州人善侯無窮也乃來求文以識其時功嗟乎學之不可以已也久矣世之爲吏者或不足以知此而李侯知以爲先又能不費財傷民而使其自勸以成之豈不賢哉然世

之爲士者知學矣而或不知所以學故余於其求文而因以告焉蓋繼道莫如善守善莫如仁仁之施自父子始積善而充之以至於聖而不可知之謂神推仁而上之以至於聖人之於天道此學者之所當以事也昔之造書者實告之矣有聞於上無聞於下有見於初無見於終此道之所以散百家之所以成學者之所以訟也學乎學將以一天下之學者至於無訟而止遊於斯餔於斯而余說之不知則是美食逸居而已者也李侯之爲是也豈爲士之美食逸居而已者哉治平四年九月四日臨川王某記

繁昌縣學記

奠先師先聖於學而無廟古也近世之法廟事孔子

而無學古者自京師至于鄉邑皆有學屬其民人相
與學道藝其中而不可使不知其學之所自於是乎
有釋菜奠幣之禮所以著其不忘然則事先師先聖
者以有學也今也無有學而徒廟事孔子吾不知其
說也而或者以謂孔子百世師通天下州邑爲之廟
此其所以報且尊榮之夫聖人與天地同其德天地
之大萬物無可稱德故其祀質而已無文也通州邑
廟事之而可以稱聖人之德乎則古之事先聖何爲
而不然也宋因近世之法而無能言至今天子始
詔天下有州者皆得立學奠孔子其中如古之爲而
縣之學士滿二百人者亦得爲之而繁昌小邑也其
士少不能中律舊雖有孔子廟而庳下不完又其門

人之像惟顏子一人而已今夏君希道太初至則修而作之具爲子夏子路十人像而治其兩廡爲生師之居以待縣之學者以書屬其故人臨川王某使記其成之始云離上之法而苟欲爲古之所爲者無法流於今俗而思古者不聞教之所以本文義之所去也太初是無變今之法而不失古之實其不可以無傳也

芝閣記

祥符時封泰山以文天下之平四方以芝來告者萬數其大吏則 天子賜書以寵嘉之小吏若民輒錫金帛方是時希世有力之大臣窮搜而遠采山農野老攀緣狙杙以上至不測之高下至澗壑谷分崩

瑰絶幽窮隱伏人迹之所不通者往往求焉而立出於九州四海之間蓋幾於盡矣至　今上即位謙讓不德自大臣不敢言封禪詔有司以祥瑞告者皆勿納於是神奇之産銷藏委翳於蒿藜榛莽之間而山農野老不復知其爲瑞也則知因一時之好惡而能成天下之風俗況於行先王之治哉太丘陳君學文而好奇其之於庭能識其爲之惜其可獻而莫售也故聚於其居之東偏掇取而藏之蓋其好奇如此意之一也或曰於天下或貴於士或辱於凡民夫豈不以時哉天下有道固不役志於貴賤而卒所以貴幾者何以異於此此之所以歎也皇祐五年十月日記

信州興造記

晉陵張公治虔之明年皇祐二年也姦彊帖柔隱詘發舒既政大行民以寧息夏六月乙亥大水公徙囚於高獄命百隸戒不共有常誅夜漏半水破城滅府寺包民廬居公趨譙門坐其下敕吏士以桴收民鰥孤老癃與所徙之囚咸得不死丙子水降公從賓佐按行隱度符縣調富民水之所不至者夫錢戶七百八十六收佛寺之積材一千一百三十有二不足則前此公所命富民出粟以賙貧民者二十三人自言曰食新矣賙可以已願輸粟直以佐材費七月甲午募人城水之所入垣羣府之缺考監軍之室立司理之獄營州之西北亢爽之墟以宅屯駐之師除其故營以時教士刺伐坐作之法故所無也作驛曰饒陽

竹宅曰迴車築二亭于南門之外左曰仁右曰智山
水之所附也梁四十有二舟于兩亭之間以通車徒
之道築一亭于州門之左曰宴月言所以屬賓也凡
為梁一為城垣九千尺為屋八以楹數之得五百五
十二自七月九日卒九月七日為日五十二為夫一
萬一千四百二十五[illegible]以下見城郭室屋之完而
[illegible]而不見役使之及已凡
[illegible]今有之故其經費卒不
[illegible]以[illegible]補敗之政如此其[illegible]
[illegible]州縣之[illegible]民長病[illegible]之
政出焉雖舍之不適其取之不中元惡寇豪舞手足
乘民而民始病病極矣吏乃始驚然自喜長相與誹

且笑之而不知也吏而不知爲政其重困民多如此
此予所以哀民而閔吏之不學也由是而言則爲公
之民不幸而遇害災其亦庶乎無憾矣十一月二十日
臨川王某記

餘姚縣海塘記

自雲柯而南至于某有堤若干尺截然令海水之潮
汐不得冒其旁田者知縣事謝君爲之也始堤之成
謝君以書屬予記其成之始曰使來者有考焉而得卒
任完之以不隳謝君者陽夏人也字師厚景初其名
也其先以文學稱天下而連世爲貴人至君遂以文
學世其家其爲縣不以材自負而忽其民之急方作
堤時歲丁亥十一月也能親以身當風霜氣霧之毒

以勉民作而除其害又能令其民翕然皆勸趨之而
忘其役之勞遂不踰時以有成功其仁民之心效見
於事如此亦可以已而猶自以爲未也又思有以告
後之人令嗣續而完之以永其存善夫仁人長慮却
顧圖民之災如此其至其不可以無傳而後之君子
考其傳得其所以爲其亦不可以無忘而異時予嘗
以事至餘姚而君過予與予從容言天下之事君曰
道之閎大隱密聖人之所獨鼓萬物以然而皆莫知
其所以然者蓋有所難知也其治政教令施爲之詳
凡與人共而尤丁寧以急者其易知較然者也通塗
川治田桑爲之隄防溝澮渠川以禦水旱之災而興
學校屬其民人相與習禮樂其中以化服之此其尤

丁寧以急而較然易知者也今世吏者其愚也固不知所爲而其所謂能者務出奇爲聲威以驚世震俗至或盡其力以事刀筆薄書之間而已而反以謂古所爲尤丁寧以急者吾不暇以爲吾曾爲之而曾不足以爲之蔑有一人爲之且不足以名於世而見謂材嘻其可歎也夫爲天下國家且百年而勝殘去殺之效則猶未也其不出於當時子良以其言爲然既而聞君之爲其縣至則爲橋於江治學者以教養縣人之子弟既而又有隄之役於是又信其言之行而不予欺也已爲之書其隄事因并書其言終始而存之以告後之人慶曆八年七月日記

通州海門興利記

余讀豳詩以其父子饁彼南畝田畯至喜嗟乎豳之人帥其家人勠力以聽吏吏推其意以相民何其至也夫喜者非自外至乃其中心固有以然也既嘆其吏之能民又思其君之所以待吏則亦欲善之心出於至誠而已蓋不獨法度有以驅之也以賞罰用天下而先王之俗廢有士於此能以豳之吏自爲而不苟於其民豈非所謂有志者邪以余所聞吳興沈君興宗海門之政可謂有志矣既隄北海七十里以除水患遂大浚渠川釃取江南以灌義寧等數鄉之田方是時民之墊於海呻吟者相屬君至則寬禁緩求以集流亡少焉誘起之以就功莫不蹶蹶然奮其憊而來也由是觀之苟誠愛民而有以利之雖創殘窮

敝之餘可勉而用也況於力足者乎輿宗好學知方竟其學文將有大者焉此何足以盡吾沈君之才抑可以觀其志矣而論者或以一邑之善不足書之今天下之邑多矣其能有以遺其民而不愧於鹵之吏者果多乎不多則予不欲使其無傳也至和元年六月六日臨川王某記

臨川先生文集卷第八十二

臨川先生文集卷第八十三

記

鄞縣經遊記
遊褒禪山記
城陂院興造記
慈溪縣學記
萬宗泉記
揚州龍興講院記
撫州招仙觀記
石門亭記
撫州通判廳見山閣記
真州長蘆寺經藏記

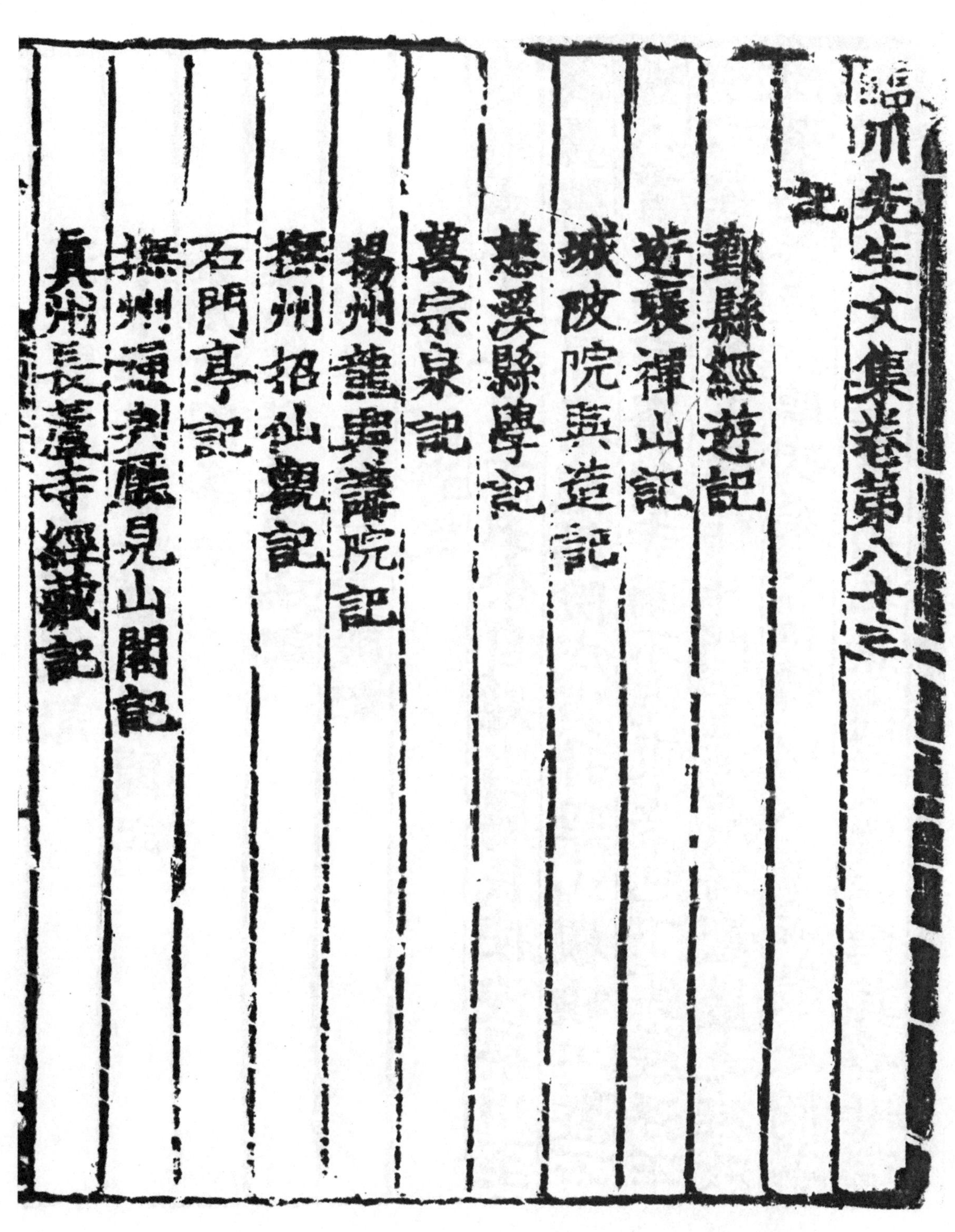

漣水軍淳化院經藏記

大中祥符觀新修九曜閣記

揚州新園亭記

廬山文殊像現瑞記

撫州祥符觀三清殿記

鄞縣經遊記

慶曆七年十一月丁丑余自縣出屬民使浚渠川至萬靈鄉之左界宿慈福院戊寅升雞山觀碶工鑿石遂入育王山宿廣利寺雨不克東辛巳下靈巖浮石湫之壑以望海而謀作斗門于海濱宿靈巖之旌教院癸未至蘆江臨決渠之口轉以入于瑞巖之開善院遂宿甲申遊天童山宿景德寺質明與其長老瑞

新上石望玲瓏巖徜徉佇眙者久之而還遂食寺之西堂遂行至東吳具舟以西質明泊舟堰下食大梅山之保福寺　過五峯行十里許復具舟以西至小溪以夜中質明觀新渠及洪水灣還食普寧院日下昃如林村夜未中至資壽院質明戒桃源清道二鄉之民以其事允東西十有四鄉鄉之民畢已受事而余遂歸云

遊褒禪山記

褒禪山亦謂之華山唐浮圖慧褒始舍於其址而卒葬之以故其後名之曰褒禪今所謂慧空禪院者褒之廬冢也距其院東五里所謂華山洞者以其乃華山之陽名之也距洞百餘步有碑仆道其文漫滅獨

其爲文猶可識曰花山今言華如華實之華者蓋音
謬也其下平曠有泉側出而記遊者甚衆所謂前洞
也由山以上五六里有穴窈然入之甚寒問其深則
其好遊者不能窮也謂之後洞余與四人擁火以入
入之愈深其進愈難而其見愈奇有怠而欲出者曰
不出火且盡遂與之俱出蓋予所至比好遊者尚不
能十一然視其左右來而記之者已少蓋其又深則
其至又加少矣方是時予之力尚足以入火尚足以
明也既其出則或咎其欲出者而予亦悔其隨之而
不得極夫遊之樂也於是予有歎焉古人之觀於天
地山川草木蟲魚鳥獸往往有得以其求思之深而
無不在也夫夷以近則遊者衆險以遠則至者少而

世之奇偉瑰怪非常之觀常在於險遠而人之所罕至焉故非有志者不能至也有志矣不隨以止也然力不足者亦不能至也有志與力而又不隨以怠至於幽暗昏惑而無物以相之亦不能至也然力足以至焉於人爲可譏而在己爲有悔盡吾志也而不能至者可以無悔矣其孰能譏之乎此予之所得也余於仆碑又以悲夫古書之不存後世之謬其傳而莫能名者何可勝道也哉此所以學者不可以不深思而慎取之也四人者廬陵蕭君圭君玉長樂王回深父余弟安國平父安上純父至和元年七月某日臨川王某記

城陂院興造記

靈谷者吾州之名山衛尉府君之所葬也山之水東出而北折以合於城陂陂上有屋曰城陂院者僧法沖居之而王氏諸父子之來視墓者退輒休於此當慶曆之甲申法沖始[redacted]其毀而有之至嘉祐之戊戌而自門至於寢浮屠之所宜有者新作之皆具乃豫其徒而謀曰自吾與爾有此屋取材於山取食於田而又推其餘以致所無然猶不足以完也而又取貸力於邑人以助蓋爲之以八年而後吾志就其勤如此不可無記惟王氏世與吾接而衛尉府君之葬於此也試往請焉宜肯於是其徒相與礱石於庭而使來以請

慈谿縣學記

天下不可一日而無政教，故學不可一日而亡於天下。古者井天下之田而黨庠遂序國學之法立乎其中，鄉射飲酒春秋合樂養老勞農尊賢使能攷藝選言之政至于受成獻馘訊囚之事無不出於學，於此養天下智仁聖義忠和之士以至一偏一伎一曲之學無所不養，而又取士大夫之材行完絜而其施設已嘗試於位而去者以爲之師，釋奠釋菜以教不忘其學之所自，遷徙偪逐以勉其怠而除其惡，則士朝夕所見所聞無非所以治天下國家之道，其服習必於仁義而所學必皆盡其材，一日取以備公卿大夫百執事之選，則其材行皆已素定，而士之備選者其施設亦皆素所見聞而已，不待閱習而後能者也。古之在上者專不慮而盡功不爲而足其要如此而已此二帝三王所以治天下國家而立學之本意也後世無井田之法而學亦或存或廢大抵所以治天下國家者不復皆出於學而學之士羣居族處爲師弟子之位者講章句課文字而已至其陵夷之久則四方之學者廢而爲廟以祀孔子於天下斲木摶土如浮屠道士法爲王者象州縣吏春秋帥其屬釋奠於其堂而學士者或不預焉蓋廟之作出於學廢而近世之法然也　今天子即位若干年頗修法度而革近世之不然者當此之時學稍稍立於天下矣猶曰州之士滿二百人乃得立學於是慈溪之士不得有學而爲孔子廟如故廟又壞不治今劉君在中言于

州使民出錢將修而作之未及爲而去時慶曆某年也後林君肇至則曰古之所以爲學者吾不得而見而法者吾不可以毋循也雖然吾之人民於此不可以無教即因民錢作孔子廟如今之所云而治其四旁爲學舍講堂其中帥縣之子弟起先生杜君醇爲之師而興于學噫林君其有道者耶夫吏者無變今之法而不失古之實此有道者之所能也林君之爲其幾於此矣林君固賢令而慈溪小邑無珍產淫貨以來四方游販之民田桑之美有以自足無水旱之憂也無游販之民故其俗一而不雜有以自足故人愼刑而易治而吾所見其邑之士亦多美茂之材易成也杜君者越之隱君子其學行宜爲人師者也夫

以小邑得賢令又得宜爲人師者爲之師而以修醇一易治之俗而進美茂易成之材雖拘於法限於勢不得盡如古之所爲吾固信其教化之將行而風俗之成也夫教化可以美風俗雖然必久而後至于善而今之吏其勢不能以久也吾雖喜且幸其將行而又憂夫來者之不吾繼也於是本其意以告來者

萬宗泉記

僧道光得泉之三年直歲善端治屋龍井之西北發土得汎泉二萬宗命溝井而合焉東爲二池池各有溝注于南池而東南其餘水以溉山麓之田既甃善端請名余爲名其泉曰萬宗云

揚州龍興講院記

予少時客遊金陵浮屠慧禮者從予遊予既吏淮南而慧禮得龍興佛舍與其徒日講其師之說嘗出而過焉庳屋數十椽上破而旁穿側出而視後則榛棘出人不見垣端指以語予曰吾將除此而宮之雖然其成也不以私吾後必求時之能行吾道者付之願記以示後之人使不得私焉當是時禮方丐食飲以卒日視其居枵然余特戲曰姑成之吾記無難者後四年來曰昔之所欲爲凡百二十楹賴州人蔣氏之力既皆成盍有述焉噫何其能也蓋慧禮者予知之其行謹潔學博而才敏而又卒之以不私宜成此不難也今夫衣冠而學者必曰自孔氏孔氏之道易行也非有苦身窘形離性禁欲若彼之難也而士之行

苟一鄉才足一官者常少而浮屠之寺廟被四海則彼其所謂材者寧獨禮邪以彼之材由此之道去至難而就甚易宜其能也嗚呼失之此而彼得焉其有以也夫

撫州招仙觀記

招仙觀在安仁郭西四十里始作者與其歲月予不知也祥符中嘗廢廢四五十年而道士全自明以醫游其邑邑之疾病者賴以治而皆憂其去人相與言州出材力因廢基築宫而留之全與其從者一人爲留而觀復興全識予舅氏而因舅氏以乞予書其復興之歲月夫宫室器械衣服飲食凡所以生之具須人而後具而人不須吾以足惟浮屠道士爲然而全

之爲道士又須之而不可以去也其所以養於人也
視其黨可以無媿矣予爲之書其亦可以無媿焉慶
曆七年七月復興之歲月也

石門亭記

石門亭在青田縣若干里令朱君爲之石門者名山
也古之人咸刻其觀遊之歲無留之山中其石相望
君至而爲亭悉取古今之刻立之亭中而以書與其
甥之壻王某使記其作亭之意夫所以作亭之意其
直好山乎其亦好觀遊眺望乎其亦於此問民之疾
憂乎其亦燕閒以自休息於此乎其亦憐夫人之刻
暴剗偃踣而無所庇障且泯滅乎夫人物之相好惡
必以類廣大茂美萬物附焉以生而不自以爲功者

山也好山仁也去郊而適野升高以遠望其中必有慨然者書不云乎予耄遜于荒詩不云乎駕言出遊以寫我憂夫環顧其身無可憂而憂者必在天下憂天下亦仁也人之否也敢自逸至即浮山長谷之民與之相對接而交言語以求其疾憂有其壅而不聞者乎求民之疾憂亦仁也政不有小大不以德則民不化服民化服然後可以無訟民不無訟令其能休息無事優遊以嬉乎古今之名者其石幸在其文信善則其人之名與其石且傳而不朽成仁之名而不奪其志亦仁也作亭之意其然乎其不然乎

撫州通判廳見山閣記

撫州太常博士施侯為閣於其舍之西偏既成

與客升以飲而爲之名曰見山且言曰吾人脱於兵火洗沐仁聖之膏澤以休其父子者餘百年於今天子恭儉陂池苑囿臺榭之觀有堙毀而無改作其不欲有所騷動而思稱祖宗所以憫仁元元之意殊甚故人得私其智力以逐於利而窮其欲自雖蠻夷湖海山谷之聚大農富工豪賈之家往往能廣其宮室高其樓觀以與通邑大都之有力者爭無窮之侈夫民之富溢矣吏獨不當因其有餘力有以自娛樂於上施耶又況撫之爲州山耕而水蒔牧牛馬用虎豹爲地千里而民之男女以萬數者五六十地大人衆如此而通判與之爲之父母則其人奚可不賢雖賢豈能無勞於爲治獨無觀游食饗之地以休其暇

曰殆非先王使小人以力養君子之意吾所以樂爲之就此而忘勞者非以爲吾之不肖能長有此顧不如是不足以待後之賢者爾且夫人之慕於賢者爲其所樂與天下之志同而不失然後能有餘以與民而使皆得其所願而世之說者曰召公爲政於周方春舍於蔽芾之棠聽男女之訟焉而不敢自休息于宮恐民之從義者勤而害其田作之時蓋其隱約窮苦而以自媚於民如此故其民愛思而詠歌之至於不忍伐其所舍之棠今甘棠之詩是也嗟乎此殆非召公之實事詩人之本指特墨子之餘言贅行吝細褊迫者之所好而吾之所不能爲於是酒酣客皆歡相與從容譽施之侯所爲而稱其書之善又美大其閣

而目於其所以名之者曰閣之上流目而環之則邑屋草木川原陂隰之無蔽障者皆見施侯獨有見於山而以爲之名何也豈以山之在吾左右前後若蹯若踞若伏若鬭而爲獨能適吾目之所觀邪其亦吾心有得於是而樂之也施侯以客爲知言而以書抵予曰吾所以爲閣而名之者如此子其爲我記之數辭不得止則又曰吾叔父之命以取焉遂爲之記以示後之賢者使知夫施侯之所以爲閣而名之者其言如此

真州長蘆寺經藏記

西域有人焉止而無所繫觀而無所逐唯其無所繫故有所繫者守之唯其無所逐故有所逐者從之從

而寺之者不可為量數則其言而應之議而辨之也
亦不可為量數此其書之行乎中國所以至於五千
四十八卷之而尚矣是以為多也真州長蘆寺釋智福
者為高屋建大軸兩輪而棲匭於輪間以藏五千四
十八卷者其募錢至三千萬其土木丹漆珠璣萬金
之閎壯靡麗言者不能稱也唯覽者知焉夫道之在
天下莫非命也而有廢興時也知出之有命興之有時
智福所以當天下貧窶之時能獨鼓舞得其財以有
所建立每至於此蓋無足以疑智福有才略善治其
徒衆從余求識其成於是乎書

漣水軍淳化院經藏記

道之不一久矣人人善其所見以為教於天下而傳之

後世後世學者或徇乎身之所然或誘乎世之所趨或得乎心之所好於是聖人之大體分裂而爲八九博聞該見有志之士補苴調胹冀以就完而力不足又無可爲之地故終不得盖有見於無思無爲退藏於密寂然不動者中國之老莊西域之佛也既以此爲教於天下而傳後世故爲其徒者多寬平而不忮質靜而無求不忮似仁無求似義當士之夸漫盜奪有已而無物者多於世則超然高蹈其爲有似乎吾之仁義者豈非所謂賢於彼而可與言者邪若通之瑞新閩之懷璉皆今之爲佛而超然吾所謂賢而與之游者也此二人者既以其所學自脫於世之淫濁而又皆有聰明辯智之才故吾樂以其所得者閒語

焉與之遊忘日月之多也璉嘗謂余曰吾徒有善因者得屋於漣水之城中而得吾所謂經者五千四十八卷於京師歸市匭而藏諸屋將求能文者爲之書其經藏者之歲時而以子之愛我也故使其徒來屬能爲我强記之乎善因者蓋嘗爲屋於漣水之城中而因瑞新以求予記其歲時予辭而不許者也於是問其藏經之日某年月日也夫以二人者與予遊而善因屬我之勤豈有他哉其不可以終辭乃爲之書而并告之所以書之意使鑱諸石

大中祥符觀新脩九曜閣記

某自揚州歸與叔父會京師叔父曰大中祥符觀所謂九曜者道士丁用平募民錢爲堂庖廡已又爲閣

置九曜像其下從吾先洪文記此其年時洪爲之臨川之城中東有大丘左溪水水南出而北并于江城之東以溪爲隍吾廬當丘上北折而東百步爲祥符觀觀岸溪水東南之山不奄乎人家者可望也某少時固嘗從長者游而樂之以爲溪山之佳雖異州樂也況吾父母之州而又去吾廬爲之近者邪雖其身去爲吏獨其心不須臾去也今道士又新其居以壯觀游閣焉使游者得以窮登望之勝使可望者不唯東南而已豈不重可樂邪道士之所爲幾吾之所樂而命吾文又叔父也即欲已得邪惜乎安得與州之君子者游焉以忘吾憂而慰吾思邪閣成之日某年月日也

揚州新園亭記

諸侯宮室臺榭講軍實容俎豆各有制度舊古今大都方伯所治處制度狹庳軍實不講俎豆無以容不以偪諸侯哉宋公至自丞相府化清事省喟然有意其圖之也今太常刁君實集其意會公去鎮鄆君即而考之占府乾隅夷茀而基因城而垣並垣而溝周六百步竹萬箇覆其上故高亭在垣東南循而西三十軌作堂曰愛思道僚吏之不忘宋公也堂南北鄉袤八筵廣六筵直北爲射埒列樹八百本以翼其旁賓至而享吏休而宴於是乎在又循而西十有二軌作亭曰隸武南北鄉袤四筵廣如之埒如堂列樹以鄉春秋時敎士戰射坐作之法於是乎在始慶曆二年

十二月某日凡若干日卒功云初宋公之政務不煩其民是役也力出於兵材資於官之餘地瞰於公官之隙成公志也噫揚之物與監東南所覘仰天子宰相所垂意而選繼乎宜有若宋公者丞乎宜有若刁君者金石可毀此無廢已慶曆三年四月某日臨川王某記

廬山文殊像現瑞記

番陽劉定嘗登廬山臨文殊金像所沒之谷睹光明雲瑞圖示臨川王某求記其事某曰有有以觀空空亦幻空空以觀幻幻亦實幻實果有辯乎然則如子所睹可以記可以無記記無記果亦有辯乎雖然子既圖之矣余不言以無記也定以熙寧元年四月十

日十年九月二十七日瞻某以元豐元年十一月二十三日記

撫州祥符觀三清殿記

臨川之州城績濱上西出城之上有宮巋然濱之淈淈流過其下東南之山皆在其門戶庭廡之間者曰祥符觀觀之中有屋四注深五十五尺廣七十二尺陛之高居深十八分之一楹二十有四門兩夾窗中象三尊象二十有六者曰三清殿用其師之說以動人而能有此者曰道士黎自新出其力以歸於道士之說而卒成此者曰田之人鄧佺佺之子袁敢堂與予遊予之歸告語其人之意而乞予文予不能拒也夫用其所之說以動人者道士也予力顯其道一

下復何云哉皇祐二年五月二十五日

臨川先生文集卷第八十三

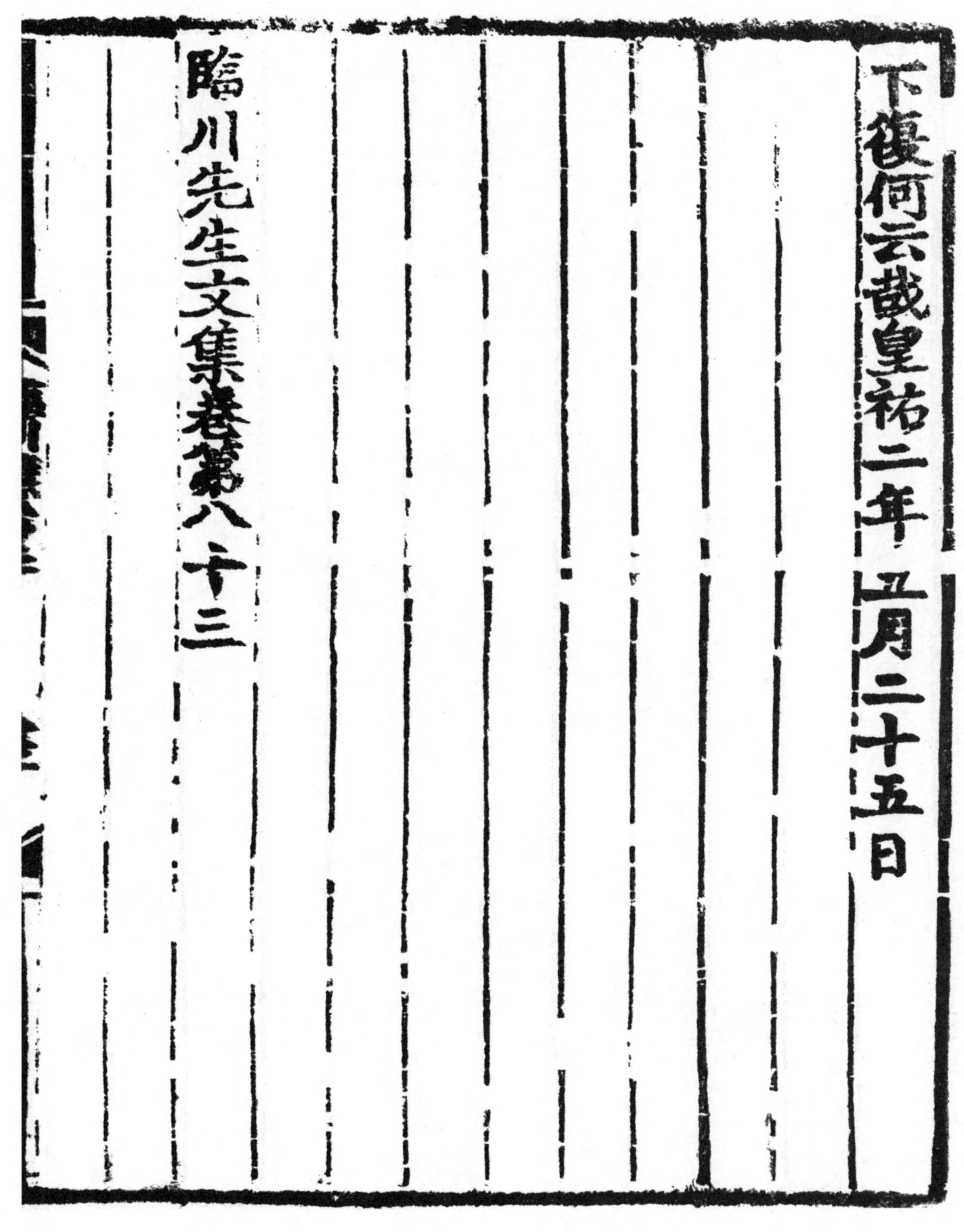

臨川先生文集卷第八十四

序

伴送北朝人使詩序

唐百家詩選序

善救方後序

送陳升之序

張刑部詩序

送孫正之序

送胡叔才序

周禮義序

士弊於俗學久矣　聖上閔焉以經術造之乃集儒臣訓釋厥旨將播之校學而臣某實董周官惟道之在政事其貴賤有位其後先有序其多寡有數其遲數有時制而用之存乎法推而行之存乎人其人足

以任官其官足以行法莫盛乎成周之時其法可施於後世其文有見於載籍莫具乎周官之書蓋其因習以崇之庚續以終之至於後世無以復加則豈特文武周公之力哉猶四時之運積而成寒暑非一日也自周之衰以至于今歷歲千數百矣太平之遺迹掃蕩幾盡學者所見無復全經於是時也乃欲訓而發之臣誠不自揆然知其難　而發之之為難則又以知夫立政造事追而復之之為難然竊觀聖上致法就功取成於心訓迪在位有馮有翼亹亹乎鄉六服承德之世矣以所觀乎今考所學乎古所謂見而知之者臣誠不自揆妄以為庶幾焉故遂昧冒自竭而忘其材之弗及也謹列其書為二十有二

卷六十餘萬言上之　御府副在有司以待制詔頒焉謹序

詩義序

詩三百十一篇其義具存其辭亡者六篇而已　上既使臣雱訓其辭又命臣與臣某等訓其義書成以賜太學布之天下又使臣某為之序謹拜手稽首言曰詩上通乎道德下止乎禮義放其言之文君子以興焉循其道之序聖人以成焉然以孔子之門人賜也商也有得於一言則孔子悅而進之蓋其說之難明如此則自周衰以迄于今泯泯紛紛豈不宜哉伏惟

皇帝陛下內德純茂則神罔時恫外行恂達則四方以無侮日就月將學有緝熙于光明則頌之所形容

蓋有不足道也微言奥義既自得之又命承學之臣訓釋厥遺樂與天下共之顧臣等所聞如爝火焉豈足以庚日月之餘光姑承明制代匱而已傳曰美成在久故棫樸之作人以壽考爲言蓋將有來者焉追琢其章纘　聖志而成之也臣雖且老矣尚庶幾及見之謹序

書義序

熙寧二年臣某以尚書入侍遂與政而子雱實嗣講事有旨爲之説以獻八年下其説太學班焉惟虞夏商周之遺文更秦而幾亡遭漢而僅存賴學士大夫誦説以故不泯而世主莫或知其可用天縱　皇帝大知實始操之以驗物考之以決事又命訓其義兼

明天下後世而臣父子以區區所聞承之與榮焉然言之淵懿而釋以淺陋命之重大而承以輕眇茲榮也秪所以爲愧歟謹序

熙寧字説序

文者奇偶剛柔雜比以相承如天地之文故謂之文字者始於一二而生生至於無窮如母之字子故謂之字其聲之抑揚開塞合散出入其形之衡從曲直邪正上下内外左右皆有義皆本於自然非人私智所能爲也與夫伏羲八卦文王六十四異用而同制相待而成易先王以爲不可忽而患天下後世失其法故三歲一同同之者一道德也秦燒詩書殺學士而於是時始變古而爲隸蓋天之喪斯文也不然則

秦何力之能爲余讀許慎説文而於書之意時有所悟因序録其説爲二十卷以與門人所推經義附之惜乎先王之文缺已久慎所説不具又多舛而以余之淺陋考之且有所不合雖然庸詎非天之將興斯文也而以余贊其始故其教學必自此始能知此者則於道德之意已十九矣

新秦集序

新秦集者故龍圖閣直學士尚書禮部郎中知諫院號略楊公之文公以嘉祐七年四月某日甲子卒官而外孫開封府推官尚書度支員外郎中山李壽朋廷老治其藁爲二十卷公諱畋字樂道世家新秦其先人以忠力智謀爲將帥名聞天下至公始折節讀

書用進士起家嘗提點荊湖北路刑獄數自擊殺蠻有功得士卒心故儂智高反時自喪服中特起之往擊其後爲三司副使天章閣待制侍讀知制誥數以言事有直名故遷龍圖閣直學士知諫院又數言事無所顧望所言有人所不能言者故其卒　天子録其忠賻賜之加等而士大夫知公者爲朝廷惜也公所爲文莊厲謹絜類其爲人而尤好爲詩其詞平易不迫而能自道其意讀其書詠其詩視其平生之大節如此嗟乎蓋所謂善人之好學而能言者也

老杜詩後集序

予考古之詩尤愛杜甫氏作者其辭所從出一莫知窮極而病未能學也世所傳已多計尚有遺落思得

其完而觀之然每一篇出自然人知非人之所能爲而爲之者惟其甫也輒能辨之予之令鄞客有授予古之詩世所不傳者有二百餘篇觀之予知非人之所能爲而爲之實甫者其文與意之著也然甫之詩其完見於今者自予得之世之學者至乎甫而後爲詩不能至要之不知詩焉爾嗚呼詩其難惟有甫哉自洗兵馬下序而次之以示知甫者且用自發焉皇祐壬辰五月日臨川王某序

靈谷詩序

吾州之東南有靈谷者江南之名山也龍蛇之神虎豹翬翟之文章楩柟豫章竹箭之材皆自山出而神林鬼冢魑魅之穴與夫仙人釋子恢譎之觀咸附託

焉至其淑靈和清之氣盤礴委積於天地之間萬物之所不能得者乃屬之於人而處士君實生其阯君姓吳氏家於山阯豪傑之望臨吾一州者蓋五六世而後處士君出焉其行孝悌忠信其能以文學知名於時惜乎其老矣不得與夫虎豹翬翟之文章楩楠豫章竹箭之材俱出而爲用於天下顧藏其神奇而與龍蛇雜此土以處也然君浩然有以自養遨遊於山川之間嘯歌謳吟以寓其所好終身樂之不厭而有詩數百篇傳誦於閭里他日出靈谷三十二篇以屬其甥曰爲我讀而序之惟君之所得蓋有伏而不見者豈特盡於此詩而已雖然觀其鑱刻萬物而接之以藻繢非夫詩人之巧者亦孰能至於此

送陳興之序

先人爲臨江軍判官實佐今駕部員外郎陳公其後二十五年公之子興之主泰之如皐簿其爲判官淮南以事出如皐過之相好也其後二年歸京師興之亦以進士得嘉慶院解復過之相如歡焉興之試禮部有日今宰相其世父也奏前試罷之以避嫌興之當遠官踰數月乃得泉之晉江主簿去陳公世文家仕宦四十年連坐謫流落不得所欲其意不能毋望興之貴富世其家也興之亦誠博學能文辭有氣節吾意其爲進士宜有得焉今失所欲又爲所謂主簿者遠其親三千里不啻是其心獨能毋介然者邪夫大公之道行上之人子弟苟賢者任而進之無嫌也

下之人曰亦不以嫌之今興之去知者皆嘗其才之可以進焉而卒不得無以慰其親也吾於興之又無故不爲之言所以慰其親諮其心之介然者不得其說而獨樂夫公之道不行焉

送李主簿之官高郵序

君之才措諸後聞之初君眂金陵酒政人皆惜君一不試於劇而淪於卑元君將復優爲之曰孔子嘗爲乘田委吏矣會計當而已矣牛羊蕃而已矣既而又得調高郵臨之人復惜君不試於劇而淪於卑元君言如初色滋甚憂喜於戲今之公卿大夫據徼乘機鑽隙抵巇僮不盈志則戚戚以悲吾乃皦然反之此豪所以高君也抑有猜焉古之柄國家者有戢以景藏采括處

下列拔而致之朝使相讒謀今豈不若古邪奚遂君請而弗拔也

石仲卿字序

子生而父名之以别於人云爾冠而字成人之道也奚爲成人之道也成人則貴其所以成人而不敢名之於是乎命以字之字之爲有可貴焉孔子作春秋記人之行事或名之或字之皆因其行事之善惡而貴賤之二百四十二年之閒字而不名者十二人而已人有可貴而不失其所以貴乃爾其少也閩人石仲卿來請字予以子正字之附其名之義而爲之云爾子正於進士中名知經往往脱傳注而得經所以去之意據之久未見其行己有闕也庶幾不失其

所以貴者歟

伴送北朝人使詩序

某被勑送北客至塞上語言之不通而與之並轡十有八日亦默默無所用吾意恐時竊詠歌以娛愁思當笑語鞍馬之勞其言有不足取者然比諸戲謔之善尚宜爲君子所取故悉録以歸示諸親友

唐百家詩選序

余與宋次道同爲三司判官時次道出其家藏唐詩百餘編誘余擇其精者次道因名曰百家詩選廢日力於此良可悔也雖然欲知唐詩者觀此足矣

善救方後序

孟子曰先王有不忍人之心斯有不忍人之政臣某

伏讀善救方而竊歎曰此可謂不忍人之政矣夫君者制命者也推命而致之民者臣也君臣皆不失職而天下受其治方今之時可謂有君矣生養之德通乎四海至於蠻夷荒忽不救之病皆思有以救而存之而臣等雖賤實受命治民不推　陛下之恩澤而致之民則恐得罪於天下而無所辭誅謹以刻石樹之縣門外左令觀赴者自得而不求有司云皇祐元年二月二十八日序

送陳升之序

今世所謂良大夫者有之矣皆曰是宜任大臣之事者作而任大臣之事則上下一失望何哉人之材有小大而志有遠近也彼其任者小而責之近則煦煦

然仁而有餘於仁矣孑孑然義而有餘於義矣人見其仁義有餘也則曰是其任者小而責之近矣任將有大此者然上下疑之云爾然後作而任大臣之事作而任大臣之事宜有大此者焉然則煦煦然而已矣孑孑然而已矣故上下一失望豈惟失望哉後日誠有堪大臣之事真名實烝然於上上必怠前日之所疑而逆疑焉暴於下下必懲前日之所疑而逆疑焉上下交疑誠有堪大臣之事者而莫之或任幸欲任則左右小人得引前日之所疑懲之矣噫聖人謂知人難君子惡名之溢於實爲此則奈何亦精之而已矣惡之則奈何亦充之而已矣知難而不能精之惡之而不能充之其亦殆哉予在揚州朝之人過焉

者多壞大臣之事可信而望者陳升之而已矣今去官於宿州予不知復幾何時乃一見之也予知升之作而任大臣之事固有待矣煦煦然仁而已矣子然義而已矣非予所以望於升之也

張刑部詩序

刑部張君詩若干篇明而不華喜諷道而不刻切其唐人善詩者之徒歟君並楊劉楊劉以其文詞染當世學者迷其端原靡靡然窮日力以摹之粉墨青朱顛錯叢厖無文章黼黻之序其屬情藉事不可考據也方此時自守不污者少矣君詩獨不然其自守不污者邪子夏曰詩者志之所之也觀君之志然則其行亦自守不污者邪豈唯其言而已畀予詩而請序

者君之子彥博也彥博以子文叔爲撫州司法還自揚州識之日與之接云慶曆三年八月序

送孫正之序

時然而然衆人也己然而然君子也己然而然非私己也聖人之道在焉爾夫君子有窮苦顛跌不肯一失詘己以從時者不以時勝道也故其得志於君則變時而之道若反手然彼其術素脩而志素定也時乎楊墨己不然者孟軻氏而已時乎釋老己不然者韓愈氏而已如孟韓者可謂術素脩而志素定也不以時勝道也惜也不得志於君使眞儒之效不白於當世然其於衆人也卓矣嗚呼予觀今之世圓冠峩如大裾襜如坐而堯言起而舜趨不以孟韓之心爲

心者果異衆人乎予官於揚得友曰孫正之正之行
古之道又善爲古文予知其能以孟韓之心爲心而
不已者也夫越人之望燕爲絶域也北轅而首之苟
不已無不至孟韓之道去吾黨豈若越人之望燕哉
以正之之不已而不至焉予未之信也一日得志於
吾君而真儒之效不白於當世予亦未之信也正之
之兄官於溫奉其親以行將從之先爲言以處予予
欲默安得而默也慶曆二年閏九月十一日

送胡叔才序

叔才銅陵大宗也以貲名弟豪者馳騁漁弋爲已
事謹者務多闢田以殖其家先時邑之豪家子弟有命
儒者耗其千金之產卒無所邑豪家以爲誚莫肯命儒

者遇儒冠者皆指目遠去其蔣流已然雖胡氏寄焉
獨叔才之父母不然於叔才之幼指畫業小道遊良先生
教之既壯可以遊資而遣之無所靳居數年歸試於
有司不合而歸邑人之訾者于竊笑者豈直其父母愈
篤不悔復資而遣之叔才總字人也悱然感父母所
以教己之篤追四方才賢學作文章思顯其身以及
其親不數年遂能袞然爲學進士復闢試於有司不
幸復謫於不己知不予愚而從之遊嘗爲予言父母
之愚而懸其邑人不能歸予曰歸也夫祿與位庸者
所待以爲榮者也彼賢者遺彌於中而祿之以藝雖
無祿與位其榮者固在也子之親矯群庸而置子於
聖賢之途可謂不賢乎或訾或笑而終不悔不賢者

能之乎？今而舍道德而榮祿位，殆不其然。然則子之所以榮親而釋憊者亦多矣，昔之譽者竊笑者，固庸者爾，豈子所宜憊哉？姑持丁言以歸，爲父母壽，其亦喜無量於子何如？因釋然，帶治裝而歸。予即書其所以爲父母壽者送之云。

臨川先生文集卷第八十四

臨川先生文集卷第八十五

祭文

祭李省副文

祭高師雄主簿文

祭馬玘大夫文

祭盛侍郎文

祭杜待制文

祭丁元珍學士文

祭刁景純學士文

祭韓欽聖學士文

祭沈文通文

祭杜慶州杞文

祭曾魯公文

嗚呼魯公爲時臣宗小大具宜濟以勤恭寔相累朝

有德有庸帝序之爵三公是秩祚介之祉乃終有吉顯允嗣子能臣公休賛我事樞符帝之求公榮在家禄養具美既壽且康順以卒齒公則無憾以返其眞天子震悼逮及國人況如某辱知最久西望涕隕以薦食酒

祭范潁州文仲淹

嗚呼我公一世之師由初迄終名節無疵明肅之盛身危志殖瑶華失位又隨以斥治功亟聞尹帝之都閉姦興良稚子歌呼赫赫之家萬首俯趨獨繩其私以走江湖士爭留公蹈禍不慄有危其辭謁與俱出風俗之衰駭正怡邪蹇蹇我初人以疑嗟力行不回慕者興起儒先酋酋以節相侈公之在貶愈勇爲忠

稽前引古誼不營躬外吏三州施有餘澤如釃河江以灌尋尺宿賊自解不以刑加猾盜涵仁終老無邪講藝弦歌慕來千里溝川障澤田桑有喜殘孽猘狂敢齮我疆鑄印刻符公屏一方取將於伍後嘗名顯收士至佐維邦之彥聲之所加虜不敢瀕以其餘威走敵完鄰昔也始至瘡痍滿道藥之養之內外完好旣其無爲飲酒笑歌百城晏眠吏士委蛇上嘉曰材以副樞密稽首辭讓至于六七遂參宰相釐我典常扶賢贊傑亂宄除荒官更於朝士變於鄉百治具修偷墮窳强彼闕不遂歸侍帝側卒屏于外身屯道塞謂宜考老尚有以爲神乎孰忍使至於斯蓋公之才猶不盡試肆其經綸功號與計自公之貴廄庫逾空

和其色辭傲訐以答化于婦妾不靡珠玉翼翼公子辭繇惡粟閔一死譆窮惟是之耆孤女以嫁男成厥家孰埋于深孰銘乎厚其傳其詳以法永久碩人今亡邦國之憂翔鄙不肖辱公知尤承凶萬里不往而留涕哭馳辭以賫醪羞

祭周幾道文

初我見君皆童而幘意氣[illegible]家悍崩山決澤弱冠相視隱憂困窮貌則斯年心顏[illegible]翁俛仰悲歡超然一世皓髮棄職分當先斃孰知君亡子赴我稱孤發封涕洟與屋驚呼行與世乖惟君嬉[illegible]繼而禍問疾書猶在眼序銘於石以報德音設辭[illegible]雖褊義不愧心君實受我祭其知歆

祭張左丞文 昔

嗚呼公作昇州先君實佐公爲其子請昏于我先君不幸公覲京師訃逮公門公哭殊悲弔問諄諄祭信哀以時乃今公薨獨以嬰故貺無以徯[illegible]祭文不時獨悲以慕懽公之生明惠裕和善恕於人恩實我奠觴祭不時其吐之耶

祭高樞密文

越初生民降訖于茲發興亂治成敗安危獻爲之書辯論之師章書傳記箴銘詩乖離詭駁有萬其辭公於其閒靡所不知江全海畜其富無訾孰窮其源孰究其涯作時宗工出兵群司洋洋厥聞可以敷施謂且永年左右祇咨爲兵其凶弗耄弗期凡我常僚

曷已其思爲此薄物以將我悲

群牧司祭高公文

嗚呼惟公學問文章立山嶽影響湖海茫茫渺我窮命作刑四方寅恭淑慎天子所臧騏驥之良兵賴以盛公用勤告遂圖厥政某等在職維公之依孰算以逝邈乎不歸殯引就行有翩其旂來陳薄物以告長違

祭呂侍讀文

嗚呼伯夷相唐尚父賓周學氏胙國重光奕休于辰之逢發哉文靖公實家嗣緒前之慶御書翰林與禮太常是爲世臣煜耀家邦方驀方奮屢踐華伍屢驚咨嗟上自天子凡居此列惟公第僚於公之賢祇爲罄著

祭熊章□文

嗚呼余託業於進士熟君名於壘暑既備官於淮南習爲縣之風謡去幕府而西遊依國門之嶕嶢始逢君之孰勤憂顧我而回鑣逮揚子之既見方皖城之窮漂遂有通家之好終無挾長之驕君言事以北出予罷官而南僑一江亭之邂逅話宿昔以終宵以牧官之在列當御史之還朝以追隨於暇日心所好而忘遠距乘隔之幾何忽水淺而風飄晝半塗於萬里棄餘日於一朝維知君之日久信智邁而才老音人之治亂講後世之昏昭繹以衆言之牴語排異學之頃謡衆相紛以異緒君獨悟而同條嗟漫人之已矣斤欲奮而譁娶想泪墨之滿在黄壚禮之能持

祭曾博士易占文

嗚呼公以罪廢實以不幸辛困以夭亦惟其命命與才違人實知之名之不幸知者爲誰公之閭里宗親黨友知公之名於曾無有嗚呼公初公志如何孰云不諧而厄孔多地大天穹有時而毀星日殞歿山傾谷圮人居其間萬物一偏固有窮通世數之然至其壽夭尚何憂喜要之百年一蜕以死方其生時若囚拘其死以歸混合空虛以生易死死者不祈唯其不見生者之悲公今有子能隆公後惟彼生者可無甚悼嗟理則然其情難忘哭泣馳辭往侑眞觴

祭蘇虞部文

君慎足以保其身才和足以諧於世嗟乎不淑而不永

年受命佐皋繇三年耳孰云今者君以喪歸交游之
情哀痛何極聊薦薄奠以告長違

祭李省副文 壽朋

嗚呼君謂死者必先氣索而神零孰謂君氣足以濟
雲霄兮神昭晰乎日星而忽隕背乎不能保百年之
康寧怛君別我往祠太一笑言從容愈於平日既至
即事升降孔秩歸鞍在塗不返其室計聞士夫環視
太息矧我於君情何可極具茲醪羞以告哀惻尚饗

祭高師雄主簿文

我始寄此與君往還迹於時康定慶曆之間愛我勸我
急我所難日月一世疾於跳丸南北幾時相見悲歡
去歲憂除道尋陳迹淮水之上金城之側握手笑語

有如一昔屈指數日待君歸舲安知彌年乃見哭庭維君家行可謂修飭如其智能亦豈多得垂老一命終於遠域豈唯故人所爲歎惜撫棺一奠以告心惻尚饗

祭馬玘大夫文

嗚呼惟君才鋒強明爲時能吏剸劇撥煩易於屈指遠寔遠懷有譽無訾使于嶺南俗易夷鄙江東內遷公勢方起孰云一朝壽止如此攄懷以辭薦此薄菲

祭盛侍郎文

某聞之行義弗竟慙者則己行義氣高位與年下憾者則人在己無慙在人無憾有若公然其又奚言惟昔先人捐我諸孤實在公籌公泫然哀矜

死賻存託殯得營官寓處得借廬一出公恩公或我臨不
有其尊我獎我矜均其子孫戴德莫酬誰謂我人去
公三年間不再行豈曰怠忘賤不敢瀆補官揚州公
得謝歸曾幾何時訃者來門哭泣作書以弔後是欲
發棺荊襄不可奔會有吏役盡室而南載恨含慙轉
移寒暄乃今來歸公喪且葬纔命使人薄進蘋藻嗟
嗟公恩死其敢議

祭杜待制文

二恥無材恥不脩身脩而材有不及民凡世可願
於公皆有孰窘其年不使難老貴者善防其有孰窺
公心豁豁不置牆陛有挾且驕不難拒善公義所在
視之蔑賤推以時施宜以無成又況於公強果以行

物貴於時嘗以其少北公矣予思我知其父鍾山北婚
江落而東完厚齋寧上西岩之言莫歸孰知愚與辛此
酹公以文以祀詑銘吏

祭丁元珍學士文

我初闢門屈首書詩出涉世途無所知援挈寶護
免於阽危雖培浸灌徐有華滋微吾元珍我始弗殖
命何棄我隕命一昔以忘出怨以信行仁至於白首
留厄窮亦又從躓之使不躓死豈留人兄天寶爲此
育嫛彼不可誌於丘辭文屬我我莫復求論著君德
盛之亢亦以馳我哀不在臨書

祭刁景純學士文

嗚呼刁公不佞不求坦然立行之平夷然與人之周

旣貴賤以同觀亦始終之相伴惟其動必依於仁故其壽若此之脩望音容而邑遠欲親手以無由慨臨風而出涕辭以侑乎罍尊

祭韓欽聖學士文

嗟爲君兮邦之特目揚秀兮顏髮澤綸百家兮並涉趣獨懷兮道德博蕩蕩兮無畛寬恂恂兮莫逆出當官兮發論侵權彊兮衆心年何尤兮止此祿不多兮誰嗇其壺觴兮酹哭攀輀兮晨夕豈獨慼兮言懷隱多聞兮諒直顏笑語兮已矣冀其來嘉兮魂魄

祭沈文通文

嗚呼文通一世之英輝矣其光譁矣其聲有所不爲爲無不果有所不學學無不成故治行聞於人主之

心名聲溢於時士之口謂且復起訴謨左右何與之以如此之中而不副之以須臾之壽悲傷歎息舉世皆然豈特故人為之流漣驚哀一觴以訣終天

祭杜慶州祀文

嗚呼慶州一出之英凛凛其靈奕奕其[illegible]能稱於天下言行信於朝廷孰多其子而不足以齒不貴之身始從公揚公發來東有[illegible]賜於明昔飲同堂今奠於庭酒肴則薄豐者維誠[illegible]辭事公敢不如生

臨川先生文集卷第八十五

臨川先生文集卷第八十六

祭文

嗚呼公命在酉長我一時公先我薨我後公萎中間

仕宦有合有離，從我所職，公輒仍之。出則交轡，處則連榻，坐射則並，行肩則差。豈顧敢及，天實我賚。公之停蓄，及所設施，有誥有誄，亦以有銘，詩又將有，史傳所不疑。義既憒眊，何辭能爲，嗟嗚咽之故，唯以告悲。

祭歐陽文忠公文

夫事有人力之可致，猶不可期，況乎天理之溟漠，又安可得而推！惟公生有聞于當時，死有傳於後世，苟能如此足矣，而亦又何悲！如公器質之深厚，智識之高遠，而輔學術之精微，故充於文章，見於議論，豪健俊偉，怪巧瑰琦。其積於中者，浩如江河之停蓄；其發於外者，爛如日星之光輝。其清音幽韻，淒如飄風急雨之驟至；其雄辭閎辯，快如輕車駿馬之奔馳。世之學

者無間于識與不識而讀其文則其人可知嗚呼自
公仕宦四十年上下往復感世路之嶇崎雖屯邅困
躓竄斥流離而終不可掩者以其公議之是非既壓
復起遂顯于世果敢之氣剛正之節至晚而不衰方
仁宗皇帝臨朝之末年顧念後事謂如公者可寄以
社稷之安危及夫發謀決策從容指顧立定大計謂
千載而一時功名成就不居而去其出處進退又庶
乎英魄靈氣不隨異物腐散而長在乎箕山之側與
潁水之湄然天下之無賢不肖且猶為涕泣而歔欷
而況朝士大夫平昔游從又予心之所嚮慕而瞻依
嗚呼盛衰興廢之理自古如此而臨風想望不能忘
情者念公之不可復見而其誰與歸

祭張安國檢正文

嗚呼善之不必福其已久矣豈今於君始悼歎其此自君喪除知必顧予怪久不至豈其病歟今也君第哭而來赴天不姑釋一士以爲予助何生之艱而死之遽君始從我與吾見游言動視聽正而不偷樂於義實惟道之諒既掾司法議爭讞失中書大理兩爲君屈遂并宰屬能撓彊保辯正獄訟又常詰豈豈君刑名爲獨躬深直諒明清靡所不任人雖莫知乃慟我心君仁至矣勇施而忘己君孝至矣孺慕以至死能人所難可謂君子嗚呼吾見逝矣君又遽之我留在世其與幾時酒食之哀侑以言辭

祭李審言文

嗚呼噫公之才豈獨我知公數困厄豈人能爲所畸乎人豈能無疵所倖乎天我乃知之交不諼剛高明所忌涖不失宜孤寡并恩凡今君子爽實存茲公亦知我如我公知嚴交淡如昨正無私哀今亡矣觴醊以辭

祭沈中舍文

惟公之生于朝搢紳夫人嬪之以作封君皆以壽終而世耆人昔我先子公倫之舊施于不肖遂爲世交不腆之文既藏于丘惟是區區以賛醪羞

祭東向元道文

嗚呼東君真信然耶奚仇友朋奚怨室家堂堂去之我始疑嗟惟昔見君田子之自我欲疾走哭諸田氏

[illegible]厭不起因疾不知今乃獨哭誰同我悲始若衣[illegible]
士莫敢匹洪洪其聲碩碩其實霜落之林豪鷹雕鶚
萬鳥避逃直摩蒼天翼焉僅仕后愈以困洗藏銷塞
勤輒失分如羈駿馬以駕柴車側身隨首與蹇同芻
命又不祥不能中壽百不一出孰知其有能知君者
世於予多學則同遊仕則同科出作揚官君實其鄉
傾心倒肝迹斥形忘君於壽食我飲鄞水豈無此朋
念不去彼既來自東乃臨君喪閟閟陰宮榎野榛荒
東門之行不幾日月孰云於今萬世之別嗟屯怨窮
閔命不長世人皆然君子則亡予其何言君嘗有知
具此酒食以陳我悲

祭陳浚宣叔文

嗟乎宣叔學以爲己不溺於俗孤騫介峙毅以不羸孰許不強卒顚窮巳乃命不祥怡怡在官翼翼在外胡是不福貴蕤壽恃我思古人祿世其初悲君之食不遠於孤古不背死隆親急故今此營營讒譁助自昔海濱以心相投俱官於南邂逅綢繆無合意同古誰無友諒直之好於君實厚言志不施文固無斁嗟痛何爲維以告哀

祭王回深甫文

嗟嗟深甫真棄我而先乎孰謂深甫之壯以死而吾可以長年乎雖吾昔日執子之手歸言子之所爲實受命于吾母曰如此人乃與爲友吾母知子過於予初欲子之或德多吾不如嗚呼天乎既喪吾母又奪吾

友雖不即死吾何能久搏胷一慟心摧志朽泣涕爲文以薦食酒嗟嗟深甫子尚知否

祭刁博士繹文

惟君其先嚴晃之華君弱而良遂世其家越天聖初上始即位開延聞人間不容僞若古堯虞稷契覩逢君子其時奮追群龍五兩之輪三鍾之粟沉才下吏間關楚蜀朅來揚州輔佐元侯朝其或者明試謨謀最末及論汎馬之幽黽然紛如朱丹其車昔之同升忝亦衆已胡寧若人乃此乎止旻天介壽宜良者多良者弗壽謂旻天何親髮隨顛子髮猶鬌帷堂一慟誰者無悲令龜得日棺還遂無外銘旌悠悠羽翣南首惟君之舊惟僚及友徘徊路旁涕落奠觴

祭虞靖之文

剛耿直諒醇明愽美敢於爲義我實知子達我所領窮吾所恥奈何終窮命也天只前年僕馬來自田里曰顛夷戚相見悲喜輸吾肝膈莫逆其躄衰老邂逅綢繆山水念我難繼庶今少止翩然爲辭遂隔生死寓哀一酹嗚呼已矣

祭北山元長老文

元豐三年九月四日祭于北山長老覺海大師之靈自我壯強與公周旋今皆老矣公棄而先逝孰云遠大方現前饌陳告違世禮則然尚饗

祭呂望之母郡太文

嗚呼賢矣夫人善持門閭皓若玉雪一其終初幼

維婦允仁維姑寳生才子于我所斷譽集義深沃固而不渝夫人之毅著不可誣歸嬪兵甲交無悔無渝維子之故具此俎壺

祭程相公琳文　爲高若訥作

嗚呼公在京師爲天子毗發論彊彊不苟其爲公於四方爲鎮爲屏推良抑姦兩適寛猛自伯休文有稱于周及公千年追配前休時文而文時武而武顧我無狀辱公等倅庶見吉召乃聞凶歸馳哀一觴終古之違

祭秦國夫人文　爲高若訥作

於惟夫人順慎和恭上之岐岐寳護于中開號大邦福禄之隆康寧壽考而以榮終喪車具行肇此明發

上用舊德情之欝結凡我在位敢忘心怛奠云將之
具此薄物

祭鮑君永泰王文

年月日官某敢告于鮑君之神農之勞神之所知也
歲之四時而於冬爲最隙然猶築場圃治屋廬舍圉
倉糞田疇未嘗一日而晏然以休息今茲令又以其
暇時屬之使治渠川比常歲則農之勞蓋有加焉社
宜哀憐而有以相之也治之無幾也而雨雨且止丁
壯老弱相與行水而涸之猶未也而又雨非民瘝病
也而令亦夙夜以憂惟神祠之以淫霖令是役早有卒
也夫令之所以憂其職民也惟神之食於民也爲已
久而憂之亦不可在令後也謹告

年月日某某告于鮑君之神謁於神之明白而天地廓然以溫民賴以供役止卒事而復雨雨淫不止民愁而今恐意者令之治行無有可媚于神者而神不卒聽之乎今則有罪而民何尤且霜雪風雨之濫淫固其責自神而無與於令也巍然南面饗人之歸事已而剝澤不加焉亦神羞也惟神降意以從令之言尋怨令亦能發明神之令德使民世事神不懈而有加焉謹告

祈雨文

惟神美名正氣索之前史詳矣意昔人也挺王臣之節忠信我任德誼我持敵時君倚焉今其神也享廟食

之貴陰陽吾職禍福吾柄故州民賴焉今千里旱暵及時不雨農夫悼心郡將失色其遂窮空職僭居以來請于大廡下惟神全死生之大名開聰明于一方霈甘霖以足民食則前謂人神之靈於古今無愧焉尚饗

請雨文

夫廟其貌神其靈函聰明正直之德僕禍福倚伏之時用賢於民而不知其所以用者斯之謂至神乎太守領天子命藩一郡會歲時豐豈逃疾苦得與民俱之使百姓無愁歎之聲也斯太守之事也神陰也陰陽契合若影響焉爾以郡居旱暵及夏不雨耘者耔者焦心自失遂祈禱于大廡下惟神惻然開明靈惠然紓至

試言然而雲興儵然而雨〻零苗浡而生民默而聲又
得非神之至乎今吏民潔牲體奔走歡呼請償其靈
其不使輒書爲千古世謠尚饗

李通叔哀辭 并序

通叔李不疑甞爲閩民通叔再從太學進士試斥不
送自京師歸而其親道建之溪溪水暴下反其舟溺死
年二十八云初予既孤寄金陵家焉從二兄入學爲
諸生常感古人汲汲於友以相鐫切以入於道德予
材性生古人下學又不能力又不得友以相鐫切以
入於道德予其或者歸爲塗之人而已耶爲此憂懼
既而遇通叔於諸生間望其容而色睟然類君子即
而與之言皆君子之言也其容色在目其言在耳則

予放心不求而歸邪氣一不伐而自遁去求其所爲文則一本於古華虛蕩肆之學蓋未嘗接於其心誠有以開予者予得而友之亟愛懼釋然作太阿詩貽之道氣類之同而合也通叔亦作雙松詩道氣類之同而期之久也以爲報自予之得通叔然後知聖人户庭可幾而入也是不惟喻之於其言而已蓋觀其行而得焉若爲多其再斥於太學而歸也予待禮部試留京師別且言曰通叔去而歸某也不沒而入於愚也其幾矣明年或斥而歸或得官皆宜在淮江之南者也不可以之闔通叔來亡若何通叔曰是亦不疑之言也歲餘從事淮南將問曰君爲則未也或以死狀計既聞且疑且喜莫不然冒有江南之役遇閩人輒問狀

還泊東流尉許程者閩人也乃知訃者信又知陳安石者亦溺死安石字伯起亦閩人予嘗問通叔素友獨言伯起云意二子豈行殆也其亦命而已矣予悲通叔窮以夭也其道之不及民也又悲天之不予相也作哀辭

我思古人兮維友之求燕處日講兮行相爲謀相翼以進兮相持以脩要歸于道兮不入於尤卒聖若賢兮其本則然我無以是兮甚懼以憂猗嗟吾子兮畜德挾材傑然自如兮不群庸游考講六藝兮造窮微深匪富貴慕兮匪賤窮羞曰予既逢兮朝夕其旁仁義之光兮忠信之陬邪志蕩夷兮正氣獨完吾子賜我兮於安以疇尚曰子興兮羽儀于世吾君德澤此

兮淳漓固偷孰神不棐兮隕子于溪子生適然兮欲誰仇所嗟存者兮志孤道遼子之不就兮一朝而休死不以所兮誰得子尸誰襚于棺兮誰坎于丘予欲慟哭兮子豈有聞子不可作兮予生之愁

泰興令周孝先哀辭

吁嗟于思兮孝于父母施於族婣兮亦及朋友云然兮宜不富又曷爲兮不壽藐藐兮其子煢煢兮其妻無廬與田兮哀者其誰吾無柰何兮哀以吾辭

臨川先生文集卷第八十六

臨川先生文集卷第八十七

神道碑

贈司空兼侍中文元賈魏公神道碑

檢校太尉贈侍中正惠馬公神道碑

贈司空兼侍中文元賈魏公神道碑

魏公既薨之明年　皇帝篆其墓碑之首曰大儒元老之碑有詔造文賜公子使之并刻臣某昧死序列再拜稽首以聞曰

公諱昌朝字子明姓賈氏皇祕書省著作佐郎贈太師中書令尚書令晉國公諱注之子皇太子左贊善大夫贈太師中書令尚書令齊國公諱璉之孫晉中書舍人史館修撰皇贈太師中書令曾國公諱緯之

曾孫真先南度人中徒獲鹿今爲開封而爲其縣人著自公皇考始公少則莊重謹密治經章解句達老師宿學譽歎以爲賢己天禧元年獻文章召試賜同進士出身除常州晉陵縣主簿國子監說書又以江州德化縣令兼潁川郡王院伴讀當是時孫宣公鎮國子一見聽語待以公相數譽公學問嘗在 人主左右大臣有以親嫌者故久弗用以知常州宜興開封府東明兩縣監在京廣濟永濟兩倉又召置國子監說書景祐元年積官至尚書都官員外郎乃始置崇政殿說書而以公爲之公於傳注訓詁不爲曲釋至先王治心守身經理天下之意指物譬事析毫解縷言則感心自 仁宗即位大臣或操法令斷天下

尊猶古不至秦漢以上以儒術爲疏闊然　上崇儒
德鄉堯舜三代得公以經開說則慨然皆以爲善議
公由此顯矣於是　上所贊問多道德之要公請悉
記錄歲終歸之太史詔以章獻太后故爲誌城郡主
諱其名公言母之諱禮不得以出於宮太平興國寺
災公以易春秋進戒因言近歲屢災寺觀天意蓋有
所在獨可勿繕治以稱　陛下畏天威愛人力之意
西域僧以佛骨銅像來獻公請加賜遣還毋以所獻
示外　上皆從之以直集賢院天章閣侍講史館修
撰判尚書禮部判太府寺天章置侍講自公始故事
親祠郊廟燕遊慢戲之物皆在儀衞公奏除之無幾
遷以知制誥龍圖閣直學士權知通進銀臺司兼門

下封駁事權判吏部流内銓權知開封府又以右諫
議大夫權御史中丞兼判國子監而侍講如初公之
爲銓也河北蝗旱以公安撫公舉能詘姦登利言多
所興除異時縣令率錢滿萬二千乃舉令公以爲法
如此則小縣終不得善治乃請槩舉令而奥其奉如
大縣其在御史劉平爲趙元昊所得邊吏以降敵告
議收其族公言漢殺李陵母妻子陵一不歸而漢悔
眞宗撫王繼忠家後賴其力且平事固未可知乃不
畀收肯講許焉者言　天子即位當步其日占所得
卦以知吉凶公奏焉所言不經不可用　上即爲公
罷焉又奏劾駙馬都尉柴泰傳公奪其州人以爲宜
初元昊反公言兵事起財不足贍宜及今度經費[illegible]

謂不急至是詔與三司合議一歲所省率緡錢百萬慶曆二年契丹來求地請婚公主其使責以信義告之利害客詘服不能發口執政議使契丹攻元昊公曰契丹許我而有功則必驕以弱我而責報無窮已不且以我市於元昊矣曰唐中極衰時聽吐蕃擊朱泚陸贄尚以爲不可後乃知吐蕃陰與泚合而陽言助國今獨安知契丹計不出此乃言所以待夷狄者凡六事　上皆行其策三年遷以本官參知政事四年以尚書工部侍郎檢校太傅爲樞密使五年以集賢殿大學士同中書門下平章事兼樞密使居兩月拜昭文館大學士監修國史議祔章懿太后于廟公言其非禮及祔獻懿二后覃敷遷文武位一等賜外

內諸軍特支優給公又奏罷之既而赦還兩府官
公又不從乃已元昊歸元孫議賜死公爭言自古
將帥被執歸多不死元孫以不死七年上以旱避
正殿貶食自責公因禱求避位章十七上乃除武勝
軍節度使檢校太傅同中書門下平章事判大名府
兼北京留守河北安撫使妖人王則謀舉大名反河
南北使其黨挾書妄言我得逝公公疑為姦考問具
服則懼恐不及會獨嬰貝州以反公即使部將王信
孟元郝質馳兵擣攻具且請自出搏賊不許終賊
所以輸威功居多移鎮山南東道檢校太師賜爵安
國公公因請覽諸吏民識則所嘗者而捕河北妖人
治殺之無所濫河決商胡方畧公暴隄上躬親指畫出

倉廩粟賑被水百姓食□人流亡兼接以醫藥所活九十餘
萬口契丹誘亡卒號□南軍以戰夏人而遵法卒亡
貝歸者死公變其法令□歸者故旋擢趨其伍於是歸
者衆因以知契丹國□□契丹亦因作亡卒黥南軍不
用邊人以地外質公請□重禁絕之不時贖人得贖而
有之地則盡歸邊以不□尹皇祐元年徙鄭州從公來
也至見留爲祥源觀使一歲而以尚書右僕射觀文殿
大學士判尚書都省朝會□班宰相視其儀物歲中又
求任外除山南東道節度使右僕射檢校太師兼侍
中判鄭州固辭僕射侍中乃改同中書門下平章事
又欲遷公四子各一官亦以公辭而止二年冊燕國
陳夫人薨命以故官不□賜書寵慰從之公事燕國

以奏聞　上嘗賜銀飾肩輿士大夫以為榮及薨自
鄭歸葬其肩輿於是皆賑行路瞻望悲哀歎息四
年除故官侍講居頃出治許州將行矣　仁宗問易
之乾卦公既講解又作書以元龍為戒手詔褒答以
之所獻藏太史五年又涖入名安撫河北守責議塞
胡渡以公異論故使建之言者專其事公猶爭不已
界不可塞違言者得罪澶魏賓德博多水死
公乃請使撫巡賑救恩意嘉祐元年進討許國
公又兼侍中方未聽而以樞密使召辛罷侍中而
以尚中書門下平章事為樞密使三年以鎮安軍節
右僕射檢校太師兼侍中景靈宮使又出判許州七
年以保平軍節度陜州大都督府長史發六名壽要樂

凡三至魏及許鄭皆以寬惠爲治人安樂之它將相賜公使錢多使牟利公度所賜爲用故在所尤不擾　皇帝即位改節度鳳翔加左僕射鳳翔尹進封魏國治平元年求還使侍中守許州至六七終不許二年乃授許州入見又辭不許使撫諭須秋乃發六月告疾中人太醫問視相屬又力求解將相乃以左僕射觀文殿大學士判尚書都省七月戊寅薨

上親臨哭發喪爲不聽朝二日賜龍腦水銀以斂御服出司賓祭弔別賜黃金給葬贈司空兼侍中謚曰文元以九月甲申葬開封府陽翟晉公臺次公年六十八歉官開府儀同三司勳上柱國號推誠保德崇仁守正忠亮佐運翊戴功臣邑户萬五千實封五千

六百公所著書有春秋要論十卷孝經音辨一卷通
紀八十卷本朝時令十二卷又奏議文集各三十卷
元配王氏尚書兵部郎中集賢殿修撰超之女追封
莒國夫人繼配陳氏武信軍節度使康肅公堯咨之
女封魏國夫人六男子章太常博士集賢校理早卒
圭尚書比部員外郎田尚書駕部員外郎青尚書司
門員外郎齊大理寺丞炎未仕三女子國子博士程
嗣弼大理寺丞宋惠國太常博士龐元英公壻也其
後　天子以炎守將作監丞又官公內外族親凡九
人賈氏自誼及耽傅以王相帝皆以儒學至公又以經
術致將相出入文武有謀有功當中國治安四夷集
附寵能祿光大始終有攸榮君臣相遭於是爲盛銘曰

於皇仁宗時宋之隆奠此中國四夷來同孰夾孰承
有宰魏公帝曰詢尔群公卿士朕欲考古以求亂
治有博六藝使庶朕志魏公乃來錫帝之求進于殿
中登聞治幽乃尹開封治民不絿乃丞御史督制度
尤膏澤在下熏烝在上參國政事遂都將相帝巡大
塗公帝之車帝御廣宮之畀之墉文條武圖具獻膚
功終徂在天公則隨適廷褒元老隱加問賚有銘太
史有謚太常次詩不誣斵石墓旁
初卜葬公汴陽里以水故改卜熙寧元年八月
庚申葬許州陽翟縣三峯鄉支流村奉　勑改
鄉名曰大儒村名曰元老里朝散大夫右諫議
大夫參知政事太原郡開國侯食邑一千一百

戸賜紫金魚袋臣王某謹記

檢校太尉贈侍中正惠馬公神道碑

推忠保順同德翊戴功臣彰德軍節度觀察留後特進檢校太尉使持節相州刺史兼御史大夫上柱國扶風郡開國公食邑六千六百戸食實封二千二百戸謚曰正惠馬公以天禧三年十月戊戌葬開封祥符縣某鄉某里至嘉祐七年公孫慶崇始來請銘以作公碑序曰馬氏故扶風人至公高祖而從處雲中贈太師諱某者於公為曾祖贈太師中書令諱某者於公為祖龍捷左廂都指揮使江州防禦使贈太師中書令尚書令蔡公諱某者於公為父蔡公從太祖定天下力戰有功當是時雲中已為契丹所得故馬

氏又徙處後儀今開封府祥符也公諱京字子毅
公之終也年七歲　太宗召見禁中有司言例當蔭
殿直詔特授西頭供奉官而賜以名開寶五年年十
八監彭州兵馬以嚴飭見憚如老將太平興國三年
領兵戍秦州清水縣人李飛雄乘驛稱詔捕公及秦
隴巡檢劉文裕等將毀之秦州因盜庫兵以反公辨
其詐與文裕執飛雄詣闕赦之五年監潭州兵馬改東
頭供奉官雍熙二年又監博州兵馬劉延讓敗於君
子驛而契丹歸矣公方料丁壯集芻糧繕城治械如
寇至吏民初不悅其先事也已而契丹果至度不可
攻乃去四年改西京作坊副使將屯于冀州端拱元
年移知定遠軍時議以河南十三州之民轉餉河北

公告轉運使樊知古此軍聚兵少而積粟多籍其腐
尚可得十七知古用此得粟五十萬斛以饋河南之
役事聞朝廷　太宗嘉之二年深州新罹於契丹城
郭廬舍多壞而流民衆乃移公知深州公至數月則
壞者完流者復舉州忘其寇戎之故而以公爲能撫
養會保州不治移往代之淳化二年又移知慶州羌
萬人以怨程德元來寇公誘其渠帥諭以威信即皆
引去四年遷西京作坊使知梓州五年李順爲亂於
蜀之西川以公往討又以爲先鋒平劍州召還至三
泉而復以公與王繼恩討賊繼恩怒公抗直使守彭
州盡收其軍而與之羸卒三百賊率其衆至號十萬
公力戰一日亡其卒太半乃夜獨出招散兵復入賊

罷得城而以縣去除成都府兵馬鈐轄遷洋苑
五年除蜀漢充州都巡檢使已而又兼成都府兵
馬鈐轄　真宗即位改內苑使蜀卒劉旰聚黨數千
人爲亂所攻數州至漢州取之公以卒三百追至蜀州
與戰旰走邛州而招安使上官正召公歸成都計事
公爲正畫曰賊破邛州必乘勝趨新津渡江薄我既息
而戰我軍雖倍奔亂敵也不如迎其弊急擊破之公
與遂行次方井度子谷殺旰等無遺類　真宗賜書
獎諭賞以錦袍金帶咸平元年加澄州刺史知秦州
諸羌質子居三十年不釋者公悉歸之諸羌德公詭
公去無一人犯塞小泉銀坑久不發嘗責盡產以償
歲課而責之不已公奏得釋而歸其產四年就除西

上閤門使知成都府兼本州兵馬鈐轄有言龍騎士謀爲變者所引以千數公擒殺其首七人而置其餘無所問自乾德後歲漕蜀物以富人爲送吏多坐漂失籍其家公奏擇三班使臣及三司軍大將代之而課其漕事爲賞罰至今便之六年移鄜延路鈐轄兵馬都總管兼知延州蜀人聞公去皆環以泣公至延州羌方以兵覘邊會上元開門張燈視以無爲而羌卒不能爲寇又移知鎮州兼本州兵馬都總管景德元年契丹入邊民入保城公與之約盜一錢者死有盜錢二百者公即殺之於是自澶以北城郭皆晝開詔使過公輒留之而募人間行送詔皆得其報以聞又以便宜使所至受諸漕輸給邊之物故契丹入欲虜

掠無所得車駕次澶州大將王超提卒數十萬逗遛
不赴公屢趣之不爲動移書譙讓乃始出師猶辭以
中渡無橋則公先已度材一夕而橋就　上聞手詔
褒之且知公果可以屬大事也二年移知定州又除
東上閤門使樞密院都承旨三年遂以檢校太保簽
書樞密院事祥符元年東封泰山以爲行宮都總管
自此行幸必以公爲都總管而皆許之專殺公部分
明約束審出入肅然而未嘗輒戮一人於是邊將言
契丹近塞大臣議皆請發兵以備公獨議使邊將移
書問狀從之契丹解去遷檢校太傅四年加宣徽北
院使五年除樞密副使當是時契丹已盟中國無爲
大臣方言符瑞而公每不然之獨常從容極言天下

雖安不可忘戰去兵之意及它爭議甚衆　眞宗多以公言爲是七年除潁州防禦使知潞州州之稅賦常移以輸邊公爲論其害自是所輸不過鄰州而已天禧元年移知大名府兼駐泊兵馬都總管使中貴人勞問賜白金三千兩居頃之遂以爲宣徽南院使知樞密院事檢校太尉有足疾時詔内朝别爲一班免其蹈舞二年疾病賜告求去位　眞宗不許而數使中貴人勞問又幸其第賜白金三千兩已而度公實病不可强以事乃罷以爲彰德軍節度觀察留後而公固求外鎮終不許居久之稍間入謁　眞宗輒使閤門祗候二人伺公至即扶以入因掖其拜起數屛左右問事常聽用三年又求外鎮乃以公知貝州

兼本州兵馬都總管將行矣召見又將付以政固辭謝久之乃已而更以公爲本路鈐轄至五月公疾作詔使公子洵美將太醫往視而魏洺二鎭之人亦皆奔走來問爲公請禱已而公疾革　眞宗又使公弟之子成美馳驛召公歸京師而公以八月壬寅不起矣享年六十五　眞宗爲之震悼罷朝詔贈侍中錄其子孫賻賜皆加等公前夫人丁氏某郡君後夫人沈氏某郡夫人子男二人洵美終西京作坊使英州刺史之美終内殿承制閤門祗候孫十六人其十四人皆已卒而慶宗今爲右班殿直慶崇今爲文思院知恩州公少忼慨以武力智謀自喜又能好書賓友儒者所與善必一時豪傑有集二十卷其文長於議論自

始仕以至登用遇事謇謇未嘗有所顧憚王冀公丁
晉公用事每廷議得其不直輒面詆之 眞宗初或
甚忤然終以此知公而天下至今稱其正直銘曰
在浚西南誰封誰樹有宋正惠馬公之墓公當
太宗 眞宗之時謇謇諤諤謀行計施以羸擊强以
少捕衆以賤抗貴維公之勇雖貴雖衆雖强必克維
公之敏亦維公直帝曰直哉汝予良弼見國而已不
知家室内朝十年典掌機密暨予一心綱紀庶物元
功宗講莫汝敢匹公曰孤臣敢曠于榮讒說不用是
維帝明士或困窮莫知其有既榮以位正或見醜公
於可願而得其尤不訖大耄天爲不謀德歉於年孰
云耆老有賚後世公爲壽考刻趺篆首作此銘詩陳

之隧道永矣其詒

臨川先生文集卷第八十七

臨川先生文集卷第八十八

神道碑

贈太師中書令勤威馮公神道碑

翰林侍讀學士知許州軍州事梅公神道碑

司農卿分司南京陳公神道碑

虞部郎中贈衛尉卿李公神道碑

護衛忠果功臣侍衛親軍步軍副都指揮使威塞軍節度新州管內觀察處置等使銀青光祿大夫檢校司空使持節新州刺史兼御史大夫上柱國始平郡開國公食邑二千一百戶食實封二百戶累贈太師中書令兼尚書令追封魯國公謚勤威馮

公神道碑

焉氏有家於滑州之白馬者莫知其始所以徙至魯
公而嘗以公開國故人始平日其本出於漢杜陵楚相
魯之後也公諱守信字中孚自爲兒童狀貌嶷然慷
慨有大意人固已奇之矣既冠從其鄉人受學以三
禮舉於鄉會太平興國初取兵民間公當應選有司
以公儒者欲免之公曰吾以子弟免而父兄任其勞
此儒者所不爲遂行以才武給宿衛 太宗征河東
公奮身冒兵數取俘馘以獻于行在 太宗嘉而勞
之以功數遷至弓箭直副指揮使 真宗兩駕河北
上命公帥其所領先驅以禦契丹公所斬虜最諸將
兵遷天武軍都指揮使封州刺史京西御前忠佐馬步軍

都軍頭公雖在軍旅數以孝經論語爲人講說人尚
以儒者目之至是　真宗召問出孝經使講公講天
子一章因言自天子至於士不可以無學學不必博
孝經論語皆聖人以誨學者言行之要臣愚不足以
盡識然所以事　陛下不敢一日而忘此　真宗嗟
嘆者久之由封州數遷至捧日四廂都指揮使英州
防禦使知瀛州兼真高陽關都部署由瀛州召還領步
軍司公事當是時河決滑州天子以爲憂問誰可使
者公自言少長河上能知河利害詔以公爲侍衛親
軍步軍副都指揮使容州觀察使知滑州兼修河都
部署河怒動埽埽且陷公坐其上指畫自若也遂寬
其部人以一日塞之　天子賜手書獎諭召還領步

軍如初已而遷感泰軍節度使是歲天禧五年也公年六十六以八月二日薨于位　天子悼慟爲之罷朝二日贈太尉賜錢三百萬勑宣慶使蔣州團練使韓守英禮部郎中直集賢院石中立給護其喪事遂以其年九月二十四日葬開封之祥符縣黃溝鄉大里之原公曾祖諱倫祖諱籌皆不仕考諱蘊贈官至左屯衛大將軍先夫人劉氏玉城縣君後夫人張氏清河郡夫人子四孫十三人於是文懿左侍禁文吉文握文德文慶文昕繼文質文貴文銳並右班殿直文槩文俊並右侍禁文郁文雍皆已卒公孝謹忠篤遇人有恩祖母夫人疾病公不釋帶以侍輒數月常患世醫不足賴以爲然後力學方藥遂通其術公□常欲上

其子爲公子以求直饗公對之愀然曰吾自行依家
主上拔擢至此欲奮軀以報久矣顧未有所負何歎
之是歲并公子無所蔭曰以明吾心於弟非有愛也
韋城董方廉直爲公所友其卒有二女無以嫁公爲
選士讎裝嫁之如己子公將兵治民寬簡有法故人
人畏愛之而無敢犯所居有迹賢士大夫多稱之者
公葬之三十二年而以其子故累贈至中書令兼尚
書令追封魯國公又二年始請謚於　天子而
天子賜之謚曰勤威又五年文顯爲西京左藏庫副
使提點開封府界諸縣鎮公事始作碑以表公墓而
以銘來請予問諸於太常問書於太史問諸故老以
考公子之所告而得公之所爲如此於是爲銘曰

允文　眞宗俊乂在工相協予武有來馮公馮公頷頷奮節金華有聲中邦外動夷狄自公在野手不去經率其所學以撫戎兵公之所撫貔貅豹虎指麾進退委若兒女武室以虩文罷於柔維時馮公兩秉其優孰施其文有壤千里孰致其武宿衛　天子帝咨馮公爾往視河河決已塞濟人來歌　帝聞而嘉勞以手勑公拜稽首匪臣之力　帝曰來爾予嘉爾勤授之旄節留掌我軍方朝告薨有詔罷視弔贈賻葬哀榮終始追拜爲令尚書中書賜爵國公昨以魯墟士生顯榮没則多已維時馮公至今受祉在周方虎咸有專詩至漢充國雄爲之辭誰能詩公流示無止刻碑墓門公實有子

翰林侍讀學士知許州軍州事梅公神

宋翰林侍讀學士正奉大夫行給事中知許州軍州事兼管内堤堰橋道勸農事上柱國南昌郡開國公食邑二千三百户食實封六百户賜紫金魚袋梅公之墓在宣州宣城縣長安鄉西山里公有五子曰鼎臣德臣寶臣輔臣清臣清臣今獨在爲尚書司門郎中以公行狀及樂安歐陽公之銘來請文以刻墓碑時熙寧元年八月四日也銘曰

公先梅伯後氏其國彌周涉秦不見史策有鋗有福著漢名籍公福之孫詢字昌言三世弗仕陵陽之里公第廷中判官利豐再歲而擢以丞將作以宰仁和

人舉用多主推御史侍考進士一見　天子以爲知
已詔曰試哉遂試中書館之集賢賜服緋魚於時繼
遷兵我西鄙老弱餽守丁彊多死靈州告危　帝視
不怡公請擇人使潘羅支兵法所謂以夷攻夷
帝曰誰可無如臣者曰予汝嘉閉階奈何公拜且跪
颺言而起旬紓西師臣不愛死出書授之往說爾謀
至彊勠還會棄靈州　帝察公藝可書　帝制社或
止之留佐三司其後羅支畢窮西賊論將料敵皆如
所策或從或違或擠或推　牾合阻夷神者公尸黜之
陝州冤獄一旨去抗而蘇列國東彝漕輸澗河就付
將領三年管勾　僅得故省又以讒投守彼滄州有僚
許公相得於此與之欣然樂以忘從使于湖北還臣

濠聚又奪一官往裨于襄坐發驛為給奔喪者于鄂
于蘇剖將之符摧節關中使總其輸煌煌金章厥賜
特殊謀復靈武度兵葫蘆奏有將種諸公與俱會瑋
召還公復淪胥有反咸陽能名氏朱始雖弗察後捕
而誅自懷徂池再副戎車 眞宗新陟罷治皆滌爲
郎度支以將廣德外更四州楚壽陝荆乃還待制中
糾獄刑有歸龍圖其唐殖殖就以學士專其閤直輟
之銓衡乘傳臨并超遷郎秩進直樞密趨歸封駁考
國中失中命選事得權進絀加職侍讀改司群牧移
之審官審是在服伐閱積遷給事于中告疾出許鼓
歌從容方公少壯志立人上談辭慨然 帝憮而嚮
及後晚出皆爲將相公則老矣將歸田里康定辛巳

六月十日公七十八以其官卒公開南昌勳爵第一夫人曰劉不及郡封封君彭城其卒先公公卒明年季秋挾日于州山西卜祔而吉公有四子佾爲進士丞于殿中輿仲前死仲賜科名叔也皆丞將作殿中或廢或興有顯惟季時丞衛尉今爲郎中論序初終實來求詩刻示無窮

司農卿分司南京陳公神道碑

司農卿分司南京陳公既以嘉祐七年九月某甲子葬開封府之祥符縣西韓村皇考[illegible]魏公之塋二十一月公子出範等乃來求銘以作公碑蓋公昆弟皆從先人游而某又嘗得識公父子故爲序其實而繫以銘序曰

公諱某字良器以贈太師尚書令兼中書令衛國公
諱嵩者爲曾祖以贈太師尚書令兼中書令燕國公
諱光嗣者爲祖而尚書左丞集賢院學士諱愍之子
也左丞嘗 真宗時參知政事後以其子岐公之貴
而贈至太師尚書令兼中書令魏國公公岐公之弟
也而於魏公爲少子年六十八以嘉祐七年六月得
疾分司而以乙巳棄世于陳州階至朝散大夫勳至
上柱國爵至潁川郡開國子食邑至六百户賜紫金
魚袋官終於司農卿而所更者祕書省正字大常寺
太祝大理評事光禄大理寺丞太子中舍殿中丞國
子博士尚書虞部比部駕部員外郎郎中司農光禄
少卿少府監任終於知陳州而所歷者監楚州衡州

酒稅知衢州江山縣知南恩州通判江揚洪廬澧州
知衢州監江寧府糧料院知興化軍知均州判登聞
鼓院知曹州判殿中省知鄆州鄭州其爲判揚州廬
州皆有所避不赴知鄆州則未赴而徙凡仕四十三
年蓋其行事可記者衆矣而公子所能記者在江州
人大饑且疫公爲具饘粥醫藥不足則取廬山諸佛
寺餘財以續之所活以萬數有盜刈人之禾而傷其
手者當死公曰古之荒政所以恤人者盡矣然尚緩
刑况今歲即奏貸其死洪州大水城之不滅者十五
水得城竇以入舉城遑擾不知所爲公豫具薪業不
終日以塞州人德之曰無陳公吾屬如何矣衢州之
南山廣袤百餘里與歙婺境大木叢中國人適逃

其中冒稱夷人數出寇常寧諸邑其酋有秦左道者
人傳以爲能致風雨官軍尤憚之公誘以恩信則赴
衆數百來自占已而與其甥亡去又將爲寇州人皆
恐公設方略以一日捕得殺之　天子賜詔書獎諭
公因圖上山川形勢攻取之策以爲賊今不除黨附
日衆夷人謂中國無能爲必出助之可須農隙發土
人使操斧斤隨以強弩斬木除道則賊失所恃不攻
而自窮又出其材可以佐經用奏未報轉運使害其
事劾公擅擊斷不聽用佐吏又嘗稱病不自祭亲
公坐此罷州人乞留不得而賊果侵尋不制朝廷出
使發兵擊之數年然後定興化多進士就鄉舉者嘗
八九百人而學舍弊小無文籍公至則新而大之一爲

之贖書而國子之所有者皆具均州漢上舟子數溺商旅取貨財而以險爲解公擿案寘其法因取道灘數家險其艬使表水險涉者因此得不死曹州多盜士命之先凶強者七十餘人公集壹贖得之數盡又修律令五家爲保之法故盜往往逃去之它境蓋公施於政者能如此公嘗爲書十二篇上之曰國政要事其說多聽用而中書欲還職事以奬之公乃自言外祖王氏葬揚州無主後顧除淮南所當得之一官以往視其丘墓而已岐公之葬也　天子自曹州召公歸襄事特詔許公升殿公謝岐公遺過始終恩禮之厚因乞御篆岐公之碑首上爲動容賜其首曰褒忠之碑而公終無一言自及既分司無田園歸官屋以

居自爲棺斂葬埋之制趣於儉而已少長好書以至
於老於篆籀尤善有集二十卷其文能世其家著也
夫人馮氏江南李氏時宰相延巳之孫子男五人世
範前商州洛南縣尉世安前廣州新會縣令世脩大
理寺丞世永將作監主簿世弈太常寺太祝女四人
長適大理評事柳安期次適右班殿直王允懿次尚
幼也陳氏漢太丘長諱寔之後故其望在潁川而世
居洪州之南昌縣當唐末五代之亂無仕者魏公布
衣起閭巷明敏諒直稱天下仍父子執國柄而至岐
公尤盛公於仕嘗齟齬然尚至九卿以榮禄自終蓋
太丘之仁隱阨於一時而紀諶群泰貴顯者數世豈
魏公之先遭世不治亦有潛德晦行如太丘者乎不

然何其後世之興如此是故不可以無銘也銘曰
虞賓夏商其後爲陳屢絶復封以承聖人至漢太丘
寔時就德詒祿魏晉子孫世食既又困窮乃生魏公
魏公之出尅名碩實有六一有卿鑽杞其室公則盛矣
天子所思繩繩維卿亦顯于時治官牧民入出具宜
胡公之虛太丘之里兩省州國紹榮本始歸葬浚郊
皇考在前峙此銘詩爲告新阡

虞部郎中贈衛尉卿李公神道碑

嘉祐八年六月某甲子制曰朕初即位大賚群臣陛
朝者及其父母具官亦父具官某率德蹈義不躬榮
祿能教厥子遂爲才臣加賜名命序諸卿位所以勸
天下之爲人父者豈特以慰孝子之心哉可特贈衛

劄御璽曰某甲子中書下其書告第文副其書賜寔等以待墓葬寔等受書焚其副墓上乃撰次衛尉官世行治始卒來請曰先人賴 天子慶施賜之官三品矣而墓碑未刻惟德善可以有辭于後世者夫子實聞知某曰然衛尉公墓隧宜得銘久矣於是爲序而銘焉序曰

公姓李氏故隴西人七世祖諱某始遷于光山五世祖諱某以其郡人王審從之始爲建安人曾祖諱某皆不仕考諱某嘗仕江南李氏稍顯矣江南國除又舉進士中第以殿中丞致仕有學行名能知人贈其父大理評事而已亦以子貴贈至吏部尚書遊豫章樂其湖山曰吾必終於此於是又始爲豫章人尚書

之子伯曰盧己官至尚書工部侍郎以才能聞天下其季子則公也公諱某字公齊少篤學讀書晝夜不息一以進士舉不中即以兄蔭爲郊社齋郎再選福州閩清洪州靖安縣尉有能名遷饒州餘干縣令至則毀淫祠取其材以爲孔子廟學縣人之秀者與子學豪宗大姓斂手不敢犯法州將部使者奏乞與京官移之劇縣不報而坐一不覺獄卒殺人以免當是時侍郎方以分司就第公曰吾兄老矣我得朝夕從之游以灑掃先人廬冢尚何求而仕遂止不復言仕侍郎之卒也天子以公試秘書省校書郎知江州德安縣事辭不就後嘗一至京師大臣交口勸説欲官之終以其不可强也而晏元獻公爲公請乃除太子

況爲致仕初尚書未老棄其官以歸至侍郎及公之
退也亦皆未老自尚書至公再世皆有子而皆以嚴
治其家如吏治江西士大夫莫其世德稱其家法蓋
近世士多外自藩飾爲聲名而內實罕能治其家及
老往往顧利冒恥不知休息公獨父子兄弟能如此
嗚呼其可謂賢於人也已公事親孝比遭大喪廬墓
六年然後已事兄與其寡姊衣食藥物必躬親之及
公老矣二子就養如公之爲子弟也寬嘗爲江浙等
路提點鑄錢坑冶又嘗提點江南西路刑獄定亦再
爲洪州官不去左右者十二年皆以才能爲世聞人
以恩遷公官至尚書虞部郎中贈至朝奉郎勳至護
軍以嘉祐四年七月某甲子卒於豫章之第享年八

上九夫人長壽縣君趙氏先公卒八年既葬矣五年
某月某甲子以公葬於夫人之墓左曰雷岡在新建
縣之桃花鄉新里夫人故衢州人某官湘之女湘有
文行尚書與爲友故爲公娶其女子三人寬定寔寔
守秘書省正字早世於公之葬也寬爲尚書司勳員
外郎定爲尚書庫部員外郎女子二人已嫁孫二十
有一人曾孫十有五人皆卒公教無違者公既葬而
二子以恩贈公衞尉卿云銘曰
李世大家隴西其先於唐之季冉世光山移避于閩
嶺海之間乃生尚書節行有偉始來江南考室章水
繩繩二子隱顯兼榮孰多後祿其蚤維卿幼壯躬共
唯君之賤能不盡用止於一縣退以德義釐身於家

外內肅雝人不疵訾嗟亦有二子維　天子使父曰往
矣致而臣身之、曰歸哉以寧吾親以率其婦左右恂
恂以官就侍　天子之仁既具祉福考終大耄追榮
于幽乃賜卿號伐石西山作爲螭龜晉之墓上勒此
銘詩

臨川先生文集卷第八十八

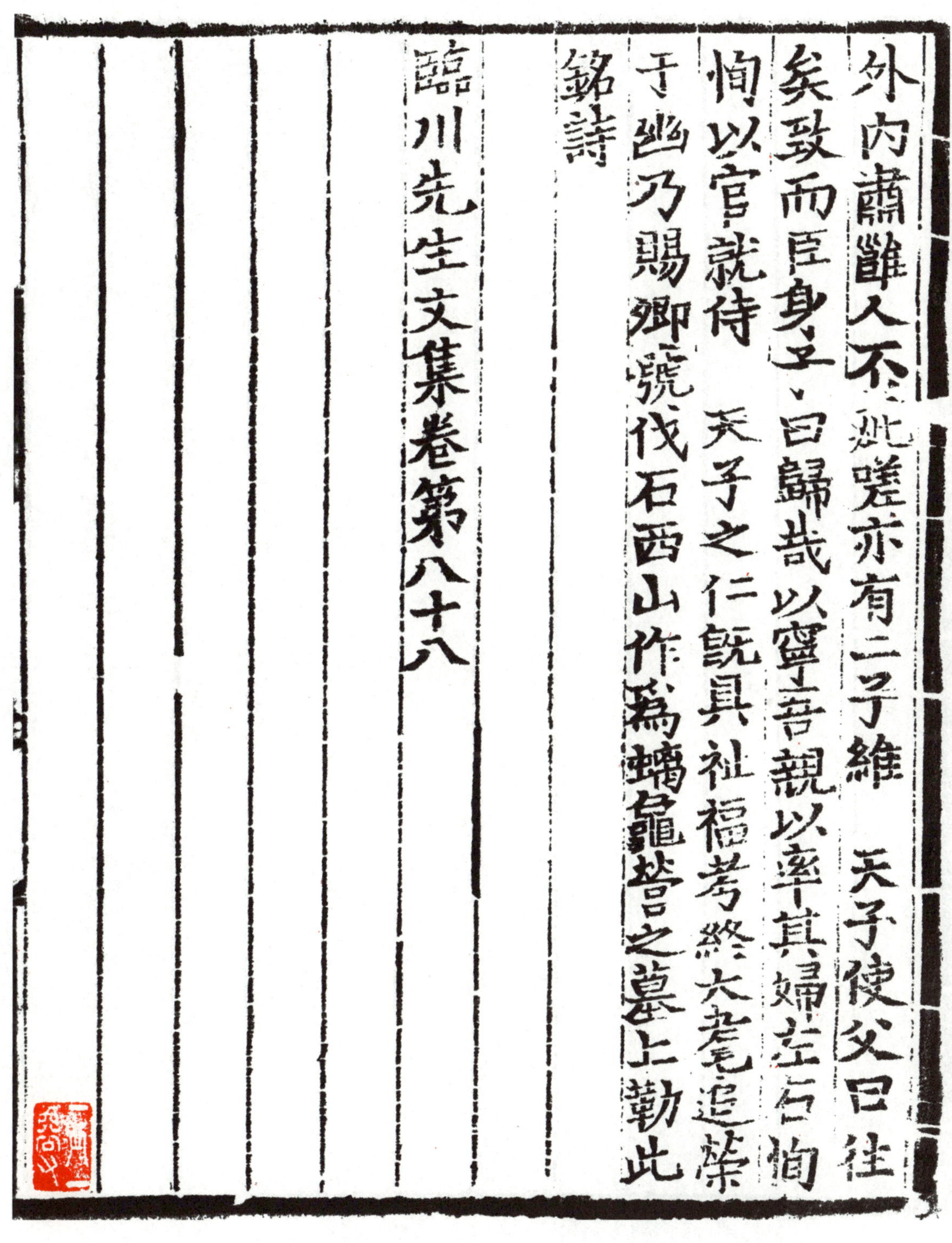

臨川先生文集卷第八十九

神道碑

廣西轉運使孫君墓碑

贈左屯衛大將軍李公神道碑銘并序

淮南江浙荆湖南北等路制置茶都大發運副使贈尚書工部侍郎蕭公神道碑

尚書工部侍郎樞密直學士狄公神道碑

尚書屯田員外郎贈刑部尚書李公神道碑

贈禮部尚書安惠周公神道碑

廣西轉運使孫君墓碑

君少學問勤苦，寄食浮屠山中，步行借書數百里，升樓讀之而去其階，蓋數年，而具衆經，後遂博極天下

之書屬句文操筆命紙謂爲方思而數百千言已就以
天聖五年同學究出身補滁州來安縣主簿洪州右
司理再舉進士甲科遷大理寺丞知常州晉陵縣移
知壽州壽春當是時人未趣學乃改作廟學召吏民子
弟之秀者親爲撰授講說誘勸以文藝居未幾壽州
士皆來學學者由此遂多以選通判耀州兵士有訟
財而不直者安撫使以爲直君爭之不得乃奏決於
大理大理以君所爭爲是而用君議編於勅慶曆二
年權爲監察御史裏行於是彈奏狄武襄公不當擅
殺劉滬水洛城事又因日食言陰盛以後宮爲戒
仁宗大獵于城南衛士不及整而歸以夜明日將復
出有雉隕于殿中君奏疏即是夜有詔止獵寧唐和

冠湖南以君安撫奏事有所不合因自劾乃知復州又通判金州知漢陽軍吉州稍遷至尚書都官員外郎提點江南西路刑獄有言常平歲凶當稍責其粟以利糴本者詔從之君言此非常平本意也詔又從之儂智高反君即出兵二千於嶺以助英韶會除廣西轉運使馳至所部而智高方熾　天子出六臣部諸將兵數萬擊之君驅散亡殘敗之吏民轉芻米於惶擾窘急之間又以餘力督守吏治城塹修器械屬州多亡而師飽以有功君勞居多以勞遷尚書司封員外郎初君請斬大將之北者發騎軍以討賊及後賊所以破滅皆如君計策置罷而人重困方恃君殺撫君乘險阻冒瘴毒經理出入略居無時以皇祐三

年三月初七日卒于治所年五十四官至尚書二部郎中散官至朝奉郎勳至上騎都尉君所爲州縣獨其大體闊略其細故與賓客談説弦歌飲酒往往終日而能聽用佐屬盡其力事以不廢在御史言事計曲直利害如何不顧望大臣以此無助所爲文自少及終以類集之至一百卷天德地業人事之治綴拾貫穿無所不言而詩爲多君諱抗字和叔姓孫氏得姓於衛得望於富春其在黟縣自君之高祖某徙以避孫儒之亂而至君曾大父諱師睦善治生以致富歲饑賑出米穀以斗升付饑者得驩心於鄉里大父諱旦始盡棄其産而能招士以教子父諱遂良官給事君始十餘歲從以君故贈尚書職方員外郎君初

娶張氏又娶吳氏又娶舒氏封太康縣君五男子適邈迪迨遘適嘗從予遊年十四論議著書足以驚人終永州軍事推官邈今潞州上黨縣令亦好學能文狀君行以求銘者邈也君之卒也天子以迨試祕書省校書郎二女子一嫁太廟齋郎李簡夫一嫁進士鄭安平君以其卒之年十二月二十五日葬黟縣懷遠鄉上林村歙之爲州在山嶺澗谷崎嶇之中自去五代之亂百年名士大夫亦往往而出然不能多也黟尤僻陋中州能人賢士之所罕至君孤童子徙步官學終以就立爲朝廷顯用論文終始作爲銘詩豈特以顯孫氏而慰其子孫乃亦以詒其鄉里銘曰

在　仁宗世蠻跳不制餽師殺民責有膚使踐輿乘

危條變畫奇癖壽既除胥數以治方遷既隕夏豐山
夷維此膚使文優以仕祿則不瘞其言蕭筍書藏于
家銘在墓前以告黟人孫氏之阡

故贈左屯衛大將軍李公神道碑銘并序

宋故贈左屯衛大將軍李公墓在河中府河東縣陶
邑鄉仙窠里紫金山北初咸平二年公以東班殿侍
隨彰國軍節度使康保裔部軍于高陽關契丹內侵
眞宗狩于魏六將侍城千里間悲保裔以其屬出公
提少卒所戰輒破寇搏我疾孤堅弗支舉軍陷焉乃
以義死當是時十二月五日也公年四十六有詔賻
恤録公子捱以爲西班殿侍蓋六十九年而捱以行
治勞烈績官至皇城使賀州團練使而嘗一再辭賞

以求追榮其父母。 天子亦數推恩，以及朝士大夫
之親，而公九贈官，自太子左清道率府副率至左監
門衛大將軍。逮 今上即位，則再至三品。而公夫人
朱氏亦封錢塘、仙遊、永安縣太君。太君有美志純行，
年六十三，以天聖七年六月六日卒於其子之官舍，
而以嘉祐六年十一月十一日與公合葬。公幼而愿
恭，長而敬，式涉書，喜謀，將有以爲而卒不克，蓋知者
傷焉。唯忠壯不屈，以詒祿于其後世，而團練君實能
力承以大厥家。噫，其可銘也哉！李氏世家鄭之原武。
公諱興，字符舉。曾祖諱顒，祖諱光，父諱元超，皆弗仕。
公生一男二女，二女皆早死。孫六人，其二人早死。參
今爲尚書都官郎中，餘皆以父廕仕，昌齡終三班差

使奠今爲右班殿直葵今爲左班殿直銘曰

李姓之始聃周隱史厥家鄭邦代晦其光公舊自田
畬蹟興行匪熊匪羆彼萬其旅帝徂伐之孰致子武
操戈以先所遇斃迭曰敵可盡其來滔滔終沉于戎
唯義之濟閟有傳祿追榮以暨諱無孫子錫命在幽
我以吾功克稱無羞節詩後觀有石道周

故淮南江浙荆湖南北等路制置茶鹽礬
酒税兼都大發運副使贈尚書工部侍郎
蕭公神道碑

蕭氏故長沙人也五馬氏亂遷江南又爲廬陵人公
曾祖諱齊仕李氏爲洪州武寧縣令祖諱煥考諱良
輔皆不仕公諱定基字□□年二十一用天禧三年進士補□□山

州軍事推官以母夫人陳氏憂罷後除虔州觀察推官人饑諉州將以便宜糶倉米秋糴償之所捄活甚多監納潭州茶米舉者十八人遷大理寺丞知臨江軍新喻縣移監成都府市買務蜀引二江溉諸縣田多少有約李順爲亂時成都大豪樊氏盜約改一晝夜爲六由此他縣歲賂樊氏縣乃得其餘水訟二十年不決轉運使以屬公公曰約所以爲均即不均約不可恃也乃親決水視一晝夜而樊氏縣水有餘樊氏即伏罪諸縣得水如故約轉運使以爲能舉知黎州州近蠻出善馬異時蠻人多以託守公一拒絕蠻大喜於是累遷至太常博士以博士召爲監察御史裏行成都王殿請鑄小鐵錢爲大錢當十鑄十得三

是廢十得三十也公疏以為不便而罷議。詣中書人妾告兩浙轉運使罪以公往治直之蘄州王蒙正恃勢賂橫猾誣屬縣長罪死又以公往治告隨吏曰蒙正賂汝受之以告我蒙正果賂吏直三百萬公因以正其獄　仁宗欲官公一子公乃以讓其隨吏除開封府判官於是自監察再遷至侍御史除江西水陸計度轉運使奏事稱　上意賜三品服三司稅賦鵰鷙羽民入一尺費餘百錢去兵以鵝鸛代之宜州蠻為寇乃移廣西兼安撫公馳至問所以反曰吾知之矣乃蒐諸州澄海忠敢士萬人守要害戒諸將賊至乃擊歸則已蠻不復動明年巴州甲洞與永平寨將秦珏與錄治獄珏反違大擾公曰蠻何敢是必珏有以

致之問之果然乃廢銀冶并所遺縣熟户數十人又移
交州討殺珏者而邊遂定　仁宗曰邊吏好生事蕭
某如此可召用三司度支判官王琪使江淮浙議鹽
酒事請公俱往乃除三司鹽鐵判官與琪俱使江淮
浙議鹽酒事至吉州除江淮浙荊湖制置發運副使
以官卒于家享年五十四實慶曆二年五月十四日
以其年九月二十日葬廬陵儒行鄉故合之原公寬
厚寡欲内行孝友稱於鄉里尤知爲吏在所皆有聲
績夫人河陽縣君毛氏五男子汝礪汝諧汝器汝士
汝颺皆進士汝礪終太常博士汝器終殿中丞汝諧
今爲尚書屯田員外郎致仕今爲永州祁陽縣令故
累贈至尚書工部侍郎而墓碑未刻汝諧請曰先人

於王氏有故子銘士大夫多矣某曰然是宜以屬我

乃銘曰

蕭氏食鄭漢功之冠卒成齊梁以戾于唐人不絕史與唐終始屢遷盧陵來自長沙使乎符吏于宋初家折獄御戎有聲無譁祿則世繼而年不遐揚詩墓石以相哀嗟

尚書工部侍郎樞密直學士狄公神道碑

狄氏故并人唐武后時有以諒直輔相著有功中宗以及社稷是爲梁公梁公之十四世孫諱棐字輔之曾祖曰崇謙連州桂陽縣令祖曰文蔚全州清湘縣令考曰希顏徐州録事參軍及公貴贈録事君至兵部尚書而公之母李氏封隴西郡太君蓋梁公

之後有兼善者亦有名顯至大官其後禄仕不絶然宣徽弗顯及公乃以行能為時用出使入侍終尚書工部侍郎直樞密為學士天下稱為善人長者公少孤力學中咸平三年進士甲科其官自大理評事歷大理寺丞殿中丞太常博士尚書屯田都官職方員外郎祠部刑部郎中太常少卿右諫議大夫給事中其職自直昭文館歷龍圖閣直學士其初任知袁州分宜縣後嘗知開封縣通判鄆州成都府為開封府判官度支京西轉運判官轉運使制置江淮荆湖發判吏部流内銓審官院知壁廣滑魏隨陝鄭同揚九州河中河南二府其知陝州河中府以趙元昊反擇西方守更其知隨州則坐在魏時置事有竊

不避者不即治其知揚州則不及赴而卒于京師慶曆三年十二月十七日也享年六十七公惇厚篤實未嘗妄言笑雖有喜慍未嘗見色終身不言人過惡罷南海所齎無南物在陝中貴人有力者言將援公於上公爲不聞接以它語退而歎曰吾束髮至此得齒祿皆以義可以老而自汚耶蓋其廉如此其治民尚於寬仁不忍罪以此嘗得罪然自若弗悔也當時士大夫聞其死莫不歎惜累階至中散大夫勳至上柱國爵至山陽郡開國公食邑二千一百户食實封四百户夫人武城縣君路氏太子右司諫知制誥振之女初公以布衣見路公路公即譽公文學行治妻以其子生六男子適遵古遵夔遵禮遵慤遵路遵彝遵度嘗曾天聖

初善爲古文志義甚高宦爲襄州穀陽縣主簿不幸早死君子莫不傷之遵路爲太常寺奉禮郎與遵道遵懿遵彝亦皆早死遵禮今爲尚書虞部員外郎六女子嫁衛尉卿王罕衛尉卿魏琰樞密直學士何中立尚書駕部郎中王信民二人早死狄氏嘗五代之亂占潭之湘潭至公始葬武城君於許州陽翟縣張澗里故以公合葬葬以慶曆五年既葬二十年而遵禮來求銘文刻之墓碑銘曰

維狄先公開號於梁扶國舉帝仁義剛施垂子孫祿不曠仕歷世十四公爲循吏內行振振恕以與人慤慈無忌考終厥身陽翟古墟有幽新呈銘詩不磨彼石之視

尚書屯田員外郎贈刑部尚書李公神道碑

朝奉郎尚書屯田員外郎通判杭州軍州兼管內勸農事上輕車都尉賜緋魚袋贈刑部尚書李公諱陟字元昇少以進士舉太學衆推其才高不妄交游獨與故相張文節公友善淳化中用甲科補河南府澠池縣尉群盜阻穀以略行人朝廷患中貴人傳捕公率其屬捕殺之盡以故為轉運使所奏留再任方當遷父喪去而契丹犯河北卒亡命相聚為寇所居內黃之擾令尉劫不自保以公為語方略擒滅縣賴以無事改除貝州司理參軍州將邊肅知公能有幹輒以逐劇賊用一二日馳百里亟往縛取以歸於是州及

轉運使爲論功一再在見□□大理寺丞□□眞州□□都□改殿中丞知秀州嘉興縣 眞宗末□□□天常□王通判通利軍。又以祀汾陰，改尚書屯田員外郎一遷尊一官，監眞州鹽倉。杭州言浙江隄壞不可治，詔江淮荆浙發運使擧可用者，以公通判杭州。隄成，度用財力甚省，而亦且可以久，乃復得故官，留再任。嘗是時，呂文靖公提點刑獄，允知公，論薦以爲材，且召除齊安矣。會母夫人死，公行內修事無允，以孝聞。所收恤親屬多貧，不能生歸，留治喪南京，哀戚毀甚，未及服除而卒，年五十三，天禧三年六月八日也。留守王沂公賻助之，乃能具葬。凡五娶，竇氏、高氏、黃氏、歐氏，最後邊氏，封太康縣君，今皆贈郡太君。邊氏則其

州邊公女也邊公蘊明少所可知公而好之故女以
其子太康有賢行蓋見於國史公二男曰文男曰守
膚守大理寺丞致仕曰立師給事中天章閣待制西
京留守女嫁太子中舍聶復見州亳[illegible]縣令[illegible][illegible]平
尚書比部員外郎張公參其一早死公動以文學自進
為善吏事所至強果辨治然以愛利為人所思嘉祐
七年十一月二十三日葬于衛州新鄉縣[illegible][illegible][illegible]舞義
[illegible][illegible]熙寧元年十二月乃銘行[illegible][illegible]之[illegible][illegible]李氏墓
其子人後徙內黃曾祖諱[illegible]祖諱[illegible]守[illegible]開封府
推官[illegible]尉考諱珣殿中丞銘曰
猗嗟李公升自辭科蚤迹遲遲以功以漸河[illegible]文曰道
武奏臧王賢于大吏曾不及銘[illegible][illegible][illegible]來[illegible]豈[illegible][illegible]

奏延在後寵甚有那三邪衛西南彼遺敢危追葬其老它
考如之何

贈禮部尚書安惠周公神道碑

公諱某字某姓周氏為人倜儻有大節敏於文學達
於政事　真宗初即位以進士甲科除將作監丞通
判齊州即有能名召還為著作郎直史館羣牧判
府諸縣鎮公嘗歷三司戶部度支判官天章閣待召
遂以右正言知制誥判吏部流內銓數進見言事
眞宗以為材其後直登聞鼓院糾察在京刑獄存考
進士及糊名謄錄之法　眞宗皆自定之主者而頒焉
屬公居亂處未幾遂以撫寧息事至　公開封府事歎
明審無留事　眞宗滋以為材至嘗其府問勞甚

諸樂飲累然後去以公更外事之久矣不即大用而以
公知河中府又以知永興移天雄又爲至甄右重鎮
數賜詔書獎諭於是真宗知公果可以大用召
還除給事中同知審官院審刑院而又以爲尚書禮部
侍郎羣牧副使　真宗得疾寖劇不能下言公居事遂
去悉蒙公而以公爲黨黜逐去之以尚書戶部侍郎
知青州既而又以爲太常少卿知光州　仁宗即位
稍遷秘書監知杭揚二州言公得罪者罷之禮部侍
郎留守南京召見三館復而出知袁州請知蔡州自
潁後丐守自興後安至是若十三年以某年某月某日
卒春秋五十七先嘗言天下之爲害者以天下言尚書當與
贈其二子加等官以其子惠初公嘗自言數百卒遂以其屬

論請爲　眞宗所禮禁中事[illegible]得聞者往往
爲公道之公亦慷慨爲上言事無所諱而其言祕世
莫得盡聞東封還公卿大夫皆獻文章頌功德公獨
上書進戒及在樞密進止侃侃不少下晉公方盛爲
之謝節故爲所逐公好收攬後進士得一善汲汲如
出之今者爲已進取未嘗問家人生產好讀書善爲
文有文集二十卷獨奏事諸草[illegible]公既世之矣無在
者愛其高遠其篤學趨者以能書爲世所稱善書翰
爲人取去積階至金紫光祿大夫勳至上柱國爵至
汝南郡開國公食邑至四千一百戶食實封至九百
戶嘗爲東京留守判官東封考制度副使亦皆
眞宗所自選也周氏世爲淄州鄒平人公曾祖考諱

某祖考諱某皆儒者以學行知名山東考諱某仕歷
御史祭尚書都官員外郎及公貴贈曾祖考某官祖
考某官考某官公夫人王氏北海郡夫人先公一年
卒於公之卒也公子延荷爲大理寺丞延讓爲太常
寺太祝延壽爲東頭供奉官閤門祗候延雋爲大理
評事以某年某月某甲子葬公鄭州新鄭縣平康鄉
之北原而以王氏祔其後若干年公子延雋爲尚書
都官郎中累贈公至某官始追序公世次閥閱行治
來請曰先人名位功德嘗顯矣而墓碑無刻諸孤謂
延雋爲後死識夫子許我則無以詔永久嗟乎公
事遠矣蓋雖公子有所不及知故所次止於如此
[illegible]公所以進而[illegible]公之材[illegible]以[illegible]之而公

可知懍懍乎一世之名臣矣所以如此不爲略也

曰

群獻侯侯御于　帝所出入百年將相文武有如同
公左右　眞宗自初筮仕以至謀國嚬顰險夷考終
一德公去州郡無民不思公來朝廷　天子所知賢
論道功每歲無隱讒私黨讎用興威福間上不豫乃
讒曉乃遜既投有罪而以公歸退施一州遂隕于聯美
矣邦士公之季　銘詩墓門載以鎭址

臨川先生集卷第八十九

臨川先生文集卷第九十

行狀

尚書兵部員外郎知制誥謝公行狀

彰武軍節度使侍中曹穆公行狀

魯國公贈太尉中書令王公行狀

墓表

寶文閣待制常公墓表

太常博士鄭君墓表

貴池主簿沈君墓表

建昌王君墓表

處士征君墓表

鄱陽李夫人墓表

外祖黃夫人墓表

韶州翁源縣令楊府君墓表

尚書兵部員外郎知制誥謝公行狀

公諱絳字希深其先陳郡陽夏人以試祕書省校書郎起家中進士甲科守太常寺奉禮郎七遷至尚書兵部員外郎以卒嘗知汝之潁陰縣校理祕書直集賢院通判常州河南府爲開封府三司度支判官與修　眞宗史知制誥判吏部流內銓最後以請知鄧州遂葬於鄧年四十六其卒以寶元二年公以文章貴朝廷藏於家凡八十卷其制誥世所謂常楊元白不足多也而又有政事材遇事尤劇尤若簡而有餘所至輒大興學舍莊懿明肅太后起二陵於河南一不

取一物於民而足皆公力也後河南聞公喪有出涕
者諸生至今祠公像於學鄧州有僧某誘民男女數
百人以昏夜聚爲妖積六七年不發公至立殺其首
施其餘不問又欲破美陽堰廢職田復召信臣故渠
以水與民而罷其歲役以卒故不就於吏部所施置
爲後法其在朝大事或諫小事或以其職言郭皇后
失位稱詩白華以諷爭者貶公又救之嘗上書論四
民失業獻大寶箴議昭武皇帝不宜配上帝請罷內
作諸音巧因災異推天所以譴告之意言時政又論
方士不宜入宮請追所賜詔又以爲詔令不宜偏出
數易請繇中書密院然後下其所嘗言甚衆不可悉
數又知制誥自以其近臣上一有所不聞其責今豫

我愈懷慨欲以論諫爲己事故其葬也廬陵歐陽公銘其墓尤嘆其不壽用不極其材云卒之日歐陽公入哭其堂揓無新衣出視其家庫無餘財蓋食者數十人三從孤弟姪皆在而治衣櫛纔二婢平居寬然貌不自持至其敢言自守矯然壯者也謝氏本姓任自受氏至漢魏無顯者而盛於晋宋之間至公再世有名爵於朝而四人皆以材稱於世先人與公皆祥符八年進士而公子景初等以歷官行事來曰願有述也將獻之太史謹撰次如右謹狀

彰武軍節度使侍中曹穆公行狀

公諱瑋字寶臣眞定府靈壽縣人少以蔭爲天平武寧二軍牙内都虞候至道中李繼遷盜據河西銀夏

筆州後又擊謀□部并其衆李繼隆范廷召等數出無
功而朝廷終棄靈武繼遷遂強屢入邊州爲寇當是
時公爲東頭供奉官閤門祗候年十九 太宗問大
臣誰可使當繼遷者武惠王以公應詔 太宗以知
渭州而欲除諸司使以遣之武惠王爲公固讓乃以
本官知渭州 真宗即位改內殿崇班閤門通事舍
人西上閤門副使移知鎮戎軍當是時繼遷虐使其
衆人多怨者公即移書言朝廷恩信撫納之身以動
之羌人得書往往感泣於是康奴諸族皆內附威乎
明年繼遷死其子德明求保塞公上書言繼遷擅中
國要害地終身旅拒使謀臣狼顧而憂方其國危子
弱不即捕滅後更盛強無以息民當是時朝廷欲以

恩致德明寢其書不用而河西大族延家妙等遂拔
其部人來歸諸將猶豫未知所以應公曰德明野心
去就飾疑今不急折其羽翮而長養就之其飛必矣
即自將騎士入天都山聚之内德明由此遂弱而
至死不敢窺邊大中祥符元年召還除西上閤門使
邠寧環慶路兵馬都鈐轄兼知邠州東封還東上閤
門使高州刺史兼真定府定州路都鈐轄已而又
以爲涇原路都鈐轄兼知渭州公乃圖涇原環慶兩
路山川城郭戰守之要以獻　真宗留其一樞密院而
以其一付本路使諸將出兵皆按圖議事祀汾陰還
四方館使初章埋驕於武延鹹泊撥藏攞強於平凉
公嘗謀之而涇渭之間緣邊無一羌犯塞八年遷[illegible]

團練使知秦州秦西南羌唃厮囉宗哥立遵始入遵
獻方物求稱贊普公上書言夷狄無厭延其求且輕
中國大臣方疑其事會得公書遂不許而循以爲保
順軍節度使公曰我得遵矣又將爲寇吾法具以俟
爾遵使其舅賞樣丹與熟戶郭厮敦爲鄰遵公歸誘
樣丹捕厮敦而許以一州樣丹終殺厮敦公遂奏以
爲穎州刺史而樣丹亦與羊南市城以獻先是張言知
秦州生事熟戶多去爲遵耳目及公誅樣丹即皆惶
恐遷徙公許之入贖自首還故地而至者數千人後
遂結賊皆爲用至明年囉遵畢惡衆號十萬寇三都
公帥三將破之追北至沙州所俘斬以萬計事聞除
客省使康州防禦使其後又破滅馬波叱臘鬼留等

諸羌囉遵遂以窮孤迭入蕃中而公所境隴上置弓
門虜遠凡十寨自是秦人無事矣天禧三年召還除
華州觀察使以西人之恃公也復以爲鄜延路馬步
軍都部署四年遂除宣徽北院使鎮國軍節度觀察
留後簽署樞密院事丁晉公用事稍除不附己者旣
貶寇萊公即指公爲黨改宣徽南院使出爲環慶路
都署又降容州觀察使知萊州晉公貶乃以公爲華
州觀察使知青州天聖三年除彰化軍節度觀察留
後知天雄軍又移知永興軍而詔使來朝至則除昭
武軍節度使而復遷之天聖五年以疾病求知孟州
得之會言事者以公宿將有威名不當置之閒處乃
以爲眞定路馬步軍都部署知定州七年復彰武軍

節度使八年正月薨于位年五十八　皇帝爲罷朝
兩日贈侍中謚曰武穆公爲將幾四十年用兵未嘗
敗衂尤有功於西方舊羌殺中國人得以羊馬贖死
如羌法公以謂如此非所尊中國而愛吾人奏請不
許其贖又請補內附羌百族盜爲上軍主假以勲階
爵秩如王官至今皆爲成法陝西歲取邊人爲弓箭
手而無所給公以塞上廢地募人爲之若干畝出一
卒若干畝出一馬至其重斂發兵戍守至今邊賴以
實所募皆爲精兵在渭州取隴外籠干川築城置兵
以守曰後當有用此者及李元昊叛兵數出卒以籠
干川爲德順軍而自隴以西公所措置人悉以爲
便也自三都之戰威震四海唃厮囉聞公姓名即以

手加額在天雄契丹使過魏地輒陰勒其從人無得
高語疾驅至多僕公不敢仰視契丹既請盟 真宗
於兵事尤重慎即有邊手詔詰難至十餘反而公每
守一議終無以奪 真宗後愈聽信有論邊事者往
往密以付公可否好讀書所如必載書數兩無遺春
秋公羊穀梁左氏傳而尤熟於左氏始娶潘氏為琅
邪夫人忠武軍節度使同中書門下平章事韓國公
美之子後娶沈氏安國太夫人故相左僕射倫之
孫光祿少卿繼宗之子子男四人信禮賓使知儀
州當元昊叛時以策說大將不能用反罪之遷韶
州以死倚終內殿崇班俱供備庫副使拒元昊於
亮亭戰死贈寧州刺史倩右侍禁一女子適四方館

使肇州刺史王德基孫五人諒諷東西頭供奉官誼右侍禁閤門祗候譜三班奉職諮右班殿直

魯國公贈太尉中書令王公行狀

公諱德用字元輔其先真定人也世以財雄北邊而蔣公邢公皆倜儻喜赴人急歲飢所活以千計武康公當　太宗時貴寵任事以殿前都指揮使受遺詔翊　真宗葬其先公河南密縣縣後分屬鄭州管城故今為管城人焉公先喪其母韓國夫人宋氏事繼母魯國太夫人張氏以孝聞至道二年　太宗五路出師以討李繼遷之叛而武康公出夏州當是時公為西頭供奉官而在武康之側年十七自護兵當前所傳斬及得馬羊功為多及歸公又請嚴將至隘公

以爲歸之至隘而爭先必亂亂而繼遷蹂我必敗於是又請以所護兵馳前至隘而陣武康爲公令於軍曰至陣而亂行者斬公亦令曰至吾陣而亂行者吾亦如公令至陣士卒帖然以此行而武康公亦爲之發嚮繼遷兵八稍隨屬左右皆王公莫敢近於是武康公莫曰王氏有兒矣及論功武康公曰吾爲大將不可使子弟與諸將分功繇公不列三年遷東頭供奉官咸平二年遷內殿崇班三年換御前忠佐馬軍副都頭景德二年爲馬軍都頭大中祥符元年爲邢洺磁相巡檢提舉捉賊男子張鳩霸聚黨界中爲盜朝廷以名捕久之不得公以擅車載壯士僞服爲婦人誘之於野於是鴻霸與其黨黠三十二人皆得朝廷以爲

能移陝西東路提舉捉賊自陝以東爲盜者聞公擒鴆霸事皆惴恐逃去五年爲環慶路指揮使奏事上前忤旨責授鄭州馬步軍都指揮使是歲武康公薨　天子命公乘驛護喪歸京師已而還其舊職七年遷散虞候散都頭八年遷散員內殿直都虞候天禧四年爲殿前左班都虞候柳州刺史乾興元年爲捧日左廂都指揮使英州團練使天聖三年改博州團練使知康信軍城壞公使禁軍爲築築者久之而無敢竊言望公使已以非其事者城成　天子賜書獎諭五年移冀州兼馬步軍都部署是歲除康州防禦使龍神衛四廂都指揮使又除捧日四廂都指揮使六年除侍衛親軍步軍都虞候歸就職又除環慶路副

都部署不行八年除并代州馬步軍副都部署又除殿前都虞候十年除桂州觀察使侍衛親軍步軍副都指揮使權馬軍都指揮使諸將皆遷與士之請馬者皆不求有司而得故事取糞錢於軍以給公使自公死罷之使各置庫以待其軍用明道元年除福州觀察使軍人挾内詔求爲軍吏公爭曰軍人敢挾詔以干軍制後不可復治且軍吏不可使求而得得則軍人必大受其侵明肅太后固使與之公固不奉詔已而太后亦寤卒聽公及太后崩有司請衛士皆坐甲公又不奉詔曰故事無爲太后喪坐甲也於是天子心賢公以爲可用及閱太后宫得爭軍吏事遂以公撿校太保簽署樞密院事公固辭武人不學不

是以當大任　天子使中貴人趣公入院公於朝廷臨義慷慨言無所顧計至於親戚故舊待之亦皆當理而有恩故人爲人求官於公公問其得謝幾何故人辭窮以實對公亦不拒也歸而使家人以銀與之曰爾所求者在此矣官非吾有不可得居頃之除樞密副使三年除明州奉國軍節度觀察留後同知樞密院事四年除安德軍節度使五年撿校大尉充宣徽南院使寶元元年李元昊叛公嘗請將以扞邊天子不許曰吾以公謀可也卒所以鎮撫扞治者亦多公計策始人或以公威名聞天下而狀貌奇偉疑非人臣之相御史中丞孔道輔因以爲人言如此公不宜典機密在上左右　天子不得已以公爲武寧

軍節度使徐州大都督府長史赴本鎮賜手詔慰遣
而言者皆尚論公未止也又以公爲右千牛衛上將
軍知隨州人爲公懼恬然唯不接賓客而已移曹州
或聞孔道輔死以告曰是嘗害公者今死矣公愀然
曰孔中丞豈害某者乎彼其心所以事君當如此也
惜乎朝廷無一忠臣言者服公以謂有德而終身自
愧其言曹人喜鬭多盜他日獄未嘗空也公在曹嘗
無一人囚者數矣慶曆二年除檢校司空保靜軍節
度使　天子以手詔賜公曰賜卿重地勉視事毋以
人言爲憂有傷卿者朕不聽契丹使劉六符過澶州
言曰六符聞公久矣遇於此豈非幸也今此州歲大
非公仁政之效也公謝曰　明天子在上固常

多豐年此豈吾力也今朝廷多賢士大夫可畀長書耆
老矣備位於此不足以累公鎮數是歲移眞定府等
路駐泊馬步軍都部署求奏事京師 天子使中貴
人諭公入覲除宣徽南院使判成德軍固辭不得奉
行以契丹使使求周世宗所取三關故地聚兵幽薊
爲若侵邊者乃移公判定州兼三路都部署聽以便
宜從事而以揚崇勳知成德軍崇勳受客問公所以
戰公曰吾患不仁不患不威患不知吾患無功蓋見
敵而後勝可[illegible]吾所戰豈可以隊言也公至定州則
明賞罰以教戰契丹使人來覘或以告勸公執殺公
置之不問曰吾視士卒皆樂戰可用矣使彼得歸以
告其主是伏人之兵以不戰也[illegible]昌大閲于郊 公提

桴鼓普師進退坐作終日不　一人而畢乃下令具
援桴聽鼓於中軍將盡以次行唯吾言氣鄉契其賞
之震恐已而　天子賜詔問公方略公上書論近世
用兵之失與今所以料敵制勝之方甚備會兵罷從
公知陳州過都　天子使中貴人勞賜問公欲見否
公辭謝備邊無功甚蒙　上恩赦詔從內郡非有公
事嘗對者不敢見三年移孟州召還署宣徽院事已
而出判揚州六年除同中書門下平章事判澶州七
年徙鄭州封祁國公八年還除會靈觀使又除檢校太
師判鄭州過都　天子召見慰勞皇祐二年除集慶
軍節度使進封魏國公三年以年老求致仕詔以太
子太師致仕文獻會級中書門下班公威名雖老益

尚為西夷所憚而　天子亦賢公以為可屬大事也
四年復強起公以為河陽三城節度使同中書門下
平章事判鄭州六年遂以為樞密副使契丹使至公伴
射使曰南朝以公典樞密而相富公可謂得人矣
天子聞之賜公御弓一矢五十以寵焉嘉祐元年進
封魯國公以年老求去章至六七　天子為之不得已
猶以為忠武軍節度使景靈宮使又以為同群牧制
置使有詔五日一會朝給扶者以一子若孫一人是
歲公年七十八矣明年二月辛未公以疾薨　天子
至其第為之罷朝一日又為之主祭服發哀苑中而以
太尉中書令告其第又賜以黃金水銀龍腦等物出
內人撫其諸子公忠實樂易與人不疑不詰小過望

之義齋有不可犯之色及就之温温如也平生少玩好不以名位驕人而所得禄賜多施之親黨若治第旅寬仁愛士卒士卒樂爲之盡與士大夫遊士大夫亦多服其度以爲莫能窺也夫人宋氏武勝軍節度使延渥之女也累封安定郡夫人先公卒後以子追封榮國夫人孝慈恭儉有助於公男子咸熙東頭供奉官早卒以子故累贈至右千牛衛將軍次咸藝西京左藏庫使果州團練使次咸庶內殿崇班早卒次咸英供備庫副使次咸康內殿承制女四人長嫁尚書駕部郎中張叔詹其次嫁太常博士程嗣恭國子博士寇諲皆早卒孫七人澤淵皆內殿崇班閤門祗候淑左侍禁滇左班殿直潭右班殿直沅瀛左侍禁温

未仕淑淇皆早卒曾孫二人任左侍禁价未仕公子卜以五月甲申葬管城之先塋而國夫人祔謹具公歷官行事狀請牒考功太常議謚并史館

寶文閣侍制常公墓表

右正言寶文閣侍制特贈右諫議大夫汝陰常公以熈寧十年二月己酉卒以五月壬申葬臨川王某誌其墓曰公學不期言也正其行而已行不期聞也信其義而已所不取也[illegible]而非彫斲以爲廉所不爲也可使矜者立焉而非矯抗以爲勇官之而不事召之而不赴或曰必退者也終此而已矣公爲今天子所禮則出而應焉於是　天子悦其至虚已而問焉使莅諫職以觀其迪已也使董學政以觀其

造士也公所言乎上者無傳然皆知其忠而不阿所施乎下者無助然皆見其正而不茍詩曰胡不萬年惜乎既病而歸死也自周道隱觀學者所取舍大抵時所好也違俗而適已獨行而特起嗚呼公賢遠矣傳載公久莫如以石石可磨也亦可泐也謂公且朽不可得也

太常博士鄭君墓表

德安鄭湜書其父太常博士諱詒字正臣之行治閥閱世次因其妹壻廣陵朱介之以来請曰鄭氏故家滎陽有善果者卒於唐江州刺史而子孫爲德安人自善果至晊七世生裔爲樂清縣令君之大父也裔生東君之父也以詩書教授鄉里而終不仕君以景

祐四年進士爲洪州都昌縣主簿於是令老矣事嘗決於君而都昌至今稱以爲能又爲廬州合淝縣尉盜發輒得故其後無敢爲盜者又爲同州朝邑縣令當陜西兵事起案簿書度民力所堪以均賦役而人不困又掌集慶軍書記歲旱轉運使不欲除民租以屬其守而使君出視君以實除民租如法又遷祕書省著作佐郎知南康軍南康縣移知梧州方是時儂智高爲亂吏多避匿即不往君獨亟往治城塹集吏民以守而州無事經畧使舉君以知賓州再遷至太常博士而歸爲陵臺令召見言事稱旨賜緋衣銀魚未赴以嘉祐三年三月二十四日卒年六十君前夫人張氏後失人吳氏子男三人其長則湜也　公今

深女四人其三人已嫁矣董　何贄朱介之其壻也
君爲人孝友諒直得人一善若已出能振窮急而自
養充儉約自賓州歸所齎無南方一物其平生所爲
如此今既以某年某月某日葬君德安之永泰鄉谷
步里而未有以碣諸墓也敢因介之以告介之於余
爲外姻而其妻能道君之實將懼湮没而無聞數涕
泣屬其夫求得余之一言以表之墓上蓋余嘗奉使
江東泝九江上廬山愛其山川而問其州人士大夫
之賢而可與游者莫能言也今湜能言其父之賢如
此問其州人之游仕於此者乃以爲良然嗟乎鄭君
誠如此豈特一鄉之善士歟而其子男與女子又能
如此故爲序次其説使表之墓上

貴池主簿沈君墓表

予先君女子三人其季嫁沈君也他日有間于先君之壻而予告以沈君其知沈君之家者必曰是其父能文學他日從沈君於銅陵而遊觀其縣縣人得沈君必曰是其父能政事已而予求其父所爲書於沈君沈君曰先君卒於逆旅其書悉爲人取去無在者又問其政事曰吾嘗聞於祖母矣先君爲池州貴池縣主簿令不能而縣大治者先君之力也嘗攝銅陵縣事縣人有兄弟爭財者先君能爲辨其曲直而卒使之感寤讓財相與同居其去也兩縣人追送涕泣遠焉而後去其施設之方則吾不得其詳也沈君遂言曰先君事生嚴喪死哀自族人至於婚友無所不

蓋其心終身好書未嘗一日不讀而於酣樂遊戲未嘗豫也循道守官以不諂其上而毀至於殆者數矣故其仕嘗有去志而無留心唯不得壽考富貴以究其學問之施設故其文章不多見而獨爲士友所知其行義不傳聞而獨爲親黨所稱其政事不大傳而獨爲邑人所記日月行年不卽論次遷除將卒於無傳也吾願以此屬子矣子應曰然子之先君固賢而又有賢子其後世將益大不可使無考也於是爲之論次曰君諱某字某舞母家于杭州之錢塘而其先湖州之武康人也武康之族顯矣至唐有與濟者爲尚書禮部員外郎生諱師爲尚書吏部侍郎贈吏部尚書尚書生諱爲潞州刺史昭義軍節度使自昭義以上三世皆有名迹列於

國史昭義生丹爲舒州團練判官舒州生牟江南李
氏時爲饒州刺史饒州生延翰爲濠州軍事推官濠
州生承誨大宋爲明州定海縣主簿累贈光祿卿
光祿生玉尚書屯田郎中知眞州軍州事君眞州之
子天聖二年以進士起家楚州司法參軍再調爲池
州貴池縣主簿年三十六疾卒於京師之逆旅夫人
元氏生男子伯莊季長叔通皆爲進士而季長則予
先君之壻也君以某年某月某甲子葬眞州城北之
原蓋其行義文學政事皆如其子之言云

建昌王君墓表

君建昌南城人姓王氏諱某字君玉少則貧窶富貴
盡力未嘗佚游慢戲以棄一日亦未嘗屈志變節以

母於一人故雖食蔬水飲而父母有歡愉之心徒步
藍縷而鄉人有畏難之色及其有子則盡其方以教
子於是鄉人之子弟皆歸之君隨少長所能以教又
盡其力盡娶邑里周氏女有賢行能助君所爲生四
子無忌無咎無隱無悔皆進士無忌早卒而無咎獨
中第爲揚州江都縣尉率君之教博學能文篤行不
怠然人以爲君能長者以有是子而非特其教之力
也君亦嘗舉進士不中某年年六十五以某月日卒
於江都其子之官舍明年三月二十四日葬所居縣
里之原葬久矣無咎始求予文以表君墓嘗詩
發爲台州天台縣令教授於常州其學彌勤其行彌
厲其志蓋非苟求以效世而止能使田里顯聞於

無其在此以予不肖而言之不美也安能右其所重以稱君之孝子耶亦論次之如此

處士征君墓表

淮之南有善士三人皆居於眞州之揚子杜君者寓於醫無貧富貴賤請之輒往與之財非義輒謝而不受時時窮空幾不能以自存而未嘗有不足之色蓋善言性命之理而其心曠然無累於物而予嘗與之語久之而不厭也徐君忠信篤實遇人至謹雖疾病召筮不正衣巾不見寓於筮日得百數十錢則止不受筮也能爲詩亦好屬文有集若干卷兩人者以醫筮故多爲賢士大夫所知而征君獨不聞於世征君者諱某字某事其母夫人至孝居鄉里恂恂恭謹樂

振人之窮急而未嘗與人校曲直好蓄書能爲詩有子五人而教其三人爲進士某今爲某官某今爲某官某亦再貢於鄉征君與兩人者相爲友至驩而莫逆也兩人者皆先征君以死而征君以某年某月某甲子終于家年七十七噫古者一鄉之善士必有以貴於一鄉一國之善士必有以貴於一國此道亡也久矣余獨私愛夫三人者而樂爲好事者道之而征君之子又以請於是書以遺之使之鑱諸墓上杜君諱嬰字大和徐君諱仲堅字某

鄱陽李夫人墓表

鄱陽處士贈大理評事黄君諱某之妻太平縣君鄱陽李氏者今太常博士異之母也年若干以嘉祐五

十一月乙酉終而以後年十一月丙子從其夫葬
[illegible]陽長順里之西原葬若干年而太君之子所與游
者臨州王某表其墓曰太君之爲女子以善事父母
聞於鄉里及嫁移所以事父於舅而致其禮有加焉
凡在舅黨者無不禮也移所以事母於姑而致其愛
無損焉凡在姑黨者無不愛也相其夫以正而順誨
其子以義而慈處士君嘗娶而有子矣蓋視遇之無
異於己子其後太君之子以進士起爲聞人而州之
士大夫皆曰是母非獨能教亦其爲善也宜有子初
其子爲尉於宣州之太平又參慶州錄事皆欲迎太
君以往太君曰吾助汝父享祠春秋於此義終不得
獨往及爲南劍州順昌縣令知洪州新建縣事而處

士君已不幸乃曰吾老矣今而後可以從子敵其終在新建其子之官寢太君生一男二女男即博士女皆已嫁其幼蚤卒其長者少喪耳以孝聞而不撫州之士大夫又皆曰是母訓教非獨施於其一男而已蓋其妻子亦母之力也嗚呼豈不賢哉

外祖母黃夫人墓表

外祖夫人黃氏生二十二年歸吳氏歸五十年而卒卒三月而葬康定二年十二月也夫人淵靜裕和不彊而安事舅姑夫撫子皆順適吳氏內外族甚大數夕相與居歲時以醮獻酒食饋餟接卒夫人之世一就愚良一無間言夫人喜書史曉大致往往引以輔導處士官學聞於鄉子爲士無衛行繫夫人之助云人

貧富言笑聲若不能識雖族人亦不知其貌書史也其外孫也故得之詳明道中過其家夫人春秋高矣見其禮猶若新婦然視其色不知其有喜慍也病且革以薄葬命子意其可謂以正始終也已男灌既誌其葬卅四年某還自揚州復其墓復表曰聖人之教必繇閨門始後世誌於教者亦未之勤而已天下稍豈以戾相蕩以侈競然數矣自公卿大夫無完德豈或女婦然哉若女婦居不識驕異與言不聞隣里是職然也豈則德矣然其死也聞人傳焉以美之是亦教之熄也人人之不能然也傳焉以美之宣嚮劉鄭夫人者有不可表耶於戲

翁源縣令楊府君墓表

君諱某字某故華陰楊氏其爲臨江軍之清江人蓋亦已久矣曾皇祖曰某仕江南李氏爲大理評事皇祖曰某皇考曰某　皆完節以行義聞當世之不起初宰相王隨少時與其友善　仁宗即位隨知杭州請以皇考蔵章入賀既至度不可屬乃已後以恩推子弟一官以與其子得太廟齋郎君是也初任袁州萍鄉縣尉會令免獨當一縣豪猾吏民以君少共爲十餘獄嘗之君立斷洽大服又選饒州德興縣主簿與餘干縣令大水民乏食育死者君以便宜出常平米計口賤糶又誘富人發錢米所活人蓋數萬爲縣人虞璉請答盜父因殺子誣璉以求賂君治服語璉曰汝當以米百石餉貧民所以謝我至州州吏疑璉大姓行

貽當是時范文正公爲將閱選[illegible]

道君語公曰揚某治此不自嫌可以無疑也辟卒得

雪歸舖民如君語蓋君爲文正公所信如此而能得

民樂輸多此類又除韶州翁源縣令轉運使舉監廣

州市舶司至一月辛卒年四十二某年某月某日也以

某年某月某日葬某縣某鄉某里君事後母孝至然

謹於人喪或大寒脫衣買棺以赴之平生如此不一

既已未嘗爲人道死之日家所有獨其父書十餘篋

學者甚衆然往終不遂其可惜也已娶陳氏子曰遽

漳州軍事判官曰適泌州建德縣尉皆時所謂才士

也天所以報施蓋將在於是

臨川先生文集卷第九十

臨川先生文集卷第九十一

墓誌

太子太傅致仕田公墓誌銘

田氏故京兆人後遷信都晉亂公皇祖太傅入于契丹景德初契丹澶州略得數百人以屬皇考太師太

師哀憐之悉縱去因自脫歸中國　天子以爲忠臣積官至太子率府率以終爲人沉悍篤實不苟爲笑語生八男子子多知名而公爲長子公少卓犖有大志好讀書書未嘗去手無所不讀蓋亦無所不記其爲文章得紙筆立成而閎博辨麗稱天下初舉進士賜同學究出身不就後數年遂中甲科補江寧府觀察推官以母英國太夫人喪罷去除喪補楚州團練判官用舉者監轉般倉遷祕書省著作佐郎又對賢良方正策爲第一遷太常丞通判江寧府數上書言事召還將以爲諫官方是時趙元昊反夏英公范文正公經略陝西言臣等才力薄使事恐不能獨辦請得田某自佐以公爲其判官直集賢院　參都總管軍事

自　眞宗弭兵至是且四十年諸老將盡死爲吏者
不知兵法師數敗士民震恐二公隨事鎮撫其爲
世所善多公計某大將有欲悉數路兵出擊賊者朝
廷許之矣公極言其不可乃止又言所以治邊者十
四事多聽用還爲右正言判三司理欠憑由司權修
起居注遂知制誥判國子監於是陝西用兵十已人
大困以公副今宰相樞密副使韓公宣撫歸
判三班院而河北告兵食闕又以公往視而保州兵
士殺通判閉城爲亂又以公爲龍圖閣直學士知成
德軍真定府定州安撫使往執殺之論功遷起居舍
人又爲秦鳳路部總管經略安撫使無幾遭太師
夫人憂辭起復者又之　上使中貴人手敕趣公公不得

已則乞歸葬既葬訖邊事未見　上曰陛
下以孝治天下方邊鄙無事朝廷不爲無人而區區
犬馬之心尚不得自從臣恐死知不瞑矣因泣然泣
數行下　上視其貌羸聞其言悲之乃聽終喪
喪帥臣得終喪自公始服除以樞密直學士爲涇原
路兵馬鈐轄經略安撫使知渭州遂自尚書禮部
郎中遷右諫議大夫知成都府充蜀梓利夔路兵馬
鈐轄西南夷侵邊公嚴兵憚之而誘以恩信即皆諧
懇蜀自王均李順再亂遂號爲易動往者得便宜決
事而多擅殺以爲威至雖小罪猶并妻子遷出之蜀
流離顛頓有以故死者公一切循教諭見女子畜其人
第有其善惡然後繩以法蜀人愛公以繼張忠定而謂

公所斷治爲未嘗有誤歲大凶寬賦減徭發廩以救
之而無餓者事聞賜書獎諭遷給事中以守御史中
丞充理檢使召焉未至以爲樞密直學士權三司使
既而又以爲龍圖閣學士翰林學士又遷尚書禮部
侍郎正其使號自景德會計至公始復鈎考財賦盡
知其出入於是入多景德矣歲所出乃或多於入公
以爲厚斂疾費如此不可以持久然欲有所掃除變
更與起法度使百姓得 其蓄積而縣官亦以有餘
在 上與執政所爲而主計者不能獨任也故爲皇
祐會計錄上之論其故冀以寤 上上固特公欲以
爲大臣居頃之遂以爲樞密副使又以檢校大傅充
樞密使公自常選數年遂任事於時及在樞密爲之

使又超其正天下皆以爲宜顧尚有恨公得之晚者
公行内修於諸弟尤篤爲人寛厚長者與人語欵欵
若恐不得當其意至其有所守人亦不能移也自江
寗歸宰相私使人招之公謝不往及爲諫官於小事
近功有所不言獨常從容爲　上言爲治大方而已
范文正公等皆士大夫所望以爲公卿而其位未副
公得間輙爲　上言之故文正公等未幾皆見用當
是時　上數以天下事責大臣慨然欲有所爲盖其
志多自公發公所設施事趣可功期成因能任善不
必已出不爲獨行異言以峙聲名故功利之在人者
多而事迹可記者止於如此嘉祐三年十二月暴得
疾不能興　上聞悼駭敕中貴人太醫問視疾加損

輒以聞公即辭謝求去位奏至十四五猶不許而公求之不已乃以爲尚書右丞觀文殿學士翰林侍讀學士提舉景靈宮事而公求去位終不已於是遂以太子少傅致仕致仕凡五年疾遂篤以八年二月乙酉薨于第享年五十九號推誠保德功臣階特進勲上柱國爵開國京兆郡公食邑三千五百戶實封八百戶詔贈太子太傅而賻賜之甚厚公諱況字元均皇曾祖諱祐贈太保皇祖諱行周贈太傅皇考諱延昭贈太師妻富氏封永嘉郡夫人今宰相河南公之女弟也無男子以弟之子至安為主後女子一人尚幼田氏自太師始占其家開封而葬陽翟故今以公從太師葬陽翟之三封鄉西吴里於是公弟右賛善

大夫洵來曰卜葬公利四月甲午請所以誌其壙者蓋公自佐江寧以至守蜀在所輒興學數親臨之以進諸生其少也與公弟游而公所進以爲可教者也知公爲審銘曰

田室於姜卒如龜祥後其孫子曠不世史於宋繼顯自公攸始奮其華蕤配實之美乃發帝業深宏卓煒乃興佐時宰飪調睎文馴武克內外隨施亦有厚仕孰無衆毀公獨使彼若榮豫已維昔皇考敢於活人傳祉在公不集其身公又多譽公宜難老胡此殆疾不終壽考掩詩於幽爲告永久

給事中贈尚書工部侍郎孔公墓誌銘

宋故朝請大夫給事中知鄆州軍州事兼管內河隄

勸農同群牧使上護軍魯郡開國侯食邑一千六百
户食實封二百户賜紫金魚袋孔公者尚書工部侍
郎贈尚書吏部侍郎諱勗之子兖州曲阜縣令襲封
文宣公贈兵部尚書諱仁玉之孫兖州泗水縣主簿
諱光嗣之曾孫而孔子之四十五世孫也其仕當
今天子天聖寶元之間以剛毅諒直名聞天下嘗知
諫院矣上書請　明肅太后歸政　天子而廷奏樞
密使曹利用尚御藥羅崇勳罪狀當是時崇勳操權
利與士大夫爲市而利用悍彊不遜内外憚之公爲
御史中丞矣皇后郭氏廢引諫官御史伏閤以爭又
求見　上皆不許而固爭之得罪然後已蓋公事君
之大節如此此其所以名聞天下而士大夫多以公

不終於大位爲天下惜者也公諱道輔字原魯初以進士釋褐補寧州軍事推官年少耳然斷獄議事已能使老吏憚驚遂遷大理寺丞知兗州仙源縣事又有能名其後嘗直史館待制龍圖閣判三司理欠憑由司登聞檢院吏部流內銓糾察在京刑獄知許徐兗鄆泰五州留守南京而兗鄆御史中丞皆再至所至官治數以爭職不阿或絀或遷而公持一節以終身蓋未嘗自詘也其在兗州也近臣有獻詩百篇者執政請除龍圖閣直學士 上曰是詩雖多不如孔道輔一言乃以公爲龍圖閣直學士於是人度公爲上所思且不久於外矣未幾果復召以爲中丞而宰相使人說公稍折節以待遷公乃告以不能於是人

又度公且不得久居中而公果出初開封府吏馮士
元坐獄語連大臣數人故移其獄御史御史劾士元
罪止於杖又多更赦公見 上上固怪士元以小吏
與大臣交私汙朝廷而所坐如此而執政又以謂公
爲大臣道地故出知鄆州公以寶元二年如鄆道得
疾以十二月壬申卒於滑州之韋城驛享年五十四
其後 詔追復郭皇后位號而近臣有爲 上言公明
肅太后時爭者 上亦記公平生所爲故特贈公尚
書工部侍郎公夫人金城郡君尚氏尚書都官員外
郎諱寶之女生二男子曰淵今爲尚書屯田員外郎
曰宗翰今爲太常博士皆有行治世其家累贈公金
紫光祿大夫尚書兵部侍郎而以嘉祐七年十月壬

實葬公孔子墓之西南百步公廉於財樂振施遇故
人子恩厚尤篤而尤不好鬼神禨祥事在寧州道士
治眞武像有蛇穿其前數出近人人傳以爲神州將
欲視驗以聞故率其屬往拜之而蛇果出公舉笏
擊蛇殺之自州將以下皆大驚已而又皆大服公由
此始知名然余觀公數處朝廷大議視禍福無所擇
其智勇有過人者勝一蛇之妖何足道哉世多以此
稱公者故余亦不得而略也銘曰
展也孔公維志之求行有險夷不改其輈權強所忌
讒諂所讎考終厥位寵祿優優維皇好直是錫名休
序行納銘爲識其幽

司封員外郎祕閣校理丁君墓誌銘

应在九十一
卷第七葉

朝奉郎尚書司封員外郎充秘閣校理新差通判永
州軍州兼管内勸農事上輕車都尉賜緋魚袋晉陵
丁君卒王某曰噫吾僚也方吾少時輔我以仁義者
乃發哭弔其孤祭焉而許以銘越三月君壻以狀至
乃敘銘趣其葬敘曰君諱寶臣字元珍少與其兄宗
臣皆以文行稱鄉里號爲二丁景祐中皆以進士起
家君爲峽州軍事判官與盧陵歐陽公游相好也又
爲淮南節度掌書記或誣富人以博州齊貴人也猜
而長吏莫敢議君獨力爭正其獄又爲饒州觀察判
官昂善者豪州學最擢又用舉者遷太子中允知越
州剡縣蓋其始至流大姓一人而縣遂治卒除弊興
利甚衆人至今言之於是再遷爲太常博士移知端

州儂智高反攻至其治所君出戰能有所捕斬然卒不勝乃與其州人皆去而避之坐免一官徙貫州會恩除太常丞監蔚州酒又以大臣有辟舉者遷博士就差知蔚州藤縣其治藤如蔚藤人滋以君爲循吏也 英宗即位以尚書屯田員外郎編校祕閣書籍遂爲校理同知太常禮院君質直自守接上下以恕雖貧困未嘗言利於朋友故舊無所不盡故其不幸廢退則人莫不憐少進也則皆爲之喜居無何御史論君嘗廢兵不當復用遂出通判永州世皆以咎言者謂爲不宜夫毆未嘗教之卒臨不可守之城以戰虎狼百倍之賊議令之法則獨可守死爾論古之道則有不去以死有去之以生吏方操法以責士

則君之派離窮困幾至老死尚以得罪於言者亦其
理也君以治平三年待闕於常州於是爲尚書司
封員外郎以四年四月四日卒年五十八有文集四
十卷明年二月二十九日葬于武進縣懷德北鄉郭
莊之原君曾祖諱輝祖諱誼皆弗仕考諱稟之贈尚
書工部侍郎夫人饒氏封晉陵縣君前死子男陽太
廟齋郎除齊爲進士其季曰恩見尚幼女嫁秘書省著
作佐郎集賢校理同縣胡宗愈其季未嫁嫁劉氏者
亦又死矣銘曰
文於辭爲達行於德爲充道於古爲可命於今爲窮
嗚呼已矣卜此新宫

王平甫墓誌

君臨川王氏諱安國字平甫贈太師中書令諱明之
曾孫贈太師中書令兼尚書令諱用之之孫贈太師
中書令兼尚書令康國公諱益之子自幼孤未嘗從
人受學操筆為戲文皆成理年十二出其所為銘詩
賦論數十篇觀者驚焉自是遂以文學為一時賢士
大夫譽歎蓋於書無所不該於詞無所不工然數舉
進士不售舉茂材異等有司考其所獻序言第一又
以母喪不試君孝友養母盡力喪三年常在墓側出
血和墨書佛經甚眾州上其行義不報　今上即位
近臣共薦君材行卓越宜特見招選為繕書其序言
以獻大臣亦多稱之手詔褒異召試賜進士及第除
武昌軍節度推官教授西京國子尋罷著書崇文院

特改著作郎秘閣校理士皆以謂君且顯矣然卒不偶官止於大理寺丞年止於四十七八月十七日不起越元豐三年四月二十七日葬江寧府鍾山母楚國大夫人墓左百有十六步有文集六十卷妻曾氏子旄存女婿葉濤處者四女濤有學行知名旄存亦皆嶷嶷有立君祉所施庶在於此

建安章君墓誌銘

君諱友直姓章氏少則卓越自放不羈不肯求選舉然有高節大度過人之材其族人郇公爲宰相欲奏而官之非其好不就也自江淮之上嶺海之閒以至京師無不遊將相大人豪傑之士以至閭巷庸人小子皆與之交際未嘗有所忤亦莫不得其懽心卒然

以是非利害加之而莫能見其喜慍視其心若不知富貴貧賤之可以擇而取也頽然而已矣昔列禦寇莊周當文武末世哀天下之士沈於得喪陷于毀譽離性命之情而自託於人僞以爭須臾之欲故其所稱述多所謂天之君子若君者似之矣君讀書通大指尤善於相人然諱其術不多爲人道之知音樂書畫奕棋皆以知名於一時皇祐中近臣言君文章善篆有 旨召試君辭焉於是太學篆石經又言君善篆與李斯陽冰相上下又召君君即往經成除試將作監主簿不就也嘉祐七年十一月甲子以疾卒于京師年五十七娶辛氏生二男存儒爲進士五女子其長嫁長州晉陵縣主簿侍其璹早卒璹又娶其中女

次適歙州祈門縣令黄元二人未嫁君家建安者五世矣其先則豫章人也君曾祖考諱某任江南李氏爲建州軍事推官祖考諱某皇著作佐郎贈工部尚書考諱某京兆府節度判官君以某年某月某甲子葬潤州丹陽縣金山之東園銘曰

弗續弗彫弗跂以爲高俯以狎於野仰以游於朝中則有實視銘其昭

王補之墓誌銘

君南城人王氏諱无咎字補之嘉祐二年進士也初補江都縣尉丁父憂服除調衛眞縣主簿嘗兼天台縣令以與予共學久之無以衣食其妻子乃去補南康縣主簿會予召至京師因留教授上方興學校以

經術造士予言君可教國子命且下而君死君所在學者歸焉賢士大夫皆慕與之游然君寡合常閉門治書唯與予言莫逆當熙寧初所謂質直好義不爲利疚於回而學不厭者予獨知君而已君之死年四十有六實熙寧二年閏十一月丁巳至四年二月壬申妻曾氏子絪緼始克葬君南城縣禮教鄉長義里

銘曰

安時所難學以爲己嗚呼鮮哉可謂君子

尚書祠部員外郎祕閣校理張君墓誌銘

滁全椒張君諱瑗字君玉其先有司泗州法者諱煦於君爲曾祖常曰吾施德於人多矣後當有顯者尚書刑部侍郎參知政事諱洎者於君爲祖有二子生

君者長子諱安期官終國子博士君以進士甲科守祕書省校書郎簽書平江軍節度判官廳公事故事得獻書求試君無所獻知建昌軍南豐縣通判鄧州又將通判梓州而有以君爲言者乃召試爲祕閣校理於是自校書五遷爲尚書祠部員外郎年五十五以嘉祐五年四月壬申卒京師夫人蓬萊縣君王氏生三男子伯孫仲孫世孫三女子其一嫁試將作監主簿蘇泌其次尚幼治平二年九月甲申葬君金谿善政鄉脩仁里於是伯孫主邵武軍光澤縣簿君與余善其能貧而不爲利余所畏其於故事蓋無所問而不知其好書天性也往往日旰竈薪不屬而闔門讀書自若又能爲吏當官有所守嶷嶷必得其意

然乎居要言徐視易狎若無能者銘曰
有幽滁山滁水兩間槃礴濆迆乃多君子我儀其蓄
以愽顯聞我肖其滁以清厥身書此哀石永詒崖濆

臨川先生文集卷第九十一

臨川先生文集卷第九十二

墓誌

戶部郎中贈諫議大夫曾公墓誌銘

公諱致堯，字正臣。其先封鄫，鄫亡，去邑爲氏。王莽亂，都鄉侯據棄侯之豫章，家之，蓋豫章之南昌。後分爲

南豐故今爲南豐人可徒爲宣州剌史尋出生仁旺
贈尚書水部員外郎公考也李氏有江南撫州上公
進士第一不就太平興國八年乃舉進士中第選主
符離簿歲餘授興元府司錄遂遷大理評事遷光祿
寺丞監越州酒召見拜著作佐郎知濮陽軍將行天
子惜留之直史館賜緋魚袋使自汴至建安置行漕
詔曰凡三司州郡事有一不中理者即驗之最鈎得匿
貲以五百萬計除祕書丞兩浙轉運副使改正使豁
諫議大夫知蘇州魏庠侍御史知越州王柄不譽於
政而喜怒縱入庠介舊恩以進柄喜持上公到劾之
以聞上驚曰此昔某乃敢治魏庠克畏也克畏可畏也
語轉而然庠柄皆被絀楊允恭督揚子運數言事

可人歷啓之公每得詔旨使在外循以文全己非一吾心
也輒不果行允恭告 上上使問公公以所守言
上縣此薄允恭不聽言苛稅二百三十餘條罷之移
知壽州壽俗挾貲自豪陳氏范氏名天下聞公至皆
迎自戢公亦盡歲無所罰旣代空一城人遮行至夜
乃從二卒騎出城去郡轉太常博士主客員外郎
章聖嗣位常親決細務公言之又言民憊甚宜弛刻
禁是時羌數犯塞大臣議棄綏夏以解之公奏曰羌
盡款屬我分地王之非計也今羌席此劫定鍾以
自助不過二三年患必復起矣宜擇人行塞下先謂
兵食待其變而已不報二年羌果反圍靈州議臣請
弃靈州勿事公議曰羌所以易拒者以靈州綴其後

也判三司鹽鐵句院　天子欲以爲知制誥召試矣
大臣或忌之遷戶部員外郎京西轉運使詔與公卿
大夫子官京師陳彭年議遣使行諸路考察吏負一下其
事京西公曰彭年議無賢愚一切置不用豈不擇愚
而廢之邪擇愚而廢之人許其可以音暮興邪　上
令趣追使還數論事　上感之還公既而王均叛命公
撫蜀所創吏百餘事至繼遷再圍清遠靈武以丞相
齊賢爲邠寧環慶涇原儀渭經略使丞相引公爲判
官公奏記曰兵數十萬王超既以都部署爲之主丞
相徒領一二朝士往臨之超肯用吾進退乎吾能以
試待與超而有不能自將乎不幷將之無補也超能
得此重事願更審計丞相及[illegible]以爲言[illegible]西[illegible]

曰欲追兵晉以病赴公曰將在空虛無人之所[illegible]
而後追兵如後何遂辭行上感未有所發會召賜金
紫公曰丞相敏中以非功德進官臣論其不可甫爾
臣受命事未有效不敢以冒賜固辭上嘉此賢公爲
黃州團練副使既而超皋敗清遠靈武羅之會南郊
恩復官知秦州丁母夫人陳氏憂外除授吏部員外
郎知泉州公常謂選舉舊制非是請得論其之陳省
華子堯咨受請囑上爲發以第昇舉人敗者華堯咨
育邪巧材朝廷皆患惡而方幸無敢斥之者公入十
餘疏辯之移知蘇州至五日移知揚州揚州官職田
歲嘗得千斛然遣吏督貧民耕民苦之公不使耕
天子方崇符瑞興昭應諸宮且出幸祠公疏言昔周

民王既卜世三十卜年七百然觀於周禮其經緯國
體人事微細無不具則知王者受命必借人事以稱
天所以命之之意不然歸之天以急人事也公嘗曰
陛下始即位以爵禄得君子近年以來以爵禄畜盜
賊六臣愈不懌移知鄂州封泰山恩遷禮部郎中始
解揚州受添支差多一月公尋自言惠公者因復絀
公監江寧鹽酒西祀恩遷戶部郎中以祥符五年十五
月丁亥疾不起年六十六階至朝請郎勳至騎都尉
遺戒曰毋陷於俗媚佛夷鬼以汙我家人行之所著
仙鳧羽翼三十卷廣中台志八十卷清邊前要五十
卷西陲要紀十卷為臣要紀三卷自言集五卷文集
一卷傳於世尤長於歌詩云以其年十一月歸葬南

豐之東園水濵墓天聖九年歸葬龍池鄉之源頭始
公娶黄氏生子男三人易占嘗爲太常博士以能文
稱公以博士故贈至右諫議大夫公殁八年而博士
子鞏生生三十五年鞏以博士命次公生平事使來
曰爲我誌而銘之某視公猶大父也其少也則得公
之詳如其孫之去始公自任以當世之重也雖人望
公則亦然及遭　太宗自謂志可行於上之明於對邪
彼誠有命焉悲夫亦正之難合也雖其難合其可少
枉乎雖其少枉合乎孰可必也彼誠有命焉雖然其
難合也祇所以見正也孔子曰所謂大臣者以道事
君不可則止於戲公之節非庶幾所謂大臣者歟銘
曰

既墓而𢆡乃升宅原誰來求銘公子與孫公初汩終惟義之事緯才之完而薄于施乃其夫人有克厥家天啓予公非在茲邪

京東提點刑獄陸君墓誌銘

提點京東諸州軍刑獄公事兼本路勸農事朝奉郎尚書司封員外郎充集賢校理上輕車都尉賜緋魚袋借紫陸君諱廣字子及傳其先吳郡人也至君之高祖始遷福州之候官以避唐末之亂曾祖諱景遷仕吳越爲驍騎上將官諭被太傅祖諱崇褒以威武軍觀察推官從其王歸京師官至殿中丞歷知瀘道潮賓四州以卒考諱中和不仕以君故贈官至尚書[illegible]員外郎君以天聖二年進士起至皇祐四年某月

以使者齊州某甲子卒於鄞之西陰君子壽胥等以
嘉祐四年某月某甲子葬君杭州之錢塘縣某所之原
而書君系世官職行能勞烈卒葬之地一時以來求
誌墓銘曰
於惟陸氏吳郡其始福之侯官近自唐徙君曾大考
太傅將軍實仕吳越爲皇陪臣太傅有子始來皇朝
承于殿中歷將四州卒葬侯官實生處士贈官職方
君實其子維君諱廣彥博其字文辭甲科四府從事
起家鄧武再選徐州遂監稅酒蕭歲陳留許昌之掾
言海之從乃令烏程乃丞開封始佐著作去爲鄞氏
詠歌仁明無有壯穉移邛大邑告吾高年免罰就養
稅商于泉又移導江斗穀千錢君命振之以我公田

盜廥民家尉以囚來囚言實盜君曰釋之尉方力爭
衆亦莫寤後得眞盜果如君慮辭堆之江高築右隄焉
君修堰渠始譔其事灌田爲頃萬有七千鑴約示後
發撫凶年鄭文肅公來治杭劇君以通判往從其辟
州人戲屋吏代之輸君爲刱法遂無逋租中書選君
御史推直有言朝廷令以爲勑冬衎于郊大講戎兵
作歲以獻逆戒荒萌召寘集賢以爲校理當時名氏
簡在　天子出知婺州懸吏先鉏募能拯溺民以不
漁婺之明年改命治泉泉人習君謡語讙然爲橋南
江濟者免覆罝廬州學士懷我有告衆叛嘗君樂
時命捕立之待坐人不知蘇飢息窮去害除弊使臣以
[illegible]尤一其智高粘虫邊吏不時搏君書曜七[illegible]有方

略歸徙三司廷論帝師帝旨可貴汝言予施河京以東番執刑柄譏囚于齊至鄆而病棄世平陰壽五十三有子四人扶喪而南長倩惟伯仲惟長緒長愨惟叔季惟長愈憲倩掾秀州無有辭章緒由君恩郊社齋郎又女六人皆出陳氏維諱隣淑慎善相君子四男有立安亦有歸受封長安即養無違爰以嘉祐六年十五月歸君越塘范村之穴惟君靜深不苟笑語陰慕篤友遇物愛慈讀書慨然慕古奇偉類謂諸子仕當如此官止外郎尚書司封又不得年以既歿肩有文藏家後世之詒於君所得可以此窺有幽斯窆捲石在下撰君初終以告來者

廣西轉運使屯田員外郎蘇君墓誌銘

慶曆五年河北都轉運使龍圖閣直學士信都歐陽
脩以言事切直爲權貴人所怨因其孤甥女子有獄
誣以姦利事天子使三司戶部判官太常博士武功
蘇君與中貴人雜治當是時權貴人連內外諸怨惡
脩者爲惡言欲傾脩銳甚天下洶洶必脩不能自脫
蘇君卒白上曰脩無罪言者誣之耳於是權貴人大
怒誣君以不直絀使爲殿中丞泰州監稅然天子猶
寤言者不得意而脩等皆無恙蘇君以此名聞天下
嗟乎以忠爲不忠而誅不當於有罪人主之大戒然
古之陷此者相隨屬以有左右之讒而無如蘇君之
救是以卒至於敗亡而不寤然則蘇君一動其於天
下豈小也哉蘇君既出逾歲權貴人還居事几五年

□在後九十二卷
□七葉錯訂
此

之開壽藏而□ 右兵從南下西南盡水陸奔走輸萬里其
心恬然無有圮 心愉適事治暴未嘗少出蓋孔子所謂
剛者殆蘇君歟 蘇君之仁與智又有足稱者嘗通判
陝府當為懷銜公之敢邊者急極密使使取道路戍還
之卒拜戍儀渭於是延州還者千人至陝聞吾戍大
恐即謀聚衆為變守白閉藏城中無一人敢出君徐
以一騎出卒間余喻慰止之而以便宜還使者戍卒盡
曰識蘇君吾不得全陝人亦曰識蘇君吾其掠死矣
有令刺陝西之民以為兵敢亡者死既而亡者得首
司治之以死君輒縱去而言上曰令民以死者為事
不集也事集矣亡者猶不赦恐其衆相率而為盜惟
朝廷幸哀憐愚民使得自反 天子以君言為然而

三十州之亡者皆不免其後知坊州州號識之無歸者里正代爲之輸歲幣六家數十君悉鉤治使歸其主坊人不憂爲里正自蘇君始也蘇君諱安世字夢得其先武功人後從蜀蜀亡歸家于京師今開封人也曾大考諱進之率府副率大考諱繼嚴皇考諱咸熙贈都官郎中君以進士起家三十一年其卒年五十九爲廣西轉運使而官止於尚書屯田員外郎者以君十五年不求磨勘也君娶南陽鄧氏又娶清河張氏爲清河縣君子台文永州推官謙文太廟齋郎炳文試將作監主簿彥文未仕女子二人適進士會稽江崧寧州魚臺縣尉江山趙攄三人尚幼君既卒之三年嘉祐二年十月庚午其子葬君揚州之江都東

賢寧鄉馬坊村而太常博士知常州軍州事臨川王
某爲銘曰
皇有四極司綏以福使維蘇君寔其我甸服亢亢蘇君
不圜其方不轉其與君子之剛其在在人我得吾直
誰懟誰過我天之役日月有丘其下冥冥昭君無窮
某之銘

太子中舍沈君墓誌銘

沈氏世家吳興其後有陵者仕吳越王爲明州家
之五世而生公公諱銑字子達以五舉進士得同學
究出身再補尉有能名用舉者遷衛尉寺丞知潤之
歸安縣移知邵武之歸化又有能名遷太子中舍通
判蘇州其以讁聞會恩其公好剛遇事果急不顧計爲

通判曰與守爭可否不爲之小屈重犯請還使守
神興宫公入之誥除名天子薄其罪免所居官而
已公歸怡怡閒爲五字詩自娱無曉戚言卒于家
年七十三慶曆六年七月也子男一人起女三人起
好學通政事能守節除爲進士與某同時得科名者
也公之坐獄爲判官滁州立奔官從公世以爲孝將
以某年某月葬公某處以夫人柳氏祔先三月寡來
銘與銘曰
生也不得其須而死死也何有有嘉君子嗚呼已矣
夫

秘書丞張君墓誌銘

君諱某字某其先成都之新繁人曾祖諱某不仕祖

諱某太宗時以高貲徙内地除三班奉職非其好
也即辭去不仕始家眞州之揚子而葬其考諱某
起進士終登州軍事判官贈太常博士生三子而君
長子也君寛和厚重交愛諸弟甚篤待朋友以信而
樂弃財物以寛人之急年七歲日誦書數百言操筆
爲篇章立就及壯舉進士開封第一遂以釋褐爲宣
州寧國縣主簿會南陵無令州以君行令事有能名
用舉者令穎州之沈丘縣轉著作佐郎知江寧府上
元縣事又皆有能名移知英州遷秘書丞以嘉祐二
年十二月某甲子卒于州寢是時君年四十七 天
子官其一子師軻太廟齋郎君之疾病也州人相與
爲君奔走請命至有欲以身代者蓋其得人心如此

夫人河南縣君丹陽吳氏生三男子長即輞次某次某皆尚幼五女皆未嫁某年某月某甲子葬君某州之某縣某鄉某所之原余與君相好又同年進士也故與爲銘曰

嗚呼張公兮曄矣其光出其先蜀產兮後葬于揚視瞻先人兮兆此新塋深泉尚閟兮萬世之藏

司封郎中張君墓誌銘

君張氏諱式字景則其先建州浦城人後徙建安蓋其仕者三世諱漢夫者曾祖也諱讓者祖也諱希顏者父也父以君貴乃贈尚書職方員外郎有氣節知君可教乃付家事長子而縱君遊學及長文辭行義爲鄉里所推天禧二年擢進士調主福州閩縣簿又

主南劍將樂簿有銀冶坐歲課不足繫者常數百人
君籍其人使富貧財力相兼課逋者無繫者皆歸以
勞除開封府推官辭尉趙稹辟并州辟置事判官稹
所爲有不可於衆僚善論弗許稹以故聽而君亦以
此稱長者未幾遭母夫人喪服除改祕書省著作佐
郎知福州古田縣耕籍田恩遷大常博士知開封府
咸平縣吕許公罷宰相以許州觀察判官辟從之又
通判饒州獄有十數年不決者君一言而決會擇河
北吏御史中丞舉君得洺州賜緋魚又以最遷知虔州
虔於東南州爲最劇君能鎮撫之以無事三司市紬
絹十餘萬非經數者非常市民以君爲有賜也又知
濠壽二州人縊其妻而以自殺告獄既具詰立服舉

州讙以爲明居頃召爲開封府推官坐拷掠囚死出知岳州皇祐二年九月六日卒享年六十二官至尚書祠部郎中君豪靜好書長於政事所居官舉既去而人思見時事有不便往往能極言之無所忌趙元昊反時誘人出財助軍誘多得賞於是吏或劫富人出財君疏罷之爲開封推官時官中以私財爲佛寺置田又疏以爲亂法後遂以君言而止既老矣終不肯治田宅所得祿以買書曰吾子業此足以自活不然雖田宅何足妻姓徐濮陽縣君子六人悉志思甚愻意悉以君故得太廟齋郎與甚同時中進士第女二人皆已嫁某月某日葬君某鄉某里銘曰

長[illegible]詩寔世[illegible]所以幽君始士服起家々以學發於州縣

治見稱舉，有言朝廷弊事，用除維清厥誨尚後弟瑜

葛興祖墓誌銘

許州長社縣主簿葛君諱良嗣，字興祖。其先處州之麗水人，而興祖之父徙居明州之鄞，興祖嘗葬其父潤州之丹徒，故今又爲丹徒人矣。曾大父諱遇，不仕。大父諱旰，贈尚書都官郎中。父諱源，以尚書度支郎中終。

仁宗時，度支君三子當天聖、景祐之間以文有聲，蔚然進士中。先人嘗受其摯，閱之終篇而屢歎葛氏之多子也。既而三子者伯仲皆蚤死，獨其季在，即興祖。興祖博知多能，數舉進士，角出其上，而刻勵修潔，篤於親友，慨然欲有所爲以效於世者也。年四十餘始以進士出仕州縣，餘十年而卒，窮於無所遇以

死嗟乎命不可控引而才之難恃以自見蓋久矣然
興祖於仕幸嘗苟聞人疾苦欲去之如在己其臨視
雖細故人不以屬耳目者必皆致其心論者多韙之
曰興祖且老矣冀於州縣而服勤如此命曰是乃吾
所欲於興祖夫大仕之則奮小仕之則怠忽以不治
非知德者也興祖聞之以余之言為然興祖娶胡氏
又娶鄭氏其卒年五十三實治平二年三月辛巳其
葬以胡氏祔在丹徒之長樂鄉顯揚村即其年十一
月某甲子也興祖三男子蘩蘊皆有文學蘩嘗為臨
潁縣主簿蘊鄧州穰縣主簿蘋尚幼也四女子皆未
嫁云銘曰
寔於仕以為人尤不懃施以年十孰主孰謀無大憾於

德又將何求

臨川先生文集卷第九十一

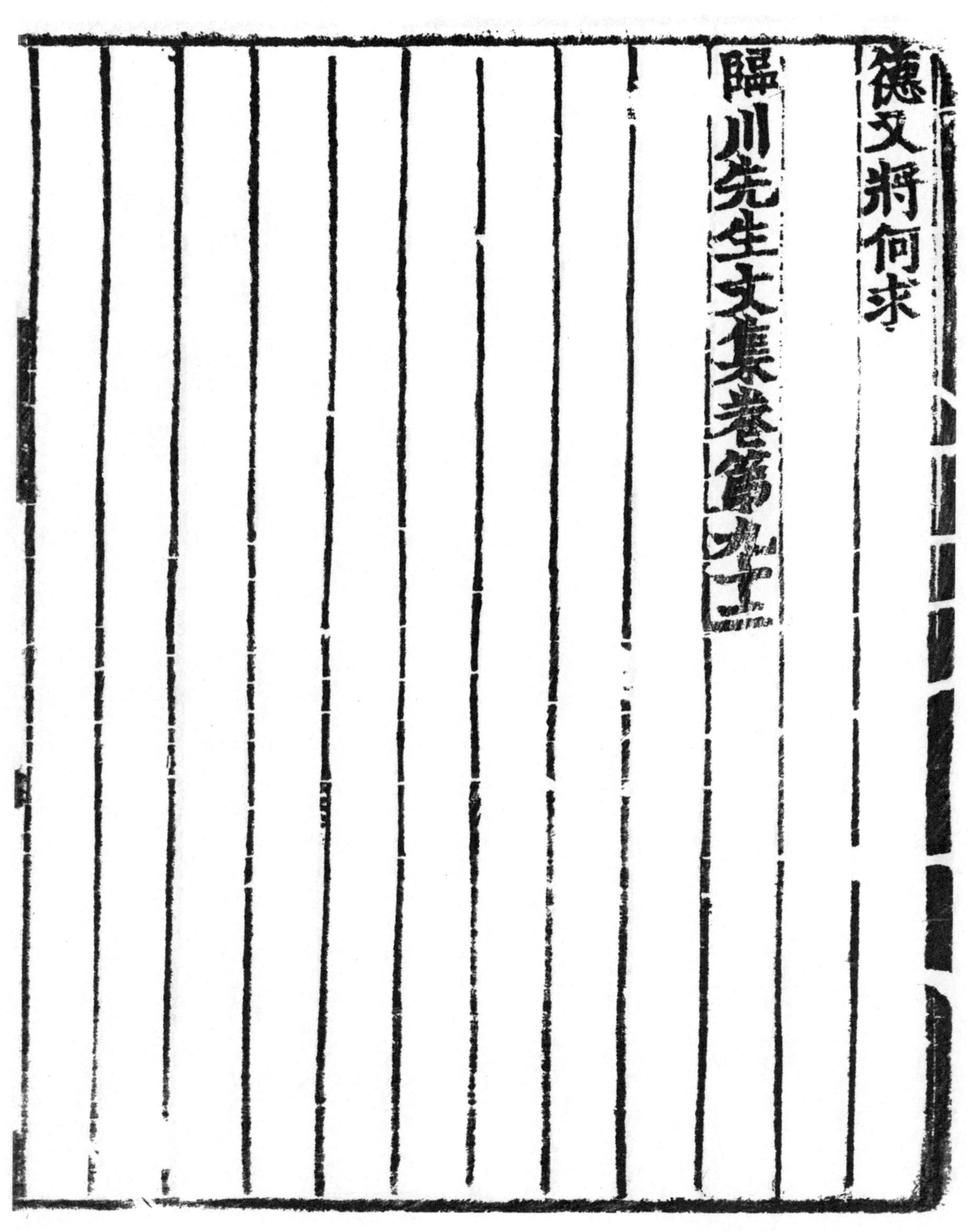

原闕

臨川先生文集卷第九十三

墓誌

太常博士曾公墓誌銘

公諱易占字不疑姓曾氏建昌南豐人其世出有公之考贈諫議大夫致堯之碑大夫當 太宗 眞宗世爲名臣公少以廕補太廟齋郎爲撫州宜黄臨川二縣尉舉三司法中進士第改鎮東節度推官還改武勝節度掌書記崇州軍事判官皆不往用舉者監眞州裝卸米倉遷太子中允太常丞博士知泰州之如皋信州之玉山二縣知信州錢仙芝者有所丐於玉山公不與即誣公吏治之得所以誣公者仙芝則請出御史當是時仙芝蓋有所挾故雖坐誣公抵罪而公亦卒失博士歸不仕者十二年復如京師至南京病遂卒娶周氏吳氏最後朱氏封崇安縣君子男六人曄鞏牟宰布肇女九人公以端拱己丑生卒時

慶曆中人也後其之二年而葬其墓在南豐之先塋始公以文章有名及試於事又愈以有名臨川之治能不以威而使惡人之豪帥其黨數百人皆不復為惡在越州其守之合者倚公以治其不合者有所不可公輕正之莊獻太后用道士言作乾明觀匠數百人作數歲不成公語道士田吾為汝成之為之捐其費太半役未幾而罷如臯歲大饑固請於州而越海以糴所活數萬人明年稍已熟州欲收租賦如常公獨不肯聽歲盡而泰之縣民有復亡者獨如臯為完既又作孔子廟諷縣人興于學玉山之政既除其大惡而至於橋梁廨驛無所不治蓋公之已試於事者能如此既仕不合即自放為文章十餘萬言而時議

本頁原本闕，現據《中華再造善本·臨川先生文集》校補。

十卷尤行于世時議者懲已事憂來者不以一身之窮而遺天下之憂以為其志不見於事則欲發之於文其文不施於世則欲以傳於後後世有行吾言者而吾豈窮也哉蓋公之所為作之意也寶元中李元昊反契丹亦以兵近邊陽為欲棄約者　天子獨憂之詔天下有能言者皆勿諱於是言者翕然論兵以進公獨以謂天下之安危顧吾自治不耳吾已自治夷狄無可憂者不自治憂將在於近而夷狄豈足道哉即上書言數事以為事不爾後當如此既而皆如其云公之遭誣人以為冤退而貧人為之憂也而公所為十餘萬言皆天下事古今之所以存亡治亂至其冤且困未嘗一以為言公沒而其家得其遺跡曰

本頁原本闕，現據《中華再造善本·臨川先生文集》校補。

劉向上言讒邪之所以並進者由上多疑心用賢人而行善政如或譖之則賢人捨而善政還此可謂明白之論切於今者也夫夷狄動於外百姓窮於下臣以謂尚未足憂也臣之所謂可憂者特在分諸臣之忠邪而已其大略如此而其詳有人之難言者蓋公既病而爲之未及上而終云嗚呼其亦可以見公之志也夫諫者責人之難言而傳者則有所不得言讀其略不失其詳後世其有不明者乎公之事親心意變纖飄逆得之好學不怠而不以求聞於世所見士大夫之喪葬二人逆一人之柩以歸又字其孤又一人者宰相舅嘗爲贊善大夫死三十年猶殯殯壞公爲增修又與宰相書責使葬之此公之行也蓋公之

試於事者小而不盡其材而行之所加又近唯其文可以見公之所存而名後世故公之故人子王某取其尤可以銘後世者而爲銘曰

夫辨邪正之實去萬事之例而歸宰輔之責合兵爲農以立天下之本設學校獎名節以材天下之士正名分定考課通賞罰以成制度之法古之所以治者不皆出於此乎而時議之言如此讀其書以求其志嗚呼公之志何如也

內翰沈公墓誌銘

公姓沈氏諱遘字文通世爲杭州錢塘人曾祖諱某皇贈兵部尚書曰祖諱某皇贈吏部尚書父扶今爲尚書金部員外郎公初以祖廕補郊社齋郎舉進士於

廷中爲第一大臣疑已仕者例不得爲第一故以爲
第二除大理評事通判江寧府當是時公年二十入
吏少公而公所爲卓越已足以動人然世多未知公
果可以有爲也祀明堂恩遷祕書省著作佐郎歲滿
召歸除大常丞集賢校理判登聞鼓院吏部南曹權
三司度支判官又判都理欠憑由司於是校理八年
矣平居閉門雖執政非公事不輒見也故雖執政初
亦莫知其爲材居久之乃始以同修起居注召試知
制誥及爲制誥遂以文學稱天下金部君坐免歸求
知越州又移知杭州鉏治姦蠹所禁無不改崇奬賢
知得其歡心两州人皆畫像祠之　英宗即位召還
句當三班院兼提舉兵吏司封官告院兼判集賢院

延見勞問甚悉居一月權發遣開封府事公初至開封指以相告曰此杭州沈公也及攝事人吏皆屏息既而以知審官院遂以龍圖閣直學士權知開封府公旦晝視事日中則廷無留人出謝諸客從容笑語客皆怪公獨有餘日而畿內翕然稱治人人如公坐視其左右於是名實暴耀振發賢聲一時自 天子大臣皆論以爲國之器而閭巷之士奔走談説讙呼鼓舞以不及爲恐會毋夫人疾病請東南一州視疾英宗曰學士豈可以去朝廷也明日除翰林學士知制誥充群牧使兼權判吏部流內銓判尚書禮部公雖去開封然皆以爲朝夕且大用矣而遭毋夫人喪以去 英宗聞公去尤悼惜時遣使者追賜黃金兩

以金部君知蘇州公忌喪以致哀寢食如禮以某年某
月得疾杭州之墓次某日至蘇州而以某日卒年四
十有三三男子六女中男士龢顒後公六日卒監瀧
顒與六女皆尚幼夫人陸氏封安定郡君公之官右諫
議大夫散官朝散大夫勳輕車都尉爵長安縣開國
伯食邑八百戶有文集十卷公平居不常視書而文
辭敏麗可喜強記精識長於議論世所謂老師宿學
無所不讀通於世務者皆莫能屈也與人甚簡而察
其能否賢不肖尤辟視過之各盡其理爲政號爲嚴
明而時有所縱舍於善良貧弱撫恤之尤至在杭州
時使客多所闕略而州人之貧無以葬及女子失怙
恃而無以嫁者以公使錢葬嫁之凡數百人蓋其卒

知與不知皆爲之歎惜某年某月某日葬公於某州某
鄉某里銘曰
允公儀儀德義孔時升自東方其暖氣袁魂韶歎眷
無我敢疵正言而隕嗚呼可悲序傳有文亦在盤書

王深父墓誌銘

吾友深父書足以致其言言足以遂其志志欲以聖
人之道爲己任蓋非至於命弗止也故不爲小廉曲
謹以投衆人耳目而取舍進退去就必度於仁義世
皆稱其學問文章行治然眞知其人者不多而多見
謂迂闊不足趣時合變嗟乎是乃所以爲深父也令
深父而有以合乎彼則必無以同乎此矣嘗獨以謂
天之生夫人也殆將以壽考成其才使有待而後顯

以施澤於天下或藏其言以明先王之道覺後世
之民嗚呼孰以爲道不任於天德不酬於人而今死
矣甚哉聖人君子之難知也以孟軻之聖而弟子所
願止於管仲晏嬰況餘人乎至於揚雄尤當世之所
賤簡其爲門人者一侯芭而已芭稱雄書以爲勝周
易易不可勝也芭尚不爲知雄者而人皆曰古之人
生無所遇合至其沒久而後世莫不知若軻雄者其
沒皆過千歲讀其書知其意者甚少則後世所謂知
者未必眞也夫此兩人以老而終幸能著書書具在
然尚如此嗟乎深父其智雖能知軻其於爲雄雖幾
可以無悔然其志未就其書未具而旣早死豈特無
所遇於今又將無所傳於後天之生夫人也而命之

與此豈非余所能知也深父諱回本河南王氏其後自光州之固始遷福州之侯官爲侯官人者三世曾祖諱某某官祖諱某某官考諱某尚書兵部員外郎兵部葬潁州之汝陰故今爲汝陰人深父嘗以進士補亳州衛眞縣主簿歲餘自免去有勸之仕者輒辭以養母其卒以治平二年七月二十八日年四十三於是朝廷用薦者以爲某軍節度推官知陳州南頓縣事書下而深父死矣夫人曾氏先若干日卒子男一人某女二人皆尚幼諸弟以某年某月某日葬深父某縣某鄉某里以曾氏祔銘曰

嗚呼深父惟德之仔肩以迪祖武厥艱荒遐力必踐取莫吾容庸亦莫吾侮神則尚反歸形此土

叔父臨川王君墓誌銘

孔子論天子諸侯卿大夫士庶人之孝固有等矣至其以事親爲始而能竭吾才則自聖人至於士其可以無憾焉一也余叔父諱師錫字某少孤則致孝於其母憂悲愉樂不主已以其母而已學於他州凡被服食飲玩好之物苟可以慊吾母而力能有之者皆聚以歸雖甚勞窘終不廢豐其母以及其昆弟姑姊妹不敢愛其力之所能得約其身以及其妻子不敢歉其意之所欲爲其外行則自鄉黨鄰里及其嘗所與遊之人莫不得其歡心其不幸而蚤死也則莫不爲之悲傷歎息夫其所以事親能如此雖有不至其亦可以無憾矣自庠序聘舉之法壞而國論不及乎

閭門之隱士之務本者常詘於浮華淺薄之材故余叔父之卒年三十七數以進士試於有司而猶不得祿賜以寬一日之養焉而世之論士也以苟難爲賢而余叔父之孝又未有以過古之中制也以故世之稱其行者亦少焉蓋以叔父自爲則由外至者吾無意於其間可也自君子之在勢者觀之使爲善者不得職而無以成名則中材何以勉焉悲夫叔父娶朱氏子男一人某女子一人皆尚幼某葬也以至和四年祔于真州某縣某鄉銅山之原皇考諫議公之兆爲銘銘曰

天孰爲之窮孰爲之爲吾能爲已矣無悲

虞部郎中刁君墓誌銘

刁氏於江南爲顯姓當李氏時君曾祖諱某甚貴寵
嘗節度昭信軍卒葬昭信城南皇祖諱某亦嘗仕李
氏歸朝廷以尚書兵部郎中直秘閣終　眞宗時其
墓在江寧牛首之北後秘閣再丗不大遂然多名人
在丗議中尚書屯田員外郎諱某者葬丹徒於君爲
皇考故君爲丹徒人君諱某字某嘗舉進士不中遂
用皇祖蔭仕州縣以尚書虞部郎中知廣德軍歸卒
于京師年六十一後卒之若干日治平二年二月十
五日葬丹徒樂亭村君敦厚謹飭治内外皆嚴以有
恩所居官舉其治以此多薦者初娶孫氏後娶郭氏
封金華縣君有六男子珉試將作監主簿疇守某縣
令次玘環玗珣爲進士三女長嫁尚書屯田員外郎

本頁原本闕，現據《中華再造善本·臨川先生文集》校補。

季昱餘未嫁銘曰

刁氏南祖奮功以武詒祿子孫有蔚有文君以祖芘厥艱初仕祗載不惰有榮于位祖相名原竁此新宮筮云終吉銘告無窮

王會之墓誌銘

君諱逢字會之姓王氏太平州當塗縣人也嘗舉進士不中去以所學教授於是蘇州士人從轉運使乞君主其學學者常致數千百人君所獎養成就者多矣乃始以進士起家權南雄州軍事判官歸試判超等補袁州軍事判官留爲國子監直講兼隴西郡王宅教授李某行内修謹君蓋有力焉岐國公主既嫁爲君求遷有命矣君辭焉乃已君少以文學知名於

本頁原本闕，現據《中華再造善本·臨川先生文集》校補。

書無所不觀而尤喜易作易傳十卷乾德指説一卷復書七卷名士大夫多善其書者於是樞密使張公舉君可試館職而宰相無知君者故不用通判徐州以疾不赴求監蘇州酒以嘉祐八年正月六日不起年五十九至太常博士君爲人樂易篤於朋友故舊於勢利無所苟能愛人以得其歡心君皇祖考延嗣祖考皆不仕而皇考以君故贈大理評事前夫人蘇氏後夫人陳氏皆無子陳氏名家子亦有賢行以嘉祐八年四月二日葬君蘇州吴縣三玄鄉陸公原以前夫人蘇氏祔焉銘曰

宜壽也五十而已宜貴也止於博士謂卒有後也而終無子嗚呼夫子命不可與謀其歸其安永矣茲丘

袁州軍事推官蕭君墓誌銘

袁州軍事推官新喻蕭君諱洵字公美初年十五以父命就學於鄉里後數舉進士不合用父蔭試祕書省校書郎選筠州司法嘗獨守法爭議脫數人於幾死又選吉州吉水縣主簿遂佐袁州攝行宜春令事縣甚治用舉者十四人當召對以治平二年五月十八日卒京師年四十五越四年二月三日葬新喻鍾山鄉鍾山里於是夫人張氏前死而別葬子男一人錞郊社齋郎女六人其四人既爲士妻其二尚幼蕭氏故長沙人當李氏時遷江南或居廬陵或新喻後皆以才力名藝自顯君曾祖諱紹有儒學不仕祖諱從則贈光祿卿父固嘗以尚書刑部郎中集賢殿修

橫守桂州，經略南方，號稱能臣。已而有所循，以祠部郎中分司，遂致仕。君悝屋謹治，事親左右不忘，嘗官廉實以敏，以故多舉者。銘曰：

於嗟藹君，營此新丘。何性之祥，而命之不穀。匪父匪母，匪子爲憂。自其邑里，皆歎以傚。有銘厥實，藏在中丘。

大理寺丞楊君墓誌銘

君諱忱，字明叔，華陰楊氏子。少卓犖，以文章稱天下。治春秋，不守先儒傳注，資他經以佐其說，其說超厲卓越，世儒莫能及也。及其爲吏，披姦發伏，振起利害，夫人之以聲名權勢驕士者，常逆爲君自詘。蓋君有以過人如此。然特其能，而其氣不治，防畛以取通於世故終於無所說以窮初君以父蔭守將作監主簿數舉進士不中數上書言事其言有衆人所不敢言者丁文簡公且死爲君求藏君辭爲後用大臣薦召試學士院又以之不試積官至朝奉郎行大理寺丞通判河中府事飛騎尉而坐小法絀監蘄州酒税未赴而以嘉祐七年四月辛巳卒於河南享年三十九顧言曰其吾所爲書無留也以柩從先人葬八年四月辛卯從其父葬河南府洛陽縣平樂鄉張封村君曾祖諱津祖諱守慶坊州司馬贈尚書左丞父諱偕翰林侍讀學士以尚書工部侍郎致仕特贈尚書兵部侍郎娶丁氏清河縣君尚書右丞度之女男兩人景略守太常寺太祝好書學能自立景彥早卒君有

文集十卷又別爲春秋正論十卷徵言十卷通例二
十卷銘曰
芒乎其孰始以有厥美昧乎其孰止以終於此納銘
幽宫以慰其子

節度推官陳君墓誌銘

人之所難得乎天者聰明辨智敏給之材既得之矣
能學問修爲以自稱而不弊於無窮之欲此亦天之
所難得乎人者也天能以人之所難得者與人人欲
以天之所難得者徇天而天不少假以年則其得有
不暇乎修爲其爲有不至乎成就此孔子所以歎夫
未見其止而惜之者也陳君諱之元字某年二十七
爲武昌軍節度推官以卒自其爲兒童強記捷見能

不勞而超其長者少長慨然慕古人所爲而又能學其文章既以進士起家則喜曰無事於詩賦矣以吾日力盡之於所好其庶乎吾可以成材於是悉棄其家書之官而蚤夜讀以思思而不得則又從其朋友講解至於達而後已其材與志如此使天少假以年則其成就當如何哉然無幾何得疾病遂至於不起嗟乎此亦所謂未見其止而可惜者也君某州之某縣人曾祖曰某祖曰某考曰某以嘉祐某年某月某甲子其兄之方爲之卜某州某縣某所之原以葬而臨川王某爲銘曰

浮揚清明升氣之鄉沈翳濁墨降形之宅其升遠矣其孰能追其降在此有銘照之

臨川先生文集卷第九十三

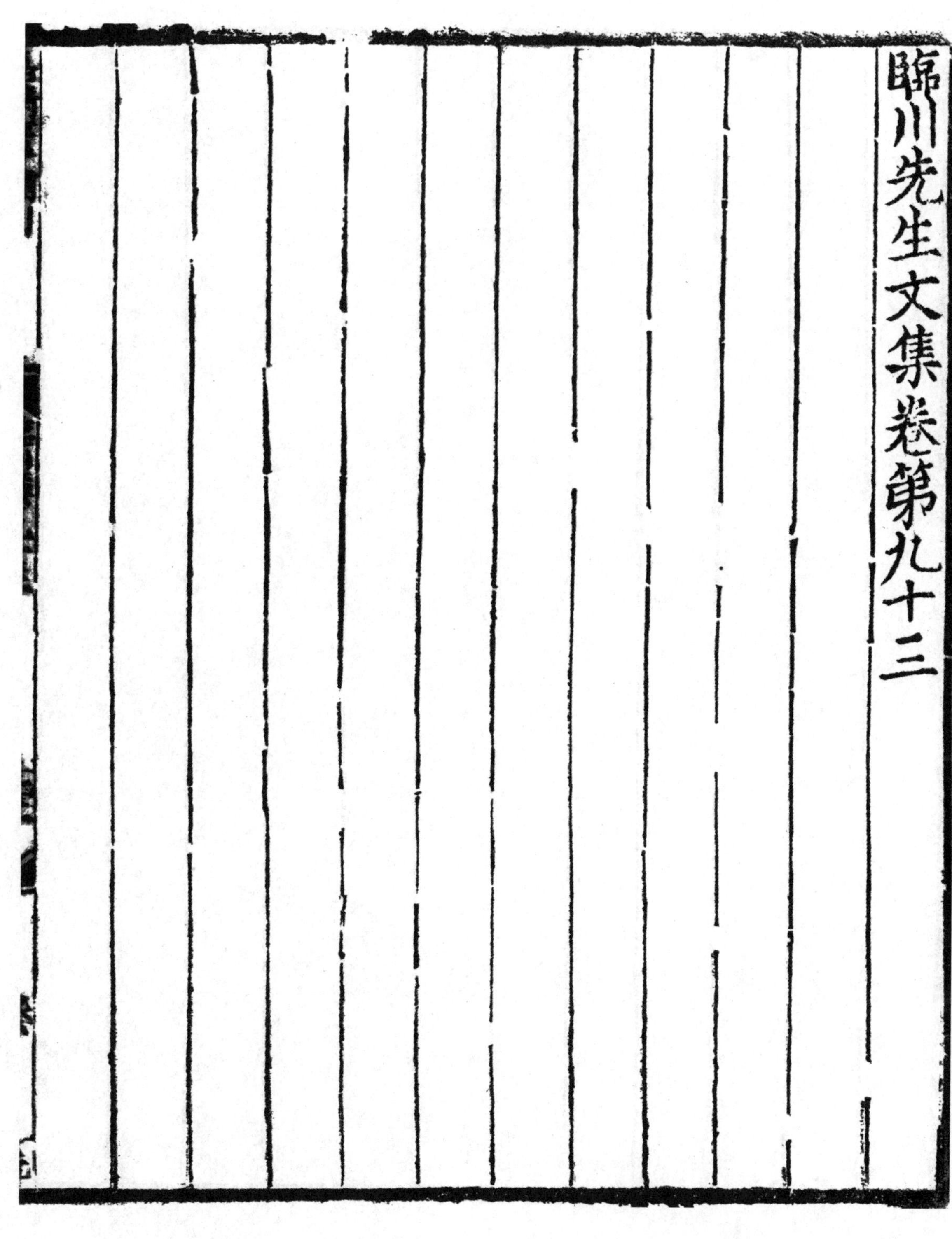

臨川先生文集卷第九十四

墓誌

圖希寬訴廣西事於兵部以尚書屯田員外郎蕭君知桂州兼廣西部巡檢提舉兵甲溪峒事已則因其故俗治以寬久廣西遂安而君以材選爲荊湖南路提點刑獄未幾以君之信於南方也又以君爲廣西水陸計度轉運使方是時儂智高寇兵誘聚中國亡命陰以其衆窺邊境而邊吏士皆不寤君獨憂此以謂必爲南方之患乃選邊士辯吏說智高內屬上書言狀請因以一官撫之使抗交阯且可以紓患書下樞密樞密以智高故屬交阯納之生事以詔問君能保交阯不爭智高智高終無爲寇則且以聞君曰蠻夷視利則動必保其往非吾之所能觀今中國勢未可以有事於蠻夷則知智高者一撫之而已且智高

土武強力非交趾所能爭也而首也就其能爭則蠻夷方自相攻吾乃亦以間而無事爭議至五六而後定遂絀君言不報君又奏請益擇將吏繕兵械修城郭以待變亦至五六又皆不報已而君以召歸智高果反邕州殺其守將出入廣東西十有一州所至殘破吏士多走死樞密乃更歸責於君以知吉州一時士大夫紛紛欲爲君訟君遂絕口無所道世以此稱君長者又因奇君智謀果可以任邊事君墳之謗復以爲君廣東轉運使又以直昭文館知桂州當是時儂宗旦一家兵智高故地無所屬邕州爲之警叢將皆議盡發之又獨持招降之議朝廷用君言儂宗旦遂釋兵服以爲西頭供奉官而邊無事於是君積官至尚書刑部郎中

以集賢殿修撰再任會靈觀中紹泰反逆論救學士竟戮
死。仁宗使中貴人出視君，出士竟死，降知江州而
提點刑獄因中貴人言君罪狀，朝廷爲置獄，而君所
坐止於贖金。諸提點刑獄所言多無之，然猶奪兩官
以免。稍除監撫州鹽酒稅，不往，以分司南京就第。諸
公多欲薦起之者，君遂告老，即以尚書祠部郎中致
仕。君諱固，字幹臣。初以進士選桂陽監判官、楚州團
練推官。用舉者二十三人，改大理寺丞，知開封府陽
武、永康軍青城兩縣，通判虔州。以方略捕盜賜書獎
諭。移知江州，所至皆有善狀，推賢與善，衆稱其吏明
而不殘。於財利尤能開闔斂散，故在廣東，以銅鹽課
皆倍前，以十萬數。嘉祐三年七卒，六十五，以九月十七

曰□家初娶隴西縣君李氏再娶彭城縣君劉氏
子男二人洞袁州軍事推官前死河試秘書省校書
郎知鄂州嘉魚縣事女三人嫁江州湖口縣主簿何
正臣龔州司戶參軍歐陽成其季尚幼也孫男女十
八人蕭氏故長沙人君曾祖諱處鈞當湖南馬氏時
爲衡州司馬以馬氏之亂棄其官歸李氏江南不願
仕有賜田百頃袁州之新喻新喻後屬臨江軍故今
爲臨江新喻人祖諱紹考諱出則皆以儒學不仕而
考以君故贈官至光祿卿君之葬也出其奏議與
之其子孫新所錄傳尚二百餘篇蓋其言詳密多世務
之要四年九月二十二日葬君新喻安和鄉長宣里
儕子闕銘曰

司馬主荊望此南國君貢厥趾肅宗以植致功壑方
時告厥猶鄭為帝闢疆場用憂受慝不讓退安一州
既窮而通終以無僞銘詩幽宮傳載永久

贈光祿少卿趙君墓誌銘

儂智高反廣南攻破諸州州將之以義死者二人而
康州趙君余嘗知其為賢者也君用叔祖蔭試將作
監主簿選許州陽翟縣主簿澧州司法參軍數以公
事抗轉運使連劾奏君而州將為君訟於朝以故得
無坐用舉者為溫州樂清縣令又用學者就除寧海
軍節度推官知衢州江山縣斷治出己當於民心而
吏不能得民一錢棄物道上人無敢取者余嘗至
州而君去江山蓋已久矣衢人尚思君之所爲

□□之不容口又用舉者改大理寺丞知徐州彭城縣祀明堂恩改太子中允贊善大夫移知康州至二月而儂智高來攻君悉其卒三百以戰智高爲之少却至夜君顧夫人取州印佩之使負其子以匿曰明日賊必大至吾知不敵然不可以去汝留死無爲也明日戰不勝遂抗賊以死於是君年四十二兵馬監押馬貴者與卒三百人亦皆死而無一人亡者初君戰時馬貴惶擾至不能食飲君獨飽如平時至夜貴臥不能著寢君即大鼾比明而後寤夫死生之故亦大矣而君所以處之如此嗚呼其於義與命可謂能安之矣君死之後二日而州司理譚必始爲之棺斂又百日而君弟至遂護其喪歸葬至江山江山之人老

幼相携扶祭哭其迎君喪有數百里者而廬州之人亦請於安撫使而爲君置屋以祠安撫使以君之事聞 天子贈君光祿少卿官其一子覲右侍禁官其弟子試將作監主簿又以其弟潤州錄事參軍師陟爲大理寺丞簽書泰州軍事判官廳公事君諱師旦字潛叔其先單州之成武人曾祖諱晟贈太師祖諱和尚書比部郎中贈光祿少卿考諱應言太常博士贈尚書屯田郎中自君之祖始去成武而葬楚州之山陽故今爲山陽人而君弟以嘉祐五年正月十六日葬君山陽上鄉仁和之原於是夫人王氏亦卒矣遂舉其喪以請銘曰

人以無禍有功於時矣 君之才與知通豈今爲誰其說死

高蹈不疑嗚呼康州銘以昭之

朝奉郎守國子博士知常州李公墓誌銘

公李氏諱餘慶字昌宗年四十四官止國子博士知常州以卒然公之威名氣略聞天下自其卒至今久矣天下尚多談公之爲有過於人者余嘗過常州州之長老道公卒時就葬於横山州人塡道瞻送歎息爲之出涕又爲之畫像寘之浮屠以祭之於是又知公之有惠愛於常人也已而與公之子處厚遊則得公之所爲甚具葢公之爲政精明强果事至能立斷而得久姦宿惡輒取之不貸至其化服則撫循養息悉有其處所以威震遠近而蒙其德者亦思之無窮也當明肅太后時嘗欲用 公矣公再上書論事其言

甚直以故不果用而出常州嗚呼公之自任豈止於一州而已此有志者所以爲之惜也始公以叔父任起家應天府法曹參軍遇事輒爭之留守者不能奪也卒薦爲公改太常寺太祝知湖州歸安縣其後通判秀州州近鹽公作華亭海鹽二監以業盜販之民歲入緡錢八十萬又爲石堤自平望至吳江五十里以除水患人至今賴之其所至處利害多如此然非公大志所欲以就名成功者故不悉著著其利於民尤大而能以久者云公平生慷慨好議當世事其所趣舍必欲如己意雖强有勢終不爲撓嘗考前世治亂之迹與其君臣之間議論編爲七十卷藏於家此蓋其大志所存也公之先爲開封之陳留人五代祖爲

梁使閩因避地家於福之連江曾大父冏不仕大父郁贈尚書虞部員外郎考慕坊祕書省著作佐郎贈尚書工部員外郎夫人龔氏永安縣君四男五人處嘗忠武軍節度推官與誼誠皆巳卒處厚大理寺丞與處道皆進士旣葬之二十三年至和元年余銘墓曰

公閩於家來自陳留維時方屯閉蓄函收其孰有源而久於幽自公之考乃施乃流其流至公孰敢泳潛茫洋演迤小大畢浮昌蹇于行使止一州庶其溴發在後之修

左班殿直楊君墓誌銘

東鹿楊闢狀其先人曰君諱文翊字曰鄉少孤鞠於世父世父戰契丹于常山君始十七能以兵入得甲

馬其後世父爲峽州麻谿寨主合州兵討蠻之叛者君以二十五卒馳前與蠻三千遇蠻傳長君勇悉還走險其酋據險下射殺君卒幾盡君以兩矢自下顛其酋而後世父軍亦至遂戡其衆以歸　天子賞世父一官而以君屬三班爲殿侍君曾祖諱淵祖諱君正父諱德成皆以經術教授鄉里遭五代變擾皆不仕君亦少敏强記通五經刑名書數然負其材武思一有所奮成功名以試爲武吏稍遷借職監藤州酉由借職三遷爲左班殿直由睦州亦三遷爲邵州武岡寨兵馬監押由武岡歸京師以慶曆七年二月二十九日年七十三而卒初康定中將相欲五路兵攻夏故相陳恭公爲陝西招討使以君爲用知君者皆

曰君嘗有所試今其時也勉之矣君不應而辭以疾
韓說蔡公曰吾士卒惰久矣而數與以恐卒然敺之
以入不測戰必驕勝必狃驕之賊愚不知計策見其竟
而已蔡公默然而其後兵果不得出自是君亦老矣
更讀書勸諸子以學無復言兵事方君少壯時喜兵
擊於劍士莫敢伍然仁恕愛物遇人謙謹麾察士卒
殺戮無所擇君爲救止全活甚衆其去爾以恩信得
諸蠻蠻有嵩高叙上下者書州刺史至呼君爲父然君
去一不爲侵竊君夫人杜氏生三男其長子早卒次閣
爲大理寺丞次閱三女子皆已嫁其長亦早卒夫人
少君十歲以嘉祐三年五月二十三日卒于酸棗而
壽與君皆七十三六月二日合葬于陳州宛丘縣友

于鄉彭陵原臨川王某曰士之以材稱於世而能以
善克者蓋少矣子路學者之子者也然怙其勇不得死
君以世莫材至白首無所遇而恂恂自克以考厥終
克有名子戴其材治其可銘銘曰
擐堅挽强可折四方釋將弛張以不害于常維士之
良

內殿崇班錢君墓誌銘

內殿崇班廣德軍兵馬都監錢君君之墓在杭州之歷
陽雞籠鄉永昌里初錢氏以布衣起王吳楚當五代
時諸侯王僭侈擅當順事中國道閩無所出則間以
其方物取海上輸之 天子至 宋受命盡一天下
吳楚王即帥其屬朝京師而盡獻其地 天子予官又其

越王之淮海而褒題其子孫蓋至於今百年錢氏之
有籍於朝廷者殆不可勝數而以才稱於世嘗任事
者比比出焉君諱某字某右屯衛將軍諱某之子昭
化軍節度使諱某之孫吳越文穆王諱某之曾孫錢
氏以才稱於世者也其為子弟也父昆稱長焉其孝
父兄又能教其子弟其為吏又能修其職事而
天子嘗任之以為材始以季父恩公蔭補三班借職
稍遷至內殿崇班知欽州州人甚愛之歸奏事殿中
稱言嶺邊內殿承制提點廣南西路刑獄在廣西四
年以功次遷供備庫副使劾奏當法者大小數十人多畏
之嘗是時儂智高為盜數擾邊吏邊吏皆不能禦諸州
又皆無兵君即奏請戍兵以待寇寇至五六而止八

終不許，即復上書求罷，又不許，而臺官言者及君坐譴三官，監饒州酒。居久之，稍復，遷至內殿崇班、廣德軍兵馬都監。至廣德之明年，嘉祐二年，君年五十一矣，以三月某甲子卒。昭化之治和州也凡十八年，有惠愛於州人。其卒，子孫遂留以葬，故君子貴其流澤。孝君喪，以某年某月某甲子歸葬於永昌先人之兆。而冀沂以余曾從事於文辭，自君之將葬至於今三年，跋涉而從余以求銘數矣，然不止，而愈勤，意甚苦。是余不可以無銘。於是爲之敘次，使歸而鑱諸墓。

吳處士墓誌銘

君吳氏，諱某，字某。其先建安大姓。曾大父諱某，建州長史；大父諱某，館驛巡官、檢校尚書吏部員外郎，皆江南李氏所置也方李氏時吏部府君之父子同時仕江南者以十數至君之考諱某始以汀州軍事推官歸選於朝主鄭之新州鄭簿君少孤事母夫人至孝與其弟輒相愛春秋以享先人雖老矣躬往省墓皆不以屬子孫俯仰齋慄如見其饗之若已祭未嘗不悲哀也讀書取大指適而已亦或為之謀利曰吾貧久矣人以我為憂而我以是為樂不能改也有子三人甫申舜皆不使事生產曰士而貧多於工商而富也三人者皆以進士貢於鄉而申舜為太平州軍事推官君年七十八某年某月某日卒於太平之官舍甫等護其柩歸葬於江州某縣某鄉某原某年某月日也夫人前君卒別葬嘗與陽夏謝氏始君所居聚於水乃奉

毋夫人來寓江州，愛其山川而遂家之，故其葬也以歸焉。曾之友南陽張頡狀次君之事如此，而曾以告曰：「先人不幸，力爲善而不獲顯於天下，今其葬，宜得銘使後世有見焉。」嗟乎！予不及識君矣，然予之交人多能言君之教諸子盡其道，故卒皆有立，而曾之文行尤以知名於世。方今士大夫之列於朝者，天子於其父母皆有以寵嘉之，其官封之早晚，視其子所以勸天下之爲父母而教其子之[illegible]以君之善教，而子之若，宜及其身有高爵大位之報焉。其生也既不及，其沒也孰知其不卒享于世哉？是故不宜無銘也。銘曰：

士或爲仁，稱止一鄉，而至其後，有以天下聞者，光或出焉以勸

而傳之圯維是不朽實君有子

張君墓誌銘

君姓張氏諱彥博字文叔其先家齊州之禹城曾祖諱玘贈太子洗馬祖諱制又徙其家於蔡州贈尚書吏部侍郎父諱保雍仕至尚書刑部郎中兩浙轉運使君以蔭爲太廟齋郎調武昌縣尉能禁抑盜祠使盡去境內再調撫州司法參軍攝令臨川始求强得者一人窮治以威而皆辜以畏卻使者不急之須而使者不敢怒徙亳州酇縣令用薦者監歙州石橋茶場鎮廳應進士舉中其科尋丁母憂服除調興化軍興化縣令僧有違結爲姦黨著久至三十餘年吾悉捕以置於法而廢其寺六田縣有劇賊即遁去復調黃

州黄陂縣令，稽築堤防之利，農告使者，更益利之法，自是役賴以均。改袁州軍事判官，以治平四年十月六日卒于官，享年四十九。君少力學問，尤知史書，不憚折節以交賢士大夫，而喜趨人之急。教兄之孤子至於登第，嫁三女，悉得所歸。而其仕也，所爲又能不苟，故前後多薦者。初娶劉氏，又娶方氏。子二人，曰仲偉，曰次賢。君昔去石橋，遂留居於蘄，故其葬也從劉氏於蘄之安仁鄉英公山，蓋熙寧二年十月六日也。君以文章尤喜作歌詩，有集四十卷，藏於家。銘曰：

恭惠敏明，交悅以稱。不遂其成，恢曠坦易。或投以累，終以困躓。惟人載德，宜福多錫。得壽亦嗇，曷告其悲。銘續風詩，萬世之貽。

尚書屯田員外郎仲君墓誌銘

君仲氏諱訥字樸翁世爲廣寧定州人曾祖諱環祖諱
祚皆葬不仕而至君父諱昕尹始仕至曹州觀察支使贈
右贊善大夫君景祐元年進士起家莫州防禦推官
年少初官然上下無敢易者時傳契丹且大擾邊朝
廷使中貴人來問知州張崇俊未知所對公策契丹
無他爲具奏論之崇俊喜曰朝廷必知非吾能爲此
然亦嘗善我能聽用君也又權博州防禦判官以丁
夫人喪去去三年復權明州節度推官縣共海豐數
十人獄具矣君獨疑而辨之數十人者皆得不死舉
者改大理寺丞知大名府清平邛州臨溪兩縣又通
判解州於是三遷爲尚書屯田員外郎而以皇祐五

年十二月二十一日卒年五十五君厚重有大志不妄言笑喜讀書爲古文章晚而尤好爲詩詩尤精甚出所在有聲績然直其道自信於權貴人不肯有所屈故好者少然亦多知其非常人也其在越蜀士多從之學當寶元康定閒言者喜論兵其計不過攻守二端而已君獨推書所謂食哉唯時柔遠能邇惇德允元而難任人蠻夷率服爲禦戎議二篇蓋並此流俗皆以爲迂而弗言者也非明於先王之義則孰知其中國安當尊強之勢必出於此君既知此矣則其自信不蘊宜以有所負然惜乎其未試也君初娶王氏尚書駕部郎中蘭之女又娶李氏尚書虞部員外郎宗卿之女三男子伯[illegible]爲太常博士次伯适伯同伯進

士三女子嫁鄂州中丞徐道生汾州交城縣尉翁異元
宥曾參軍任應博士以熙寧元年十一月二十一
日葬君於定陶之閔丘鄉而以余之聞君也來求銘
銘曰
於戲樸翁天偶人飭翔其德音而躓於時

臨川吳子善墓誌銘

臨川吳氏有子興宗字子善年二十喪母而與其父以
生事付之則先日出以作後日入以息日午吳家一人
未飯其夫婦必尚空腹天寒吳家一人未纊其夫婦
必尚單衣蓋如此者二十年而終三十年而已死兄
嫁五妹辦數喪又以其筋力之餘及於鄉黨苟有故
必我勞人佚先往後歸而尤篤於友愛見善有過則

顏色愈温須飲酒歡極之間乃微示以意既而即泣下曰吾親屬我以汝吾所以不避艱險若保汝而已其弟終感悟悔改爲善士以文學名於世其待其弟乃爾若於他人則絶口不涉其非然里中少年聞其謦欬之音往往逃匿若匿不及則俛首恐愧而嘗有所絓一至訟庭及着識同絓數十人爲之皆吳掌獄者驚起白守守立免焉其見畏愛多此類其謂其父爲諸舅甚知其所爲故於其弟子經其宗之家義以葬也爲道而不辭子善嘗應進士舉後以尊於耕養遂不復應其死以治平四年八月九日而十二月十二日與其母黄氏共葬於臺源村父世墓之域中父諱亦有行義用也并仕祖諱表微尚書屯田員外郎

征諸英中丞初娶姓王氏一男貝預官蔭引歿再娶

湯氏生适赶莞始九歲而四女幼者一歲云云

臨川先生文集卷第九十四

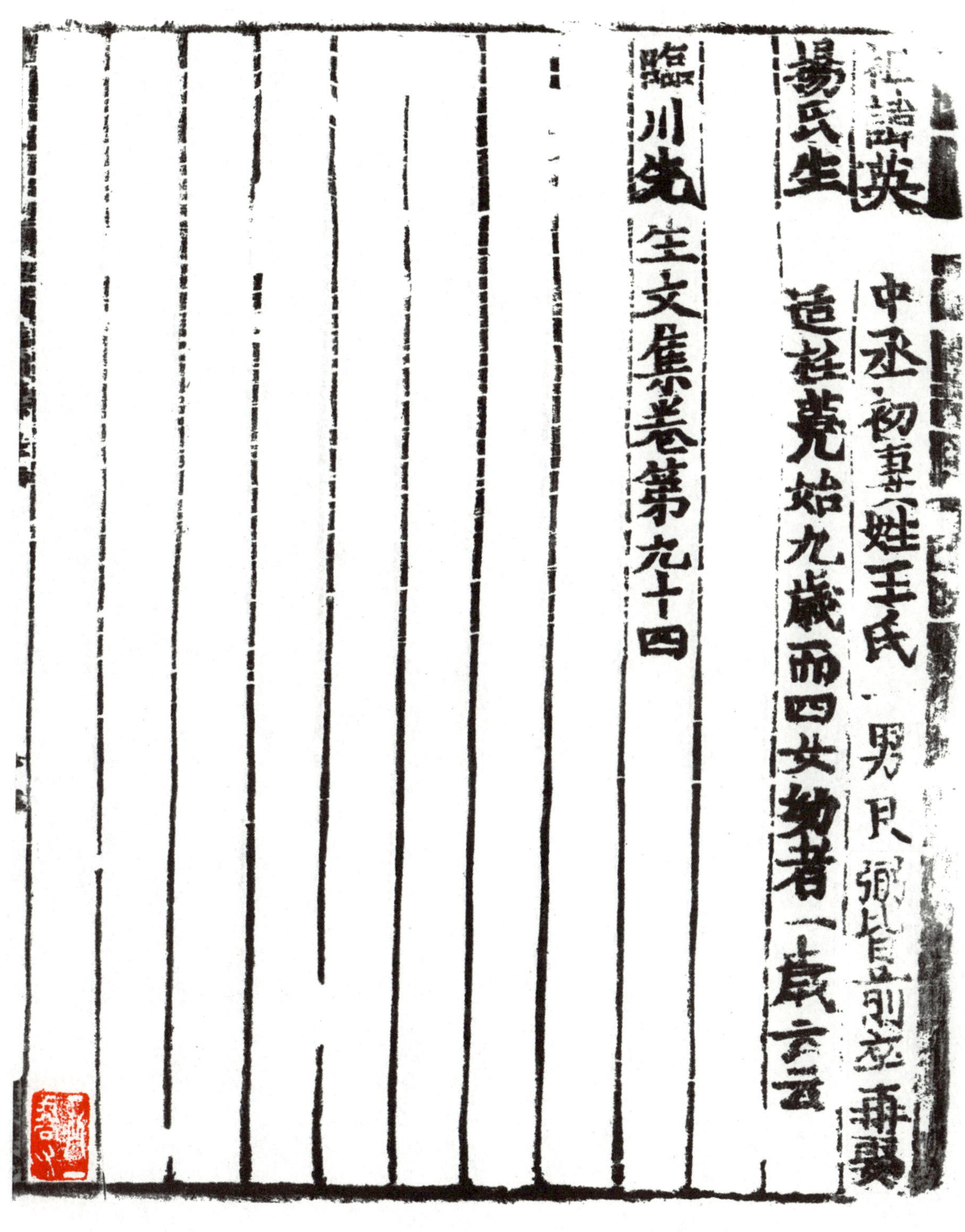

臨川先生文集卷第九十五

墓誌

比部員外郎陳君墓誌銘

陳晉公有子五人其一人今宰相是也公晉公之中

子而今宰韶部音公諱某章齡辛在安官公諱某字
其先歲用晉公恩守秘書省校書郎晉公薨恩改太
常寺奉禮郎服除久之會封禪恩改大理評事監鳳
翔府酒稅又會祀汾陰恩改衛尉寺丞歸以最升知邵
武之邵武縣獻文章得召試學士院宰相方士之議與科
名公固辭親在願得近官職也不願得科名從之通
判秀州改大理寺丞歸又獻文章乞治劇郡得淮
陽軍改太子中舍　今上即位覃恩殿中丞是歲賜
緋衣銀魚知臨江軍還得睦州薦者數人　天子以
公名屬審官又徙知滁州以齊國太夫人疾辭還女
虞部員外郎上便宜數事得召對因自開贊　天子歎
稍進用之而遭齊國太夫人之喪以上言無何時州

人王稷上書序公赦前數事服除猶坐是監虔州稅明道元年恩改比部員外郎通判建州改駕部用舉者徙知吉州坐法免起爲比部監泗州糧料又坐法免起爲虞部監饒州錢監復得比部歸羇居京師久之乃出監江陰軍酒稅道疾病上書自言先臣恕得幸　先皇帝至大臣臣階先臣以得仕屢進所學蒙記識方壯少時頗汲汲欲自奮收一日之效以卒事陛下而孤行單立無黨友之助又薄命不幸數遭小人以見困躓負先臣餘教辱　陛下器使之恩今老矣念終無以報盛德深自媿恥夙夜憂畏以故得疾病且死無田園以歸無強有力子弟以養唯男一人世昌去年爲進士得嘉慶院解臣兄在中書奏不得

試禮部今當爲遠官去臣旁遠甚　陛下憐之幸聽
臣分司改世昌蘇常間一官以卒養臣天地之賜也
臣誠窮即不自言誰當爲臣言者書入未報竟卒於
江寧得年若干時某年月也夫人某氏子男兩人世
昌泉之晉江主簿次世長前死女兩人皆已嫁主簿
將以某年月日葬公某處葬有日使來乞銘初公爲
臨江軍先君爲之佐其後二十五年某得主簿於淮
南而兄事之仍世有好義不可以辭無銘也公名臣
子少壯得美仕間以文藝自進意自以爲且貴富世
其家而遭平世槩以文法持臣下故其材不得有所
肆而卒以齟齬窮其感激怨懟往往見於文辭主簿
離其藁爲二十卷讀之知其心之所存也而其求分

司語尤悲因掇其大槩而存之噫其亦可悲也夫

曰

於此有木焉一本而中分其材均樹之時又均或斷
而焚或剖以爲犧尊誰令然耶其偶然耶吾又何嗟

贈尚書吏部侍郎句公墓誌銘

公句氏諱希仲字袞臣景德六年以開封浚儀進士
起家歷選於吏部爲揚州江都主簿洪州新建縣尉
權管句洪州奉新縣事開封府右軍巡判官其後除
於審官爲監黃州岐亭鎮茶鹽酒稅監虔州稅知洪
州分寧縣知容州句當在京左右廂店宅務知高郵
軍知岳安袁吉筠五州又其後除於中書爲知隨州
又遂以疾求分司西京而以皇祐三年四月丁亥卒

於安州之傳舍享年七十一散官至朝奉郎職事官至光禄卿勳至上柱國賜緋魚袋公通訓詁工篆隸書能傳其父學又善爲詩其在高郵歲大饑以便宜援救所活萬餘人在鄂州前吏以逃户諸税責鄰人至或無桑矣而猶責其絲公歎曰　上恩及於無告而州縣若此壅之何也即奏除之在吉州州素多事公至則御之以簡姦吏惡民顧不得有爲至相戒而去公奉寡嫂畜孫兄子尤篤於恩禮自爲郎中先任其兄子次及諸從最後乃蔭公子兄外孫尹（御名）幼矣父母公收教之再舉進士禮部矣顧言以（御名）名闓（御名）由此補郊社齋郎盖其爲人敦厚長者詳於施人而略於養己如此句氏其先京兆人公曾祖諱同章始

遷成都之華陽祖諱令宣皇贈光禄寺丞父諱中正
爲孟氏武泰軍節度掌書記　太宗時自潞州録事
參軍召拜著作佐郎直史館其後改直昭文在兩館
二十六年同館士多去爲將相而公脩職守道未嘗
爲之少屈以尚書屯田郎中卒於　真宗之初而葬
浚儀浚儀今祥符也故公子以某年某月某甲子葬
公開封之開封縣保安鄉永寧村公元配清河張氏
繼配楚丘邊氏祥符劉氏劉氏封延安郡君三男子
諶尚書屯田員外郎詵早世請太廟室長女子九人
嫁尚書駕部員外郎王正已湖州德清縣令郭真卿
尚書虞部郎中楊定殿中丞劉偁滎州録事參軍張
道古起居舍人龔鼎臣殿中丞杜師益泰寧軍節度

推官謝京登州司理參軍王昴及公之葬也以公子諶故張夫人追封仙遊縣太君邊夫人追封仙源縣太君劉夫人進封仁壽郡太君而公亦贈官至尚書吏部侍郎銘曰

句宗華陽世實京兆来家東都公考有廟温温句公有美有相不銜不求卒爲圭璋考翼在上公承在下爲此幽宫亦浚之野

山南東道節度推官贈尚書工部郎中傅公墓誌銘

公姓傅氏諱立字伯禮其先大名内黄人今鄆須城人也慶曆二年以五舉進士得同三禮出身主鄭州管城縣簿用舉者爲滑州靈河縣令遭壽夫人喪喪

除以山南東道節度推官知磁州昭德縣事嘉祐四
年七月六日卒于官舍享年六十六公以文行有聲
州鄉其志氣甚大既久困不遂因不復有仕意鄉
之乃起佐管城所為問義理如何不肯有所
妖人為亂吏坐不察者衆州縣懲艾有以妖人
文致之刑辟或誣浮屠道人為妖州捕之君
其無罪即釋之在昭德縣人治河隄揔役者
諸縣畏其糺劾莫敢校及管公縣人公
縣人感悦不督而功自倍揔役者亦不敢
所而其施於政者多如此故其卒老稚相扶攜
思慕久之不怠蓋公孝慈忠信剛毅有守遇事
可愧其仁心尤至既病亟呼其季子告曰吾嘗

曰於鄲數十口賴以活者三十年今田主往往而
汝兄仕於朝所不足者非財可以券還之於是長子
方官於莫州及歸遭喪終以田歸主如公戒公曾祖
諱凝贈尚書庫部員外郎祖諱世隆尚書戶部員外
郎知邛州父諱珏右班殿直凡三世皆以經學舉至
公始為進士而公子亦皆為進士曰堯俞尚書兵部
員外郎曰舜俞郊社齋郎曰君俞未仕餘四人皆早
死兵部君以才德為世名人嘗為諫官以言事不合
辭知雜御史不肯就以熙寧二年十月某日葬公於
孟州濟源縣清廉鄉美化里以夫人長壽縣太君王
氏祔於是公贈官至尚書工部郎中太君有賢行方
兵部除知雜御史也適北使未返而親故皆賀夫人

邦受治裝爲行及兵部歸而果辭不就以出也銘曰
惟傅厥先相武丁告功皇天上比星公躬服仁世守
經奮發華藻揚芬馨宜殖福禄引厥齡摧藏沉淪以
謁潑齎志弗獲終冥冥爰有美子集帝庭忠功孝名
神所聽卜學葛原日永寧

尚書度支員外郎郭公墓誌銘

公諱維字仲逸少好學有大志年二十五起爲泰州
司理調泰眞二州判官以能聞監眞州之酒稅丁母
憂服除改著作佐郎知南豐縣俗喜訟令始至豪猾
輒循名事入縣察令能否公至即得其姦窮而從之由
此無敢犯法改新都縣又以治稱既去民思之相與
繪公像祠焉使者薦其材就知雅州王蒙正姻明肅

太后家侵民田幾至百家有訴者吏數獄無敢直其事詔公治之其行也人爲公憚公至則拔根擿節不漏毫末以田歸民蒙正坐除名既歸 天子目之賜之朱衣得尚書屯田員外郎知常州至州索宿姦數人流之州以無事移提點淮南刑獄吏不治道聞公至往往豫以事求解部中肅然遷度支以卒慶曆二年正月也凡仕二十七年公剛毅能斷當事勇不自恤繇景德祥符之間四海平治寬文法待吏而吏乃相習爲遨嬉浮沉者或按一吏則交議群詆以爲暴刻生事日浸月積而民敝於下矣至公始按吏而獨急於摧倖有大臣出撫不治曲以禮事公公奏斥不報既代猶斥之以是被按一無憾言以聲威聞而所

至即有惠愛某嘗爵游過其市里中民有以毀語相罵者其長者怒曰爾欲忘鄮邑田耶蓋公在常以此法其民時卒已九年矣猶不忘之惜乎朝廷方欲顯用而公已不幸其出於治者猶未足以盡其志故不悉書特掇其一二而存之此足以見公之志也祖某不仕父某贈殿中丞母劉氏仙源縣太君妻張氏南陽縣君子男三人先正烏江縣尉聰正舉進士祥正星子主簿女六人以某年月日葬公於某處公之塋也將葬先正等以令司封員外郎趙誠書來乞銘先人與公祥符八年以進士起而公子且與某游有好也銘不敢讓銘曰

翼翼汾陽子儀始王德完道粹功蓋于唐宣孚世澤

流如海長原原南寓孰嗣而昌公生而明剛簡自徇
持身貧羈謹不辱進蘇窮斥姦惠立威振而年不長
志不時盡既奮既材天奚弗憖刻銘在幽來者之感

贈尚書刑部侍郎王公墓誌銘

江陵縣有合葬龍山之西者爲宋龍川令贈尚書刑
部侍郎王公之墓公之卒得年七十一其葬之歲在
辛卯爲皇祐三年十二月甲申龍川其所卒也以刑
部侍郎贈公者曰公之子光祿卿周公諱文亮字昭
遠其先晉丞相導也丞相十有六世之孫儉爲唐正
議大夫刺明州始去長安之萬年爲明之奉化人大
夫之兄曰□生紳紳生韶韶生公四世咸爲縣令
已嘗試策入等矣其爲州之

□二十餘人不用□曰吾□□而爲是□不可
即以疾去去之八年無□復言
曰仕不仕惟義也吾敢□自必於其間耶起令
遂卒始公尚少以文稱於士友嘗度浙江有忘
白金百斤於舟公最後獨見之留三日得忘者歸之
而後去而不告以名他日從者以爲言於是又稱其
者令兩縣吏民皆曰賢令也既亡皆哀焉合葬于
山者天水郡太君權氏善草隸書誦數經能略通
其說實唐貞孝公皋之十七世孫云子男四人向
爲進士充其業其季光祿君也女三人皆歸聞人
光祿君方潔勤審下賢好學人以爲君子之子焉自

晉之亂而戎夷盜賊穴有中國且亂且治至于今歲千年士大夫之家流落顛頓不常其世後雖有振起者多不知其族之所出獨光祿君之家爲世其家而能自道尤詳自大夫伯仲至公四世之告命皆具在命其宗人之子某銘公之墓者光祿君也銘曰

公先籍秦系相道大夫相孫維作守兄濠遂留家海湅子紳孫韶公祖考于東四傳弟世耀藏仁厥家以賚後後蕃而昌其必效今鄉追公盈之兆

兵部員外郎馬君墓誌銘

馬君諱遵字仲塗世家饒州之樂平舉進士自禮部至於其書其等皆第一守秘書省校書郎知洪州之奉新縣移知康州當是時　天子要置大臣欲有所

爲求才能之士以察諸路而君自大理寺丞除太子中允福建路轉運判官以憂不赴憂除知開封縣爲江淮荆湖兩浙制置發運判官於是君爲太常博士朝廷方尊寵其使事以監六路乃以君爲監察御史又以爲殿中侍御史遂爲副使已而還之臺遂爲言事御史至則彈宰相之爲不法者宰相用此罷而君亦以此出知宣州至宣州一日移京東路轉運使又還臺爲右司諫知諫院又爲尚書禮部員外郎兼侍御史知雜事同判流内銓數言時政多聽用始君讀書即以文辭辯麗稱天下及出仕所至號爲辦治論議條鬯人反覆之而不能窮平居頹然若與人無所諧及遇事有所建則必得其所守開封常以權豪請

詆不可治客至有所請君輒善遇之無所拒客退視其事一斷以法居久之人知君之不可以私屬也縣遂無事及爲諫官御史又能如此於是士大夫歎曰馬君之智蓋能時其柔剛以有爲也嘉祐二年君以疾求罷職以出至五六乃以爲尚書吏部員外郎直龍圖閣猶不許其出某月某甲子君卒年四十七天子以其子某官某爲某官又官其兄子持國某官夫人某縣君鄭氏以某年某月某甲子葬君信州之弋陽縣歸仁鄉棗沙之原君故與予善予常愛其智略以爲今士大夫多不能如惜其不得盡用亦其不幸早世不終於貴富也然世方懲尚賢任智之弊而操成法以一天下之士則君雖壽考且終於貴富其

所畜亦豈能盡用哉嗚呼可悲也已既葬夫人與其家人謀而使持國來以請曰願有紀也使君爲死而不朽乃爲之論次而繫之以辭曰

歸以予能兮又予以時投之遠塗兮使驟而馳前無禦者兮後有推之忽稅不駕兮其然奚爲哀哀煢煢歸兮孰慰其母心墓門有石兮書以余辭

秦州海陵縣主簿許君墓誌銘

君諱平字秉之姓許氏余嘗譜其世家所謂今泰州海陵縣主簿者也君既與兄元相友愛稱天下而自少卓犖不覊善辯說與其兄俱以智略爲當世大人所器寶元時朝廷開方略之選以招天下異能之士而陝西大帥范文正公鄭文肅公爭以君所爲書以

薦於是得以召試爲太廟齋郎已而選泰州海陵縣主
簿貴人多薦君有大才可試以事不宜棄之州縣君
亦常慨然自許欲有所爲然終不得一用其智能以
卒噫其可哀也已士固有離世異俗獨行其意罵譏
笑侮困辱而不悔彼皆無衆人之求而有所待於後
世者也其齟齬固宜若夫智謀功名之士窺時俯仰
以赴勢物之會而輒不遇者乃亦不可勝數辯足以
移萬物而窮於用說之時謀足以奪三軍而辱於右
武之國此又何說哉嗟乎彼有所待而不悔者其知
之矣君年五十九以嘉祐某年某月某甲子葬眞州
之揚子縣甘露鄉某所之原夫人李氏子男瓌不仕
璋眞州司戶參軍琦太廟齋郎琳進士女子五人已

嫁二人進士周奉先泰州泰興縣令陶舜元銘曰
有技而起之莫擠而止之嗚呼許君而已於斯誰或
使之

漢陽軍漢川縣令陳君墓誌銘

陳君之墓在某州某縣某鄉某所之原以某年某月
某甲子葬陳君者諱之祥字某家某州之某縣其業
進士其中等以皇祐二年其官滁州全椒縣主簿漢
陽軍漢川縣令其爲人强於學束於行能使爲之長
者聽爲之民者思其卒年三十二有一男一女皆出
夫人李氏其葬臨川王某爲之銘
芒乎既壯而能充忽乎奚去而誰從歸形幽陰兮窆
土以爲宫聚封其上兮爲記無窮

臨川先生文集卷第九十五

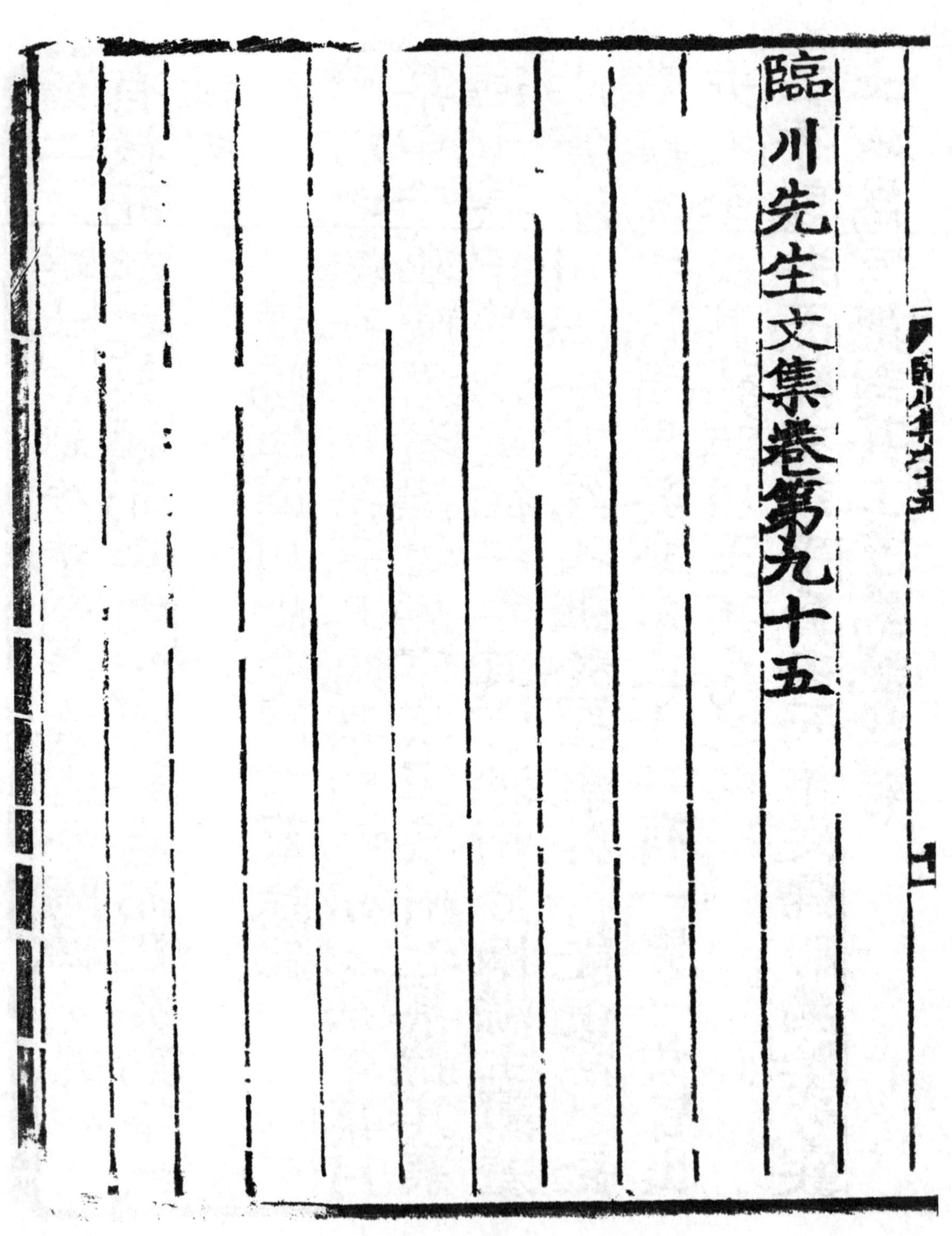

臨川先生文集卷第九十六

墓誌

員外郎周君墓誌銘

郎中晁君墓誌銘

郎中蔣公墓誌銘

亡兄王常甫墓誌銘

先生七歲好學毅然不苟戲笑讀書二十年當慶曆中　天子以書賜州縣大置學先生學完行高江淮間州爭欲以爲師所留輒以詩書禮易春秋授弟子慕聞來者往往千餘里磨礲淬濯成就其器不可勝數而先生始以進士下科補宣州司戶三月轉運使以監江寧府鹽院又三月卒又七月葬則卒之明年四月也實皇祐四年葬在先君東南五步先君姓王氏諱益官世行治既有銘先生其長子諱安仁字

常甫年三十七生兩女嗚呼先生之道德蓄於身施於家不傳見於天下文章名於世特以應世之爾大志所欲論著蓋未出也而世之工言能使不朽者又知先生莫能深嗚呼先生之所存其卒於無傳耶始先生常以爲功與名不足懷蓋亦有命焉君子之學盡其性而已然則先生之無傳蓋不憾也雖然先生孝友最隆委百世之重而無所屬以傳有女有弟方壯而奪之使不得相處以久先生尚有知其無窮憂矣嗚呼以往而推存痛其有已耶痛其有已耶先生有文十五卷其弟既次以藏其家又次行治藏於墓嗚呼酷矣極矣銘止矣其能使先生傳耶

主客郎中知興元王公墓誌銘

公王氏諱某字某其先著望太原而公之曾大考諱某考諱某某皆葬撫州之臨川縣公少力學以孝悌稱於鄉里既壯起進士爲漢州軍事推官至則以材任劇在上者交舉之遷大理寺丞知大名府大名縣就除通判忻州又通判真定府府帥王嗣宗恃氣侮折其屬爲不法以故乆之莫敢爲通判者公行嗣宗固不憚稍侵公以氣公恬然不爲校也以禮示之而已嗣宗詘服居十餘日公請視獄獄中繫者常數百人嗣宗意慍輒乆之不問吏亦不敢言迨公視獄所當者數十人而已餘悉當釋無所坐於是嗣宗趣有司如公指即日斷出之自是事無不聽公所爲公輒分别可否而使其政皆由嗣宗以出雖府人或不知公

於嗣宗曰吾有明也一府遂治而士以此稱公爲長者
始公中進士之時同進有嘗陵公者媿公先以被酒取
公勸牒裂燒之公爲諱其事以失亡告有司而已及
後陵公者爲屬吏公舉遷之或非公以德報怨公曰
受詔舉京官彼今爲吾屬而任京官吾則舉之何暇
怨之謂哉且吾與彼乃未始有怨也蓋公之行已多
如此居一歲移知保州又以舉者移知深州又以選
移知齊州二州之人皆曰公愛我已而提點刑獄淮
南兼勸農事公於爲獄務在寬民而以課田桑爲急
按渠陂之故勸民作而修之剌田至萬九十頃
天子賜書獎諭後出氏名付大臣召用而當是時丁
謂爲宰相先是謂以二人屬公善視之曰皆能吏也

至則皆有罪公發其狀以聞由此謂欲傷公不果而父之所任言亦有贓坐即絀公監池州頁要鎮酒税會今上即位移滁州又移知興元府自丁請得罪徙南方論者皆以公宜復用而公亦且得疾不起矣享年六十二官至尚書主客郎中明年天聖七年葬和州之歷陽縣後若干年公夫人張氏葬而公墓墊乃改卜合葬於眞州楊子縣萬寧鄉銅山之原公子六人於是存者二人曰某爲殿中丞曰某爲進士其四人皆已亡孫曰某開封士曹參軍曰某楚州寶應縣主簿曰某曰某曰某爲進士而公以殿中君積贈官三世右諫議大夫某公兄孫也受命於叔父而爲銘銘曰公之行事不能詳也以不得事公而公之沒故

皆尚少故也嗚呼於公之行事雖不得其詳而其略所聞如是蓋可以差公德矣銘曰

王亡晉封遠跡南土公始有廟奚其禰祖孰強而勝孰忌以爭乎于恭寬在室而身疑疑之節因時乃發曰黙予咎匪他予過避善不名亦不隕聞寘銘嶄墓維以長存

胡君墓誌銘

王某之治鄞二月其故人胡舜元以服立於門揖入問予故則喪其父矣五月留而館意獨怪其來之早也居數月語吾曰吾求自吾釋父之殯跋山浮江從子之兄于海旁願有謁也父矣不敢以言吾親之生我學於四方不得所以養今已不幸卒也得子之兄誌而

銘之藏之墓中可以顯於今世以傳於後雖吾小人亦榮焉無憾焉不知子之兄可不可吾弟以告予數曰審如是可以以爲孝君子固成人之孝而吾與之又舊其何顧而辭即取吾所素知者爲之誌而銘之誌曰君諱某池州之銅陵人生於丁丑興國之年也卒於丁亥是爲慶曆七年子七人某以十月葬君於谷垂山謝氏世大宗闔門數百人君有子舜元獨招里先生教之爲士其卒也族分而貴衰舜元爲善士銘曰

壽七十一不少不多吾與之銘千古不磨

屯田員外郎邵君墓誌銘

邵公既國燕其子孫處者猶食其初邑至後世遂爲邵氏今有田丹陽者獨爲大家其所出往往稱天

下君丹陽人也諱某字某少敏爽皇考某欲大就之爲破貲聚留師賓以發其材及壯行内修不摽飾爲名而有譽於爲士者年四十始以進士出佐鎮東軍積功次入尚書爲屯田員外郎通判亳州遭母夫人某氏喪不行以卒君工爲詩歌喜飲酒與人交恬如也尤不好官爵至京師一不問權貴人所舍事有類君者自言得遷或勸君自言終不許然起家十九年更三縣以材奏君者甚衆卒之明年皇祐某年某月弟某葬君某所以夫人某氏祔子男兩人曰某曰某一女子尚幼銘曰

秉於朝葬於里厥嬪祔之祭則子以完歸親維有祉

馬漢臣墓誌銘

合淝人馬仲舒字漢臣其先茂陵人父皐爲江東撥發實其家金陵漢臣因入學齒諸生爲人喜酒色其相語以褻私侈爲主父母不欲之又隆愛之不能逆其意以敎也然漢臣亦踈金錢急人險難不自顧計於衆中尤慕近予予亦識其可敎以禮法開之畀大寤遂自挫刻務以入禮法從予學作進士旣數月其辭章爛然充其科者也漢臣長予四年予兄弟視之漢臣視予則師弟子如也嘗助予叔父之喪若子姪然慶曆六年漢臣冠五年矣從予入京師待進士舉月病死死時予亦病其叔父在京師因得棺斂歸金陵殯之某年某月乃葬于某處孔子曰秀而不實者有矣夫漢臣幾是矣噫誌其墓云

贛縣主簿蕭君墓誌銘

君諱化基字子因實蕭氏其先有自長沙避地廬陵者曰霽方李氏有江南為洪之武寧令於君為曽大父其後再世曰煥曰良輔皆不仕至君之兄侍御史定基始以材起為名家而追贈其皇考尚書工部員外郎君於工部為少子少謹厚能自力業其世以善富既御史貴得任子弟君猶私其能不顓治民然御史竟官君為明之奉化尉主簿於虔之贛縣監真州酒恬慎祗修在勢者任之春秋六十二至和元年四月癸酉以官卒其子汝霖汝能汝為汝正護其柩歸以十一月壬午葬其縣之儒行鄉白沙原夫人楊氏前葬矣今不祔先人於御史以弟交君子丈人行也

二父皆有子知名南方交於予以故請銘銘者所以名前人而燕孝子之心也於是為銘銘曰

諱矣蕭宗楚產之良繩繩主簿有善其鄉我修不苟為康圖銘壙石維後之藏

秘書丞謝師宰墓誌銘

君姓謝氏諱景平字師宰尚書兵部員外郎知制誥陽夏公贈禮部尚書諱絳之子太子賓客陳留公贈禮部尚書諱濤之孫泰寧君掌書記贈尚書吏部侍郎諱崇禮之曾孫初以祖父廕試秘書省校書郎守將作監主簿既而中進士第簽書崇信軍節度判官廳公事監楚州西河轉般倉累官至秘書丞年三十三以治平元年十二月庚申卒妻尹氏生男女四人

皆前死其兄以某年某月某日葬君鄧州穰縣五隴山南謝氏故家河南緱氏君六世祖任吳越敀自陳留公以上三世葬杭之富陽至君始葬陽夏公於鄧爲穰人而今以君祔葬君於忿不忮於欲不求雖學之力亦其天性故其孝弟忠信寬柔遜讓莊靜謹潔稱於兒童以至壯長而成不充其志施不盡其材此學士大夫所以哀其死而多爲之出涕也然君文學政事言語已能自達於一時其於道德之意性命之理則求之而不至闚矣而不疑嗚呼可謂賢已銘曰

陽夏四子皆賢而材季也早死吾銘其埋今又銘叔嗚呼可哀古之死者以死爲息嗟叔方剛何遏之亟昭昭者逝嶷嶷者藏爲識在斯銘則不亡

尚書刑部郎中周公墓誌銘

周氏其先自華陰入蜀蜀孟氏時公之皇考諱敬述以文章知名嘗至要官任事矣孟氏亡因不復仕而天子召以爲壽州下蔡令由下蔡以爲太子中允知江州賜紫衣金魚使撫初附之民其後爲祕書丞知秦州以卒而得州之北原以葬有子四人其卒皆位於朝而公第二公諱嘉正字榦之少與其昆弟俱以進士甲科起家爲通州軍事推官其後通判廣州提點福建刑獄知壽州爲三司鹽鐵判官故宰相丁謂薦其材　天子以爲河北轉運使而公不就已而謂得罪公坐出知金州又知海州又知濠州而以工部郎中分司南京歸治疾于海陵之第明道元年以恩

遷刑部二年年六十四以卒公寬厚而廉清而其材
尤長於政事自爲推官時已能有所建易爲士民所
記及奉使福建獄有冤輒辨有疑若可貸輒以聞所
活至數十人而其治大抵過姦吏爲獨急子男五人
曰蒙先令爲武康軍節度推官監台州稅曰彦先爲
右侍禁知循州興寧縣曰茂先爲泰州司法參軍曰
行先爲山南東道節度推官知江州彭澤縣曰嗣先
爲進士女七人皆嫁爲士大夫妻嘉祐三年十二月壬申
公子與孫葬公皇考秘書丞贈尚書工部侍郎之兆京
以汝喜縣君錢氏祔縣君實左右公以有家者也銘曰
周遷于蜀爰自先人考有四子發于海濱公有令聞
實維[redacted]子歸寬民人施刻在已方飛方騫[redacted]于夫

既鑱以歸既隕于泉有高其後有□其前作爲銘詩
兆此新阡

右侍禁周君墓誌銘

君周氏諱彦先字師古曾大父諱瓌贈大理評事大
父諱逑祕書丞贈尚書工部侍郎考諱嘉正尚書刑
部郎中君少以郎中君蔭補三班奉職監泗州浮譜
又監楚州船場爲揚泰州巡檢而近臣薦君閤門祗
候大臣曰周某可用矣然吾將試之邊乃□
等七州軍沿邊巡檢邊人兩界上爲群盜□
白安撫使移之契丹契丹急捕斬之自是□
也已而君上書言漕事又言邊將使人耕邊以給公
使不即禁止往往能生事於是邊將大怒而君所部

卒有犯法者因詆君以不請坐是監廣州清遠縣鹽場轉運使留君以監市舶它官入方晉爲蕃賕事而君獨不買舶中一物轉運使嘗數稱君以媿它吏而薦君以知循州之興寧縣至則爲縣南三十里寧昌驛以爲治所而吏自此得不以瘴癘死然君既得疾於興寧矣遂卒卒時年四十二縣人以君爲能撫我思之也君先夫人盛氏尚書工部侍郎諱京之子後夫人王氏尚書主客郎中諱貫之之子皆有賢行五子濤洵淯遲濟皆爲進士二女子嫁如皐史埜德安鄭汾亦皆爲進士而濤今爲著作佐郎知汝州梁縣以嘉祐三年三月壬申葬君皇考郎中之兆次而以先夫人祔臨川王某爲銘曰

君弟吾嫂夫人吾姑君能有家不失衰於治其冥民
厥愛之孚銘昭子孫以告不誣

泰州司法參軍周君墓誌銘

君周氏諱茂先字去華其先成都人至君大父諱述
爲秘書丞知泰州以卒始葬泰州之北原而子孫遂
爲州人不去父諱嘉正尚書刑部郎中君以父蔭爲
楚州司户參軍又爲泰州司法參軍皆有能名明道
二年五月刑部君終于第君思慕哭泣至其年十月
亦卒於是君年三十二夫人南陽張氏守其孤不嫁
其后孫瀵以進士起家洪州南昌縣主簿二女子嫁
池州貴池縣尉宣城王墊進士建安吳觀而以嘉祐
三年三月壬申葬君几原之北銘曰

綿綿之孤屬于單妻既恃而夢龜錫者[illegible]

從先人宅

尚書屯田員外郎周君墓誌銘

君周姓諱濤字幾道中慶曆六年進士甲科歷亳州觀察推官撫州軍事推官著作佐郎秘書丞太常博士尚書屯田員外郎知汝州梁杭州錢塘二縣內行敏能為政壹自急飭視民疾如在已不肯釋事實為君憂要利所在民愛譽甚於士大夫治平三年六月在京師授簽書辯州判官事七月十三日以官卒年四十有四曾祖諱述故鄂人皇祕書丞贈工部侍郎徙占海陵以葬祖諱嘉正皇刑部郎中父諱彥先終右贊善贈右監門衛將軍妻曰昭德縣君錢氏子男

五人祔葬扶穎徐以其年十月二十六日葬君揚州江都縣同軌鄉東武里銘曰

於戲與聲譽偕弗爭無忌其生於善與和樂終如始有表其死

虞部郎中晁君墓誌銘

尚書虞部郎中晁君諱仲參字孝先以治平四年五月九日卒於通判舒州事其子以熙寧二年正月二十九日□濟州任城縣諫議鄉呂村之原以葬狀君之行來乞銘掇其語爲銘曰

晁氏望潁川衛有鄭丙錯以術用作漢家令魏晉南北史無傳人良正官唐仍不大振開封二家徙鉅野縣仕時韙迪出宋而顯迪奮布衣亦子太師宗愨

父子一時三朝四世錫塋立墓金令中書爲君曾祖有子迪者刑部侍郎乃生宗簡世德孔揚使京東西郎于刑部君實其嗣少則多譽仲父保任主簿上虞宰墨靡政易君仕初從容調聯史莫玩法墨以稟終鄞倅強儀接察攫獄夙如我謀君不爲奪識因于州將范文正歎愛而謂畏宜繩私公勇勿畏君願持此畢身無尤薦監越酒旋宅父憂判官于、滁擢丞大理汝州郟城來知縣事富豪賕吏寓田勢家役煩且窘中戶愁嗟君哀僞券應手即辨完蠹噓枯俗蔑以勸秦王諸孫上冢入郛卒榜驛隸君擒而誅將刻、中人匿軍夜遁移內侍省罪令即誅迄明年至後銜無譁能聲震越號稱其家易曹濟陰太子贊善督尉宗盜

里閭宴衎馬入罷牧地租于民厲傳費劇輸之君負
君曰閔哉責豈無豫操書鐫守多鎰其數遷官博士
去領開州大業學校率衣冠游漚湯之鹽實不酬課
歲鬻五萬奏自君可謂疾不治謁巫代毉教以餌藥
盡毀詭祠失怙恃者予其娶嫁坐堂朝曉飲酒閒暇
其宗纂無負外于慶比篤二部閱最而除令　天子
恩始正郎位攝符耆年十除殺論遡肆殍來鄭邦賑使無
優裝舊饒去又遺之糧敦於除害未始愛力草撥陽
河避羅剡石析池口征合丁銅陵官不失善竟無危
行人幸是爲曠數十載趲令驩呼無有稚支孤山馬
當歲漂百航鑿秋口濾首走雷江跳險風濤幾五百
里章蘊驛閘就付其事去冬告役君夏而徂壽五十

識者歎門齋公孫氏作配吾似封承嘉君誕惟四子端仁端義端禮端智仁中進士常州司理義鄉社那餘則夭亡五女四人歸為士妻石端侯彥渓歸而婺范胡二婿絕粹背端幼處于家君孫有五男節符籤其二則女惟君平生外謹內明忤出不意黙無與爭祿姻族嫺恩稱疏戚庖無朝然笑語如昔晚尤靜曬病不告遺極談性命方絕之時子丏理辭衰耋矣汴掇其緒餘以質幽宮

度支郎守葛公墓誌銘

葛公姓也源名也宗聖字也處州之麗水公所生也明州之鄞後所遷也晉曾六考也遇大考也旺昊贈都官郎中考也進士公所起也洪州左司理參軍吉

州太和縣主簿江州德化縣令監興國茶場威武軍節度推官知廣州四會縣著作佐郎知開封府雍丘縣祕書丞知泉州同安縣太常博士通判建州屯田員外郎知慶成軍都官員外郎知南劍州司封員外郎祠部郎中江浙荆湖福建廣南提點銀銅坑冶鑄錢度支郎中荆湖北提點刑獄此公之所閲官也州將之甥與異母兄毆人而甥殺之州將冑公曰兩人者皆吾甥而殺人者乃其兄也我知之彼夫甥也無爲有司所誤不然此獄也將必覆公教不爲變此公之爲司理參軍也州符□從吉水行令事他日令始至大猾吏輙誘□民數百□庭下譁變詐以動令如此數日令□□□事常在吏矣公至立□著兩廡下一

往往不能如狀窮　曰我不知爲此乃姦吏教爲也悉捕劾致之法訟以故少吏亦終不得其意毛民寡婦告其子以恩義說之不得即使人微捕得之與閒語者驗其對乃書寡婦告者也窮治具服爲私謀誣其子孫距州溪水惡而歲租幾千萬碩舟善敗民以輸爲愁公始議縣置倉以受輸則官漕之亦便州不聽公論之不已倉成至今賴其利此公之爲主簿也中貴人擊驛吏取所給過家以言府府不敢劾公曰中貴人何憚爲吾民而有陵之者吾亦恥之上書論其事中貴人坐絀此公之爲縣於雍丘也屬吏常有隙於公同進者因譏之公察其旨不聽以爲舉

首此公之爲州於南劒也鑄錢歲十六萬其所施置後以爲法程此公之爲銀銅坑冶鑄錢也鄂州崇陽大姓與人妻謀而殺其夫州受賕出之公使再劾劾者又受賕獄如初而公終以爲不直其弟訴之轉運使雖佗在事者亦莫不以爲寃復置之獄卒得其姦賕狀論如法此公之爲提點刑獄也甲子四百三十五公所享年也至和元年六月乙未卒之年月日也潤州之丹徒縣長樂鄉顯陽村公所葬也嘉祐元年十月壬申葬之年月日也鄉邑孫氏今祔以葬者公元配也萬年縣君范陽盧氏公繼配也良肱良佐良嗣公子也妻太常博士黄知良曰金華縣君公女也起進士爲越州餘姚縣尉主公之喪而請銘以葬者

良嗣也論次其所得於良嗣而爲之銘者臨川王某
也銘曰
士竊歎以養交兮弛官之不忌維公之所至兮樂職嗜
事彼能顯聞兮公則不暱不銘示後兮孰勸爲痒

臨川先生文集卷第九十六

臨川先生文集第九十七卷

墓誌

王逢原墓誌銘

嗚呼道之不明邪豈特教之不至也士亦有罪焉嗚

呼道之不行邪豈特化之不至也士亦有罪焉蓋無常產而有常心者古之所謂士也士誠有常心以操聖人之說而力行之則道雖不明乎天下必明於己道雖不行於天下必行於妻子內有以明於己外有以行於妻子則其言行必不孤立於天下矣此孔子孟子伯夷柳下惠楊雄之徒所以有功於世也嗚呼以予之昏弱不肖固亦士之有罪者而得友焉余友字逢原諱令姓王氏廣陵人也始予愛其文章而得其所以言中予愛其節行而得其所以行卒予得其所以言浩浩乎其將沿而不窮也得其所以行超超乎其將追而不至也於是慨然嘆以為可以任世之重而有功於天下者將在於此余將友之而不得也

嗚呼今葬予而死矣嗟夫遂原右武衛大將軍諱奉
謹之曾孫大理評事諱琪之孫而鄭州管城縣主簿
諱世倫之子五歲而孤二十八元祐辛未之九月十三日
卒紹聖四年九月丙申葬于常州武進縣南鄉薛村之
原夫人吳氏亦有賢行於是方娠也未知其子之男
女銘曰
壽胡不多天實爾嗇曰天不相胡毅爾子爾德厚也培之
嗇也進之樂以不罷不怨以疑嗚呼天民將有于茲

宋尚書司封郎中孫公墓誌銘

公諱錫字昌齡曾祖釗祖昌從父吾以禁寺帝仕及公
仕贈其父至三尚書兵部侍郎公以天聖二年進士起
家和州歷陽舒州宿松二縣主簿部使者及兩制以御

扎舉者十餘人改鎮江軍節度推官知杭州仁和縣籍取兇惡尤以不改者窮極案治之而治其餘一以仁恕故縣人畏愛之以兵部喪去三年乃思畏者以集慶軍節度掌書記充國子監直講遂校史記前後漢書南北史隋書集韻遷許王宮侍讀其教道之有法宗室召兼欽奉嘗在居眞之改著作佐郎其喪罷矣又留爲國子監丞講讀二年乃用舉者召試集賢校理同知太常禮院判吏部南曹登聞鼓院爲開封府推官賜緋魚坐考鏁廳進士舉籍中有不中格者兩人降監和州清酒務當是時龐宰相爲樞密使薦宜侍講禁中支召而公以謫去久之會明堂恩召還同判尚書刑部先時主者多持事往決於大丞公獨視法如何不

往戎州入向吉等蕃交貿賜付其部所過不輸物税
州縣捕送皆散走成都鈐轄司奏乞不以南郊赦除
其罪從之逮捕親屬繫獄至更兩赦有詔開析者刑
部詳覆官以爲特勅遇赦不原者雖數赦猶論如法
公獨奏釋之凡釋百二十三人公於議法多如此復
爲開封府推官嘗隨尹奏事仁宗問大辟幾何且
以慎刑愛人爲戒公因奏開封劫若有重於編勅而當
改者數事仁宗皆以爲然它日問尹以公姓名稱
之於是貴戚女使有奏讞上薄其罪付公鞫治曰此
人平恕可任也道士趙清貺出入龐宰相家受賂御
史以劾龐府治實清貺自爲龐不知也清貺坐杖配
沙門島行兩日死御史又劾府希宰相旨故殺清貺

殺之滅口　仁宗亦疑乃悉罷知縣推判官而以公
知太平州初清既事獨判官王礪劾我公不自辨也
未幾　仁宗即寤罷者皆復而以公提點淮南刑
獄在淮南二年所活大辟十三人考課為天下第一
所舉多善士未嘗聽人請屬一遂為三司户部判官求
知宣州許之特詔秩禄視轉運使至則召五縣令約
以州所下書有不便封還故縣得自為政而州無事
且滿州人詣轉運使提點刑獄乞留還又知舒州發
常平廣惠倉以活陳許潁汝流人及歸計口量遠近
給食遣去者率錢買香以致之府門以祝公至或感
泣初提點刑獄恐聚流人之為盜又惜常平廣惠倉數
發止公不聽中以手書又一不聽佐屬皆爭曰不可公

行之自若比代去州人闔城門留之薄暮與爭門乃
得出遂以告老致仕於是官至尚書度支郎中散官
至朝奉郎勳至上柱國　今上即位遷司封賜金紫
以熙寧元年正月十二日卒年七十八孫氏世爲廣
陵富姓兵部兄弟五人其季婦有子寡欲分財以義
譬解不得乃悉推田宅與諸兄弟脫身携公居建安
軍揚子故今爲真州人諸兄弟後破産而兵部居揚
子又卒爲富姓爲公千里迎師立學舍市書至六七
千卷公感勵奮激誦習忘寢食年十九舉進士開封
第二坐同保匿服罷而再舉又第二當是時以文學
稱天下及仕號爲忠厚正直終身未嘗言利老而貧
不以爲悔鄉人尤歸其長者有文集二十卷初娶莊

氏早卒文要裴氏刁氏刁氏封壽安縣君亦前死子湜澄泳淵淑湘早卒湊太廟齋郎後公數月死澄楚州實應主簿洙祕書丞集賢校理漸太廟齋郎女十人一人嫁三人未嫁三人嫁而卒三人未嫁而卒九月十六日葬公揚子縣懷民鄉北原銘曰

於戲孫公有直其道爲之少時以濟壯老人信公行承趨薦僞天順公德與公壽考維公有子喪事哀祗慰其考思用此銘詩

荆湖北路轉運判官尚書屯田郎中劉君墓誌銘 并序

治平元年五月六日荆湖北路轉運判官尚書屯田郎中劉君年五十四以官卒三年十月某日葬真

□子與蜀岡而二于洙以武寧章望之來求銘者
余故人也為序而銘焉序曰君諱□字亮之其先杭
州臨安縣人君曾大父諱彥琮為吳越王將有功刺
衢州兼西安於是劉氏又為西安人當　太宗時嘗
求諸有功於吳越者錄其後而君大父諱仁祚辭以
疾及君父諱知禮又不仕而鄉人稱為君子後以君
故贈官至尚書職方郎中君少則明敏年十六求舉
進士不中曰有司豈枉我哉乃多買書閉戶治之久
吾舉遂為舉首起家饒州軍事推官與州將爭公事
為所擠幾不免及後將范文正公至君大喜曰是吾
師也遂以為師文正公亦數稱君勉以學君益論議仁
恕急人之窮於財物無所顧計凡以慕文正公故也

弋陽富人爲客所誣將抵死吏受賂得其實以告文正公未
甚信然以君故使吏雜治之居數日富人得不死文
正公由此愈知君任以事歲滿將舉京官君以讓其
同官有親而老者文正公爲歎息許之曰吾不可以
不成君之善及文正公安撫河東乃始舉君可治劇
於是君爲兖州觀察推官又學春秋於孫復與石介
爲友嘗上皇帝奏便宜十餘事其一二事請通登萊鹽商
至今以爲賴改大理寺丞知大名府館陶縣中貴人
隨契丹使往來多擾縣君視遇有理人吏以無所苦
先是多盜君屬其黨推逐有發輒得後遂無爲盜者
詔集強壯剌其手爲義勇多惶怖不知所爲欲走君
以詔意爲之言稍稍皆就劉欣然曰劉君不吾欺也

應在前二校

留守稱其能雖府事往往咨君計無不用舉者通判廣
信軍以親老不行通判建州當是時今河陽宰相富
公以樞密副使使河北奏君掌機宜文字保州兵士
為亂富公請君撫視君自長垣乘驛至其城下以三
日會富公罷出君乃之建州方并縣諸里均其徭
役人大喜而遭職方君喪以去通判青州又以母夫
人喪罷又通判廬州朝廷弛茶榷君使江西議均
其税蓋期年而後反客曰平生聞君敏而敢為今濡
滯若此何故也君笑曰是固君之所能易也而我則
不能且是役也朝廷豈以為它哉亦以愛人而已今不
遽知其利害而苟簡以成之君雖以吾為敏而人必
有不勝其弊者及奏事皆聽人畏服之除廣南西路

轉運判官於是修險阨募丁壯以浚戍卒徒倉便輸
考擇官功次經其行歲二年凡利害無所不興廢
乃移荊湖北路至踰月卒家貧無以為喪自権樽諸
物皆荊南士人為具君娶江氏生五男二女男曰洊
沂汶為進士洙以君故試將作監主簿餘尚幼初君
為范富二公所知一時士大夫爭與其才君亦慨然
自以當得意已而屯邅流落抑沒於庸人之中幾老
矣乃稍出為世用若將有以為也而既死此愛君者
所為恨惜然士之赫赫為世所願者可睹矣以君始
終得喪相除亦何負彼之有哉銘曰
嗟乎劉君宜壽而顯何畜之久而施之淺雖或止之
亦或使之唯其有命故止於斯

失一葉在後

廣西轉運使孫君墓誌銘并序

君諱寬字伯強世爲孫氏其先隴西人後移光山至君
六世祖文移建安今爲南昌人也首以君大皇考爲鼻
祖君皇考諱某以太子洗馬致仕終尚書虞部郎中
其贈官至衛尉卿大皇考諱某以殿中丞致仕其贈
官至吏部尚書曾六皇考諱某當五代之亂無爵祿
以尚書故贈大理評事君始以父蔭守將作監主
簿監洪州鹽院用歲課倍得知袁州宜春縣改知福
州福清縣當是時能聞朝廷矣就除通判建州又通
判江州二州皆治遂知五州韶於天子立學以教
學者常三百人施方略捕盜賊無衆寡遠近必得以
至米鹽酒榷皆爲除弊致利移衡州不赴改江州州

人曰是嘗溢我矣不待至而服去徙潤州不至又改
信州又不赴改太平州轉運使言饒大州非君不能
治而太平不足用君乃徙饒州屬縣吏困且苦循
棄其官而去至則禁巫醫之罔民者蓄蠱者遂以善
事安撫使言治行於江南爲第一第之人發去位三
年知虔州將行三司請君制置糧漕清江一歲省緡
錢八十七萬由此選監江浙等路鑄錢坑冶以衛尉
老奏徙治所南昌發之差提點荆湖北刑獄辭不往
又請便官以養乃改江西居一月遷衛尉卿[illegible]
之尚不忍去葬所[illegible]其吉饒縣江東州縣又[illegible]
西徐賈西轉運使自[illegible]賀高以寶宣城州歲差一[illegible]
[illegible]吉縣[illegible]賞罰[illegible]運食以脊全新中[illegible]

十四員爲□行□□數十百人一自□□曾學縣吏君第其課爲三等有闕以次補擇官吏禁吏由此始二廣使者故不以奏□叉出會有詔闕遷之卒君即出道遇瘴歸卒于年六十治平二年九月二十三日也初李氏既居江南尚書未老□發其事歸養其子侍郎以分司歸亦未老嘗侍郎□□歸衛尉又以從其兄帶仕勿出德義爲南人所尊慕君既生有美質而積習名教自爲見童侍衛尉側不惰終日及壯砥礪以材能自顯其於吏治精悍果敢機張鍵閉纖一不可知目所指取必得其情狀故所在豪人猾吏畫手自是以終君去不敢有所觸君視遇其屬士大夫嘗若見遺所拔舉過百人後多知名云夫人胡氏仁和縣君子男五人長

曰承勉宣州旌德縣令早卒次曰亞夫太常齋郎曰獻夫試將作監主簿□曰渭夫試祕書省校書郎曰太平奴方晬而夭女二人長適進士常熟縣主簿余公弼次適大理寺丞田昌其鄉孫男三人君與弟尚書司門郎中定相友愛允之爲遺奏以司門之子簡夫聞詔除司門知太平州補□閒夫郊社齋郎又詔君喪所過州發卒護送以男年十一月歸殯于洪州某月某日葬新建縣桃花鄉曾山之原先墓之左呈君所自爲壽藏也君積歲官至朝奉郎並職事官至尚書金部郎中勳三轉官賜服佩至三品年□十一日□□言論自言者視亦人閒但遷望此荊楚吾治人□□錄事參軍□□□□□藏之一立□碑益銘三篇以贈吾子

均之利澤深蒔平稷乃登祿實尚饋春秋君能孝祀
君則多子子有來無窮其視章水

國子博士致仕李君墓誌銘

朝奉郎國子博士致仕騎都尉賜緋魚袋廣陵李君
者諱問字某以數學進士賜同學究出身為韶州
樂昌無為軍廬江二縣主簿河中府臨晉縣令以殿
德軍節度推官知邢州平鄉縣以大理寺丞知蔡州
吳江信州江山二縣又以太子中舍殿中丞監在京
箔場太平州蕪湖縣酒稅遂告老會今上即位遷
博士至明年而卒又明年十二月二十五日葬廣陵
某鄉某里君善為詩當時名人柳開王禹偁稱之少
貧幾不自存育弟兵以田宅弟取也及為吏所至推

誠愛人人至不忍有所負以累君去輒遜謝懇留及
老矣而彌貧然絫不以貧故變節有所取年九十精
悍如此及將卒尚讀書與家人笑語自若投其書若
將寐者遂卒卒時治平元年十一月十一日也李氏
故金陵人其後遷高郵又遷廣陵君曾祖諱某祖諱
某考諱某以君故贈殿中丞君娶開封浩氏有兩男
子察山南東道節度推官蚤卒定集慶軍節度推官
一女嫁杭州新城縣令許仲詁剡定有文行從余遊故
與爲銘銘曰
斬曠平窾幽密工相方史諏日於惟君考此室實其
永寧尚終吉

朝奉郎守殿中丞前知興元府成固縣事

君墓誌銘

楊氏自太尉震守節於漢以死而將相名臣之族多
出於華陰歷八九百年以至於今不絕爲士大夫家
而尚能譜太尉之昭穆當五代之亂君曾祖諱某者
在吳越國相其王王遷國除以於 太宗之時而國兪
之子孫歸仕於 天子父多賢顯尚書刑部郎中諱
某者君皇祖也尚書司封郎中諱某者君皇考也揚
氏之爲江都人者自君皇考始君諱某字公適幼詳
敏知好文學故幾叔祖興元府君嫁之以其子及長
而仕號爲能吏所在官治多狀[illegible]自太廟齋郎更九
官而以殿中丞知興元府成固縣事治平元年歸得
疾於楚州二月二十一日卒年六十五夫人王氏即

興元府君尚書主客郎中諱某之女五男子湜洙治滌渟湜宿州符離縣尉餘皆進士洙治前死四女子其已嫁者二人太常少卿呂壽誠將作監主簿孫經者君婿也其一人未嫁而前死諸子孫以二年十一月四日葬君江都東興鄉之北原以某嘗得侍君而君知之於少時者也故屬以銘銘曰

赫赫太尉窮于季世葬陰之陽終熾而昌艱難徂遷亦相其王王以家輔相隨内屬育子養姓尚多顯服君勤厥紹考終世禄書銘在京兆實初卜

都官郎中致仕周公墓誌銘

尚書都官郎中致仕周公卒之明年皇祐五年葬某婿丁蘊謙依請銘次其語曰公諱某字某其先□蔡

之汝陽唐末遇亂於光蘄遷江州之星子鎮太平興國中以鎮為縣又以為南康軍故今為南康人焉曾大父某大父某當李氏時皆以學行為處士家皇考某累贈尚書職方郎中始以進士起至尚書屯田郎中求監池之永豐監遂致仕已而 今天子大享明堂恩除都官于家以卒嘗令岳之沅江壽之霍丘池之建德邛之依政河南之洛陽凡五縣通判池州守二州曰蓬曰安其治之寛嚴視事劇易尤惠於池蓬蓬人愛思至為公畫像在洛陽明肅大后使中貴人用事者来留守傾身媚附之中人諷公請已獨拒之不往故相張士遜薦公說書國學且諭公見執政公固謝之其篤學果行蓋有世士夫所難者卒時春秋

七十七戒喪葬無用浮屠說有文十卷世傳之先夫人王氏封仁壽縣君二子蘊保信軍節度推官詠太廟齋郎銘曰

余聞異時宦官之幸雖隆名尊爵有紀於時者往往為之詘焉又觀古之士能無折身以市於貴勢蓋亦少也信公之所守則其賢遠矣我銘公藏不刻其他惟兹之存以勸毋邪

張常勝墓誌銘

君湖州烏程縣人姓張氏名文剛字常勝好學能文孝友順祥再舉進士不第年二十七熙寧五年九月九日卒以六年二月十日葬于鳳凰山曾祖任祖維贈刑部侍郎父先尚書都官郎中致仕女三人君妻

予從父妹也故君從予學銘曰

才足以貴而莫之知善足以壽而止於斯嗚呼逝矣

兮銘以哀之

臨川先生文集卷第九十七

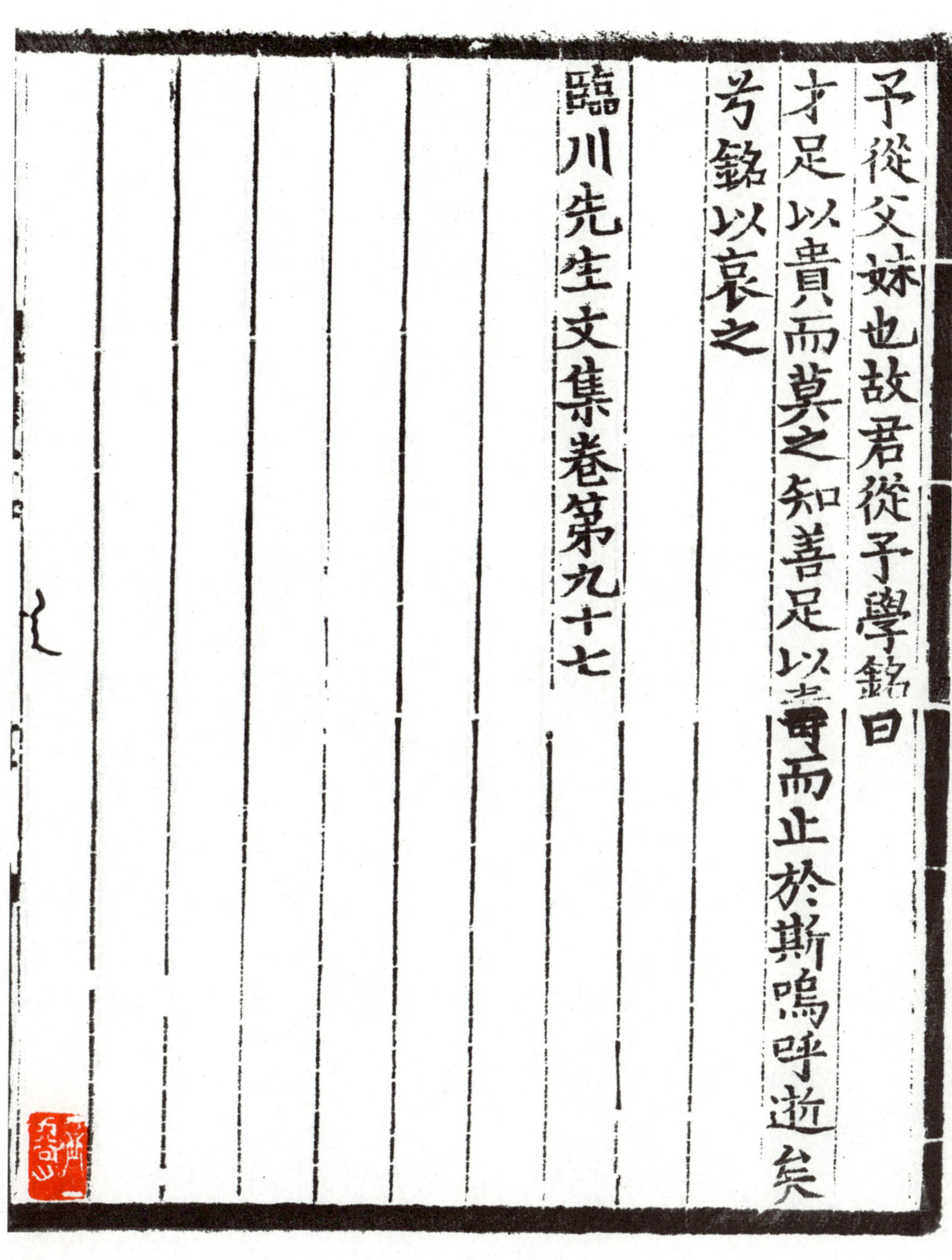

臨川先生文集卷第九十三

墓誌

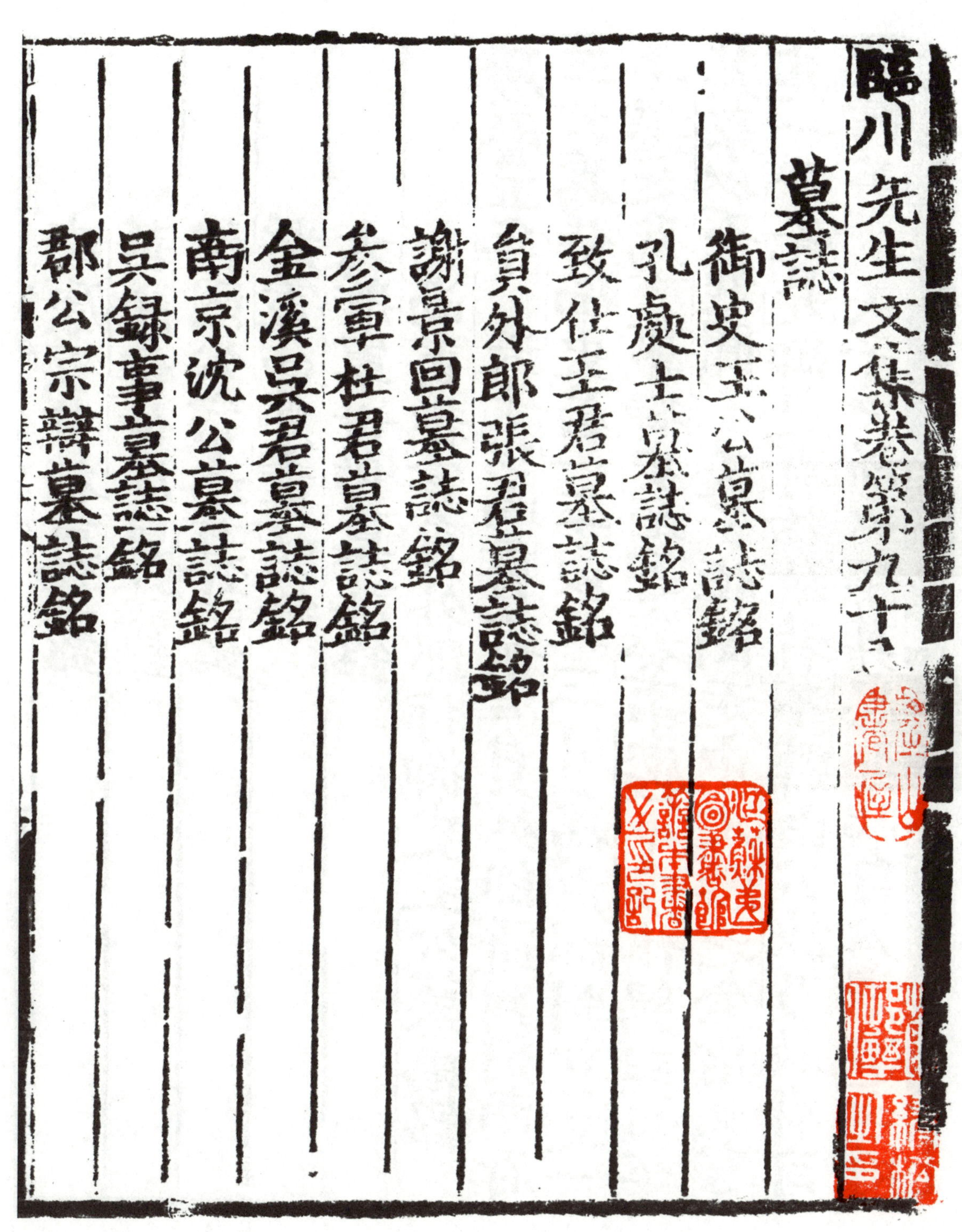

南康侯仲行墓誌銘

華陰侯仲庞墓誌銘

祁國公宗述墓誌銘

將軍仲髦墓誌銘

大將軍世仍墓誌銘

尚書都官員外郎侍御史王公墓碣銘

慶曆五年　天子以尚書都官員外郎通判荆南府王公爲侍御史居一年以入三司爲户部判官又一年遷之爲言事御史頃之奏事殿中疾作歸翌日卒其家以不起聞　天子悼閔走中人賻之金帛又官其一子先是御史有物故者不賻由公故乃敕有司與賻焉　天子之所以録其忠如此自公舉進士時

已能力學問■一術游於江淮之南爲學者所■
至爲許州法曹參軍則■甘職與強賈人抗曲直獄
■當死賴■活者至數人再主簿於杭之臨安開封
之扶溝遂遷開封府法曹參軍令皆不能出其治尹
第不敢侵其■而薦者以十數歲當遷府推官惡不
■持其奏不肯書欲詘公請已公故不詘推官慶
■無可柰何乃卒任公遷秘書省著作佐郎已而■
■進秘書丞乃出知洪州分寧縣入爲審刑詳議■
數以疑似辨上前輒□反佐荆南能以義懷其守■
■不法事嘗上書論南方用師討摇蠻不如撫而降
之利先是公在京師■天子以災異詔百官言事公
所言有以儆世者且後御史府惡老者在事不能自

已以言趣之去位公以謂於若者薄非所以廣仁孝於天下且養之非其道使至於無恥而專以法持之適所以使人薄也乃推三代禮意爲養親之頌以諷凡公之行已治民及所以論於上者皆出於寬厚敦懇而其言易直以明故其召而爲御史也未至而好公者已信其能稱職矣同時御史聞一事皆爭言蹇蹇其已嘗言公未嘗繼以言曰可悟上意足矣然排黨幸爲獨切其言多同時御史所不能言消每奉上問言人不能無過若以古繩當治之世殆無全人爲國家用者要之忠信而已忠言雖有過尚足用也其大指所存如此嗚呼古所謂賊人君子者公於是可以□之矣公既行內修其大與爲世所稱至其□愧於□

亦皆敏而盡力顧余不得盡載也然讀余之所載則
亦槩足以知公矣公諱某字某其先為漢鴈門大守
者曰澤澤後十八世雄為唐東都留守封望大原族
墓在河南而世官學不絕為閩姓至唐之將亡雄諸
孫頗陵夷始自缺其譜亡不知幾傳而至護始居福
之候官曰本河南人雄之後也護生伸伸生廷簡當
閩王審知時被署為安遠使有勞烈於其國審知死
遂置其官以老安遠二子其季居政娶邑里姚氏女
生公自護四世至公始以文行發名追官皇考至秘
書丞而以昭德縣大君封其母夫人曾氏贈尚書兵
部侍郎會之女封金華縣君婦順母嚴公所以紀其
家蓋有助焉生五男子回向固同冏皆為士其文學

行義有過絶人者故人莫不知公後世之將大顯以蕃而以公之仕不充其志為無憾也公年六十三以既卒之三年葬潁州之某鄉某原初公嘗過潁之樂故諸孤御其母家焉而以公於葬至是田之友臨川王某追銘墓上實至和二年也銘曰

顯姓維王出不一宗公先河南實祖於雄來閩四世乃挺以生其來則否其去而亨歸忠于君播惠在甿配時前人駿發以升世不載德孰為榮名謂公有後其豈公御

孔處士墓誌銘

先生諱旼字寧極陸州桐廬縣尉諱詢之曾孫贈國子博士諱延滔之孫尚書都官員外郎諱照亮之子

白都官而上至孔子四十五世先生嘗欲舉進士已而悔曰吾豈有不得已於此耶遂居于汝州之龍興山而上弆其親於汝汝人爭訟之不可平者不聽有司而聽先生之一言不着犯有司之刑而以不得於先生為耻慶曆七年詔求天下行義之士而守臣以先生應詔於是朝廷賜之米帛又勑州縣除其雜賦嘉祐三年近臣多言先生有道德可用而執政度以為不肯屈除守祕書省校書郎致仕四年近臣又多以為言乃召以為國子監直講先生辭乃除守光禄寺丞致仕五年大臣有請[illegible][illegible]生為其屬縣者於是天子以知汝州龍興縣事先生又辭辭未聽而六月某日先生終於家年六十七大臣有為之請命者乃特

贈大常丞至七年月日弟瞗葬先生於兗山都官之
兆而以夫人李氏祔李氏故大理評事昌符之女生
一女嫁爲士人妻而先物故先生事父母至孝居喪
如禮遇人恂恂雖僕奴不忍以辭氣加焉衣食與田
桑有餘輙以賙其鄉里貧而後不能償者未嘗問也
未嘗疑人人亦以故不忍欺之而世之傳先生者多
異學士大夫有知而能言者蓋先生孝弟忠信無求
于世足以使其鄉人畏服之如此而先生未嘗爲異
也先生博學尤喜易未嘗著書獨大衍一篇傳於世
蓋其行治非有得於内其孰能致此耶當漢之東徙
高守節之士而亦以故成俗故當世處士之閭獨多
於後世乃至於今知名爲賢而處者蓋亦無有幾人

豈世之所不尚遂湮没而無聞抑士之趨操亦有待
於世邪若先生固不為有待於世而卓然自見於時
豈非所謂豪傑之士者哉其可銘也已銘曰
有入而不出以身易物有從而不反以私其佚嗚呼
先生好潔而無尤匪佚之為私維志之求

右領軍衛將軍致仕王君墓誌銘

君王氏諱乙字次公其望在太原而實家大名之元
城不知其始所以徙曾祖諱安當周世宗時為閤門
通事舍人祖諱廷温開寶中泰寧軍節度副使考諱
奉諲右班殿直贈左武衛大將軍君嘗舉進士不中
因獻其所藏書祕閣而上書言先臣某逮　許王於
先皇帝有一日之幸臣實其子天子下其問騐以為

三班借職累遷至內殿崇班閤門祗候淮南東路都巡檢使皇祐二年年七十三以右領軍衛將軍致仕卒於海州而以嘉祐二年葬真州之揚子縣某鄉某原以後夫人劉氏祔於是先夫人林氏既葬矣君强記博聞剛毅而聰明好讀書雖老矣讀書未嘗少止於窮人賤士苟義所在樂與之為膠漆一欲以不直加我雖嚴貴人義終不為受也數上書言事皆中世病而用事者多不聽聽者兩言耳又事之小者然當時蒙其利言楚州可去堰為陣歲省卒二十一萬七千人錢一百三十萬米六萬八千石又言河陰可以茶鹽募入穀而漕之河北為十說以排三司之難一司不能絀其一此當時蒙其利者也　宋興百年大

定於　太宗至　眞宗內外富矣內外自是遂務以
無爲養息天下朝廷所尚賢良進士而將相大臣之
世用君方慨然懷古人趨赴功業之意欲起貧賤不
勢左右而以其辯智當人主衆圓獨方用非其時卒
以不合嗚呼甚可悲也然天下不肖多畏惡君以其
伉直而幸其齟齬不得意以老獨賢者哀之耳君子
越石秦州觀察判官其次子仁傑爲進士女二人嫁
進士林度陳州項城主簿宋諲余嘗爲君僚而與其
子越石同年進士也銘其葬曰
强能吾贏吾與之爲抗贏者惴惴吾與之爲讓卒贏
于强以窒于行維其心之亨以賢其聲也

朝奉郎尚書司封員外郎張君墓誌銘

朝奉郎尚書司封員外郎知安州軍州兼管内勸農
事騎都尉賜緋魚袋借紫張君年五十六以皇祐二
年十二月十一日卒以熙寧元年某月某日葬君諱
裯字聖休餘杭人曾祖曰浩祖曰文寶考曰延
遇仕至左侍禁贈官至左驍騎將軍君少孤與其弟
祇皆文行知名以布衣教授宗室後中進士第歷宣
州宣城縣主簿撫州司法參軍用舉者遷大理寺丞
知雅州名山洪州奉新兩縣監海州権貨務通判池
廣兩州乃自尚書屯田員外郎召拜殿中侍御史用
磨勘遷侍御史劾奏殿前都指揮使郭承祐恃恩驕
嫚論宦官雖直亦不當坐侍燕而語謫請求者又論不當
召諫官御史閤門言事　仁宗皆以為然君之為

[illegible]獄所至稱辨治及是言事又能集其職方是
時爲御史者拔舉多不次君素寬裕靜退恥以彈治
人得用未幾即稱疾求出乃知安州州大治會卒人
追喪車慟哭初驍騎府君監湖州兵遂葬于下山至是
君從葬以夫人京兆縣君施氏祔施氏生一子稚恭
爲進士一女適信州司理參軍王汝孫大正
劉令尚幼君事母孝友其弟甚篤於權勢財利能廣
吏公仲光可紀在廣州奏請城之未及築以卒而召後
儂智高反州人賴君所築活以不卒功爲悲銘曰
有嘉張君績體寬徐進非所好人用稱譽視利在前
蹲循弟趨退施一州用智之餘嗜其葬在六次有能書

謝景回墓誌銘

君姓謝氏諱景回字師復以泰寧軍節度掌書記諱崇禮者爲曾大父以太子賓客陳留公諱濤者爲大父而兵部員外郎知制誥陽夏公諱絳者君之考也幼好學有大志聰明卓然不類童子年十九所爲文辭已可傳載於是得疾不可治以嘉祐二年十二月丙子棄世於濮陽人莫不爲謝氏哀之也其兄以八年十月乙酉葬君鄧州穰縣五龍堽原之北而臨川王某爲銘曰

哉乎其爲良法乎其爲精吾見其質吾聞其聲如或毀之用不既於成哀以銘詩亦慰其兄

眞州司法參軍杜君墓誌銘

眞州司法京兆杜渙漸一叔年三十七以至和四年四

[illegible]辛酉卒于男某尚穉自將以下合葬其時以葬於[illegible]
城之野而留其孥以處之杜氏世占永豐之博野父詢
嘗歷江寧府司錄參軍于遂葬其家焉有子五人濟叔最
少實慶曆六年進士臨川王某銘其葬焉銘曰
猗嗟杜氏博野之良有官于南遂宅以藏是生司法
以節自強頎而陽陽翼翼而孝其生可懷死矣皆傷
江之北垣南墓在望奚葬不歸卜者之祥後有子孫
既實而昌求藏厥初來考銘章

金谿吳君墓誌銘

君和易罕言外如其中言未嘗極人過失至論前世
善惡其國家存亡治亂成敗所繇甚可聽世嘗所讀
書甚衆尤好古而學其辭其辭又能盡其議論年十四

十三四以進士試於有司而卒困於無所就其葬也以皇祐六年某月日撫州之金溪縣歸德鄉石廩之原在其舍南五里當是時君母夫人既老而子世隆世範皆尚幼三女子其一卒其二未嫁云嗚呼以君之有與夫世之貴富而名聞天下者計焉其獨歎彼耶然而不得禄以行其意以祭以養以遺其子孫以卒此其士友之所以悲也夫學者將以盡其性盡性而命可知也知命矣於君之不得意其亦何悲耶銘曰

蕃君名字彥弼氏吳其先自姬出以儒起之家世晃徽獨成之難幽以折歷勒維錫訂君之賁

太常少卿分司南京沈公墓誌銘

皇祐三年十一月庚申太常少卿分司南京錢塘沈
公卒明年子披子括葬公錢塘龍居里先公尚書之
兆卜十月甲戌吉與其宗謀銘則書公官壽行世來
以請予論次其書曰沈氏自沈子逞以身屬社稷書
於春秋文學實勞功名不曠于史而武康之族尤獨
顯於天下至公高祖始徙去自爲錢塘人大王父某
嘗錢氏時匿不仕王父某官咸平端拱間至大理寺
丞父某學行顯聞早世無爵位由長子同及公贈兵
部尚書公諱周字望之少孤與其兄相踵爲進士起
家掾漢陽從事高郵用舉者入大理爲丞監蘇州酒
知簡之平泉縣人銘其政於石遂自封州守往蘇
州由蘇州爲侍御史有以丞相指諷公者不爲聽居

頃之出刺潤州又刺泉州其爲治敢簡易故有司已
者輒諭以義使歸思之獄以故少泉州舊多盜日暮
市門盡閉禁民勿往來公至除其禁而盜亦以止往
開封訟數年不遣者以百數公斷治立盡嘗代其尹
爭獄於上大臣爲公自總三司使請鑄大錢下其書
議議者無敢忤公爲其判官獨曰壞四錢爲之可以
當十民盜變舊錢且盡鑄之爲誘民死耳不如無鑄
議上如公言於是 天子以江東之按察爲已憂聞
公寬厚即以爲使盡歲無所劾而部亦以治稱然公
已老不樂事樺自請得明州明年遂以分司歸第三
月卒夫人許氏六安縣君兩男世其家一女子已嫁
公稟寬厚謹貌和而內有守春秋七十四更十三官

而不一挂於法鄉黨或羞皆聞其歸則喜喪哭之多哀而無一人恨望者銘曰

公生四方卒於故里先君之從祭則孫子有櫝有松有鬱其岡不陁不騫萬世之藏

吳録事墓誌

君諱賁字晟之世爲撫州金谿人曾祖某不仕祖德銘尚書屯田員外郎父敏尚書都官員外郎君以蔭入官任吉州太和袁州萍鄉縣主簿尉蘄州石橋茶場廬州司理亳壽州江寧府録事參軍以某年月日卒于家享年若干君事親孝友于兄弟與厥修父母兄弟窮困身妻子故老妻長子人不勝憂也義不忍貲親遺產悉推兄弟比沒並妻子遵約鄉人賢以

爲難君嘗議獄上官指教再三君弗許再三上官頗歎許舉京官君弗謝乃終弗舉後他上官卒以薦直弗舉也二男子偉豪長有志行如君二女子歸吳安脩睦三令手有特操如令亶豪養寡姊嫁孤甥夫婦孝孝鄉人又以爲難卜以元豐八年某月日葬于唐州桐栢縣淮源鄉寶李村臨川王某誌

宋贈保慶軍節度觀察留後追封東陽郡公宗辯墓誌銘

公諱宗辯字慎微祖諱元佐是爲魏恭憲王考諱允升太師平陽郡王諡曰恭懿公平陽第十三子生數歲而平陽薨事母孝友于兄弟好讀書不舍晝夜常獻所爲文得試學士院兄弟四人皆中優等遷官而

仁宗遇公甚寵嘗親書近親才賢好文博古八字賜之公既好書又嗜醫方所蓄方甚衆每躬自治藥以振人之疾其惻隱不倦蓋天性也以熙寧元年七月己卯終于睦親北宅享年四十六官至右衛大將軍金州防禦使爵天水郡開國公食邑三千户食實封五伯户贈保寧軍節度觀察留後追封東陽郡公夫人李氏封德安郡君贈尚書中書令漢瓊之孫子男十五人仲富右内率府副率仲尋右羽林軍大將軍黎州團練使仲綰右武衛大將軍雅州刺史仲瑝右武衛大將軍彭州刺史仲緘右千牛衛將軍仲洂右監門率府率仲琨右内率府副率仲富前公卒餘亦皆蚤死女子十九人嫁者四人未嫁而死者九人餘

尚幼也二年二月十七日葬河南永安縣銘曰

猗歟賢公蕃此皇國耀其藻章以賁明德能不外勸維家之飭厥承詵詵餽我無射如何不怡遂永窀穸

贈虔州觀察使追封南康侯仲行墓誌銘

公諱仲行字德之故婺州觀察使諱宗迥之子贈節度使同中書門下平章事蔡國公諱允言之孫魏王諱元佐之曾孫母曰齊安郡君梁氏慶曆四年賜名除太子右衛率府率右監門衛大將軍爵天水郡開國侯食邑一千三伯户年二十二以治平四年八月二十九日卒贈虔州觀察使追封南康侯夫人張氏封壽昌縣君子男士仡早卒士泉右監門率府率其季與女皆幼君仁而好學其卒也

宗室皆憐傷其葬也以熙寧二年十二月十七日葬河南府永安縣銘曰

爵之尊祿之殖維年之甲不配德

贈華州觀察使追封華陰侯仲庶墓誌銘

公諱仲庶字子厚濮國公宗樸之子濮安懿王諱允讓之孫魯恭靖王諱元份之曾孫也母曰蕭國夫人王氏以皇祐元年賜名除太子右内率府副率二年改太子右監門率府率嘉祐五年改右千牛衛將軍八年改右監門衛大將軍治平二年領嘉州刺史四改右武衛大將軍領雅州團練使熙寧元年年二十四以三月三日卒　上為不視朝一日内出司賓祭弔贈華州觀察使追封華陰侯公生而秀麗長而聰

斂於宗室為好學上承下撫無不得意故其卒哭者皆為盡哀妻馬氏封安平縣君女一人尚幼公以熙寧二年二月十七日葬河南府永安縣銘曰

維濮世封實承安懿公緒厥慶尚終有嗣奄其喪矣一女之存歸銘幽宮以慰公魂

贈奉寧軍節度使追封祁國公宗述墓誌銘

公諱宗述字子眘韓恭懿王諱元偓之孫而東平郡王名允弼之子也以天聖元年生以景祐元年賜名除右侍禁歷太子右司禦率府右監門衛將軍左屯衛大將軍廉州刺史隰州團練使濰州嘉州防禦使熙寧元年正月十八日以不起聞　上幸其第奠哭

□□奉寧軍節度使追封祁國公越明年二月十七日葬河南永安縣公重厚寡笑言內行治家嘗有請樂振施知音樂善射尤為東平王所愛妻任氏樂安郡君子男七人仲璆仲叙仲誘仲磋仲疇仲璆早卒而又未名而死銘曰

維德之嘉維能之多惟命之不遐宗室之嗟

右千牛衛將軍仲夔墓誌銘

君諱仲夔字彥之曾祖諱元佐是為魏恭憲王祖諱允言贈安遠軍節度使同中書門下平章事封密國公父宗悅前左屯衛大將軍忠州團練使祁國公君官至右千牛衛將軍坐法廢嘉祐元年正二十二以五月二十五日卒至某年某月某日葬河南府永安

縣妻郭氏有六男子死者四人士嬴今爲右監門率
府率一人尚幼銘曰
訖靈皇宗慶之多終以無祿傷如何棄此白日營山
阿

贈右屯衛大將軍世仍墓誌銘

君諱世仍字季遷宣城郡公從審第十子宣城以越
懿王諱德昭爲祖以安定郡公諱惟和爲考君母曰
渤海郡夫人吳氏實山南東道節度使元扆之孫堅
潘氏鄭王美之孫也年二十二生二男子一女以熙
寧元年八月二十三日卒於是官至右千牛衛將軍
制以右屯衛大將軍詩其第用二年十二月十九日葬
于河南府永安縣□□□讀書能通章句過人恭□□

恩然喜飲酒以故得疾死銘曰
有昭其明有韡其榮維其悲鳴以隕其生

臨川先生文集卷第九十八

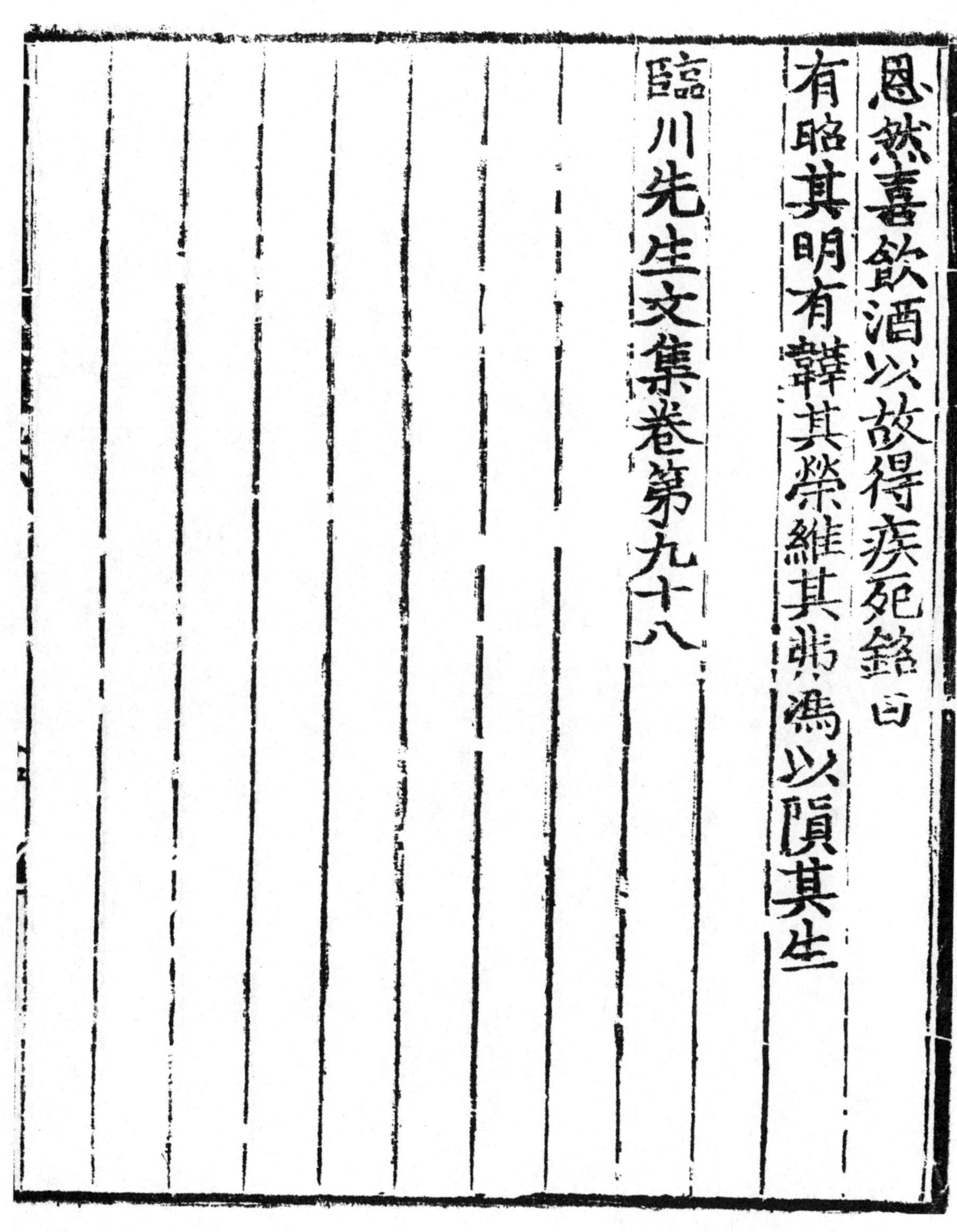

臨川先生文集卷第九十九

墓誌

寧國縣太君樂氏墓誌銘

仙居縣太君魏氏墓誌銘

右武衛大將軍黎州刺史世安故妻安喜縣君李氏墓誌銘

仁壽縣君楊氏墓誌銘

仙源縣太君夏侯氏墓碣

仙源縣太君夏侯氏濟州鉅野人尚書駕部員外郎諱晟之子翰林侍讀學士尚書戶部侍郎譙公諱嶠之孫贈太子太師諱浦之曾孫尚書兵部員外郎知制誥知鄧州軍州事陽夏公謝氏諱絳之夫人太常博士通判汾州軍州事景初之母年二十三卒後五年葬杭州之富陽於是陽夏公爲太常丞祕閣校

理博士生五歲矣而其女兄一人亦幼又十五年嘉定二年博士舉夫人如鄧以合於陽夏公之墓而臨川王某書其碣曰

夫人以順爲婦而交族親以謹以嚴爲母而撫媵御以寛陽夏公之名天下莫不聞而曰吾不以家爲恤六年於此者夫人之相我也故於其卒聞者欲其有後而夫人之子果以才稱於世嗚呼陽夏公之事在太史雖無刻石吾知其不朽矣若夫夫人之善不有以表之隧上其能與公之烈相久而傳乎此博士所以屬予之意也予讀詩惟周士大夫侯公之妃修身飭行動止以禮能輔佐勸勉其君子而王道賴以成蓋其法度之教非一日而其習俗不得不然也及至

後世自當世所謂賢者於其家不能以獨化而夫人卓然如此惜乎其蚤世也顧其行治雖列之於風以爲後世龜豈愧也哉

揚州進士滿夫人楊氏墓誌銘

揚州進士滿涇之夫人楊氏者著作元賓之女也年六十有一以治平四年十月庚戌卒而以熙寧二年八月庚申葬于其舅墓在江都縣馬坊里之南原有子七人建中居中執中存中方中閎中求中皆嚮學建中壽州壽春縣令執中潁州萬壽縣令居中舉進士女二人孫男女八人夫人性溫恭靜約事當意與否未嘗形於喜慍其止有吾母也故思其父愈久而猶悲戚不違吾姑之故事其舅愈勞不懈承其夫以順

勵其子以善而沉接於族人也又能以恩振其貧窮慈撫其賤以恕掩其過以篤悛其悍老矣歲時尚先諸婦以莅祭祀蓋夫人之性行可稱者多至如此而其子又貇貇不已以求余銘故勉爲之銘曰

滿氏有家保族衍大夫人來嬪德協内外夫喜而謂脩我鮐背子祈以盡温凊之愛奚命之畸使棄弟遠維前之祥德則弗議惟後之祥有子方賢銘以詔幽亦賁新阡

曾公夫人萬年太君黄氏墓誌銘

夫人江寧黄氏兼侍御史知永安場諱某之子尚書曾氏贈尚書水部員外郎諱某之婦贈諫議大夫諱某之妻凡受縣君封者四蕭山江夏遂昌徐陽受縣

太君封者二會稽萬年男子四女子三以慶曆四年某月日卒於撫州壽九十有二明年某月葬于南豐之某地夫人十四歲無母事永安府君至孝修家事有法二十三歲歸曾氏不及舅水部府君之養以事永安之孝事姑陳留縣君以治父母之家治夫家事姑之黨稱其所以事姑之禮事夫與夫之黨若嚴上然撫子慈撫子之黨若子然每自戒不處白人善否有問之曰順爲正婦道也吾勤此而已處白人善否靡靡然爲聰明非婦人宜也以此爲女與婦其傳而至於沒與爲女婦時無差也故內外親無老幼疏近無智不能尊者皆愛輩者皆附卑者皆慕之爲女婦在其前者多自歎一不可及後來者皆曰可矜法也其言

色在視聽則皆得所欲其離别則涕洟不能捨有疾皆憂及喪來弔哭皆哀有餘於戲夫人之德如是是宜有銘者銘曰

女子之德煦顧愉愉教賢弟行婦妻葬夫趨爲元厲勵之顯愚猗嗟夫人惟德之經媚于族姻柔色淑聲其究安初不傾不盈讒疑不信來監于銘

太常博士楊君夫人金華縣君吳氏墓誌銘并序

錢塘楊蟠將合葬其母縗經以走晉陵而問銘於其守臨川王某王某曰古者諸侯大夫有德善功烈其子孫必爲器以銘而國之人必能爲之辭越國而求銘于未之聞也今杭大州以文稱於時者蓋有一而蟠

也釋其殯千里以來銘於予蓋所以嚴其親之終而欲信其善於後世如此其慎也予豈敢孤其意以愛不腆之辭乎於是爲之序曰故太常博士知婺州東陽縣事楊君諱翺字翰之夫人金華縣君吳氏世爲婺州之金華人自其大父文顗始有籍於杭州之錢塘而楊君亦自其父徹始去處州之麗水而爲錢塘人而葬於錢塘之履泰鄉龍井之原楊君之卒也年六十七以慶曆二年十二月二十一日從其先人以葬而夫人後君十六年以卒卒時嘉祐二年年七十三而以明年二月二十日祔于楊君之墓楊君少以文學中進士甲科而聽以廉靜不苟合寡欲於世夫人有賢德淑行協于上下內外[illegible]

人其一人則尊也夫人母其韓子猶吳氏之甥雖鄉
人之胥於楊君者不知爲異母既楊君卒教養嫁娶
皆各不失其時而子端子蟠同時以進士起家爲寧
和二州推官鄰里歎慕以爲夫人榮然夫人不爲之
喜也至楊君之弟子完及進士第乃喜曰吾姒老矣
此亦足以慰其心也蓋其仁如此夫人生男女十人
卒將子輔國子端與其女子七人皆已卒而譜獨在
爲泗州軍事推官銘曰
博士有家夫人實綏博士有子夫人實教遂其門庭
發論之聲御其□興賓祭齋明畀皇命淑人錫君壽縣
問名考德夫人實賢歸哉萬年博士之丘銘以昭之
無有春秋

長安縣太君王氏墓誌

長安縣太君臨川王氏尚書都官員外郎贈太師中書令兼尚書令潭國公諱益之女尚書左丞張公諱若谷之婦尚書比部郎中諱奎之妻國子博士覲開封府雍丘尉覯之母十四而嫁五十一而老五十六而卒其卒在潁州子覲官舍實元豐三年五月己酉君爲婦而婦爲妻而妻爲母而母爲姑而姑皆可譽數其能間毀工詩善書強記博聞明辨敏達有過人者循循恭謹不自高顯晚好佛書亦信歲之衣不求華食不厭蔬慈哀所使不洽小過欲歸歸之欲嫁嫁之君二女長不慧不可以適人其季嫁中丞龔原妻也十六年葬江州德化縣兄安石爲誌如此弟安上

永安縣太君蔣氏墓誌銘

毗陵錢公餗公謹公輔公儀公佐以皇祐六年三月戊子葬其母永安縣太君蔣氏方是時太君年七十矣公謹為鄭州新鄭尉公輔為太常丞集賢校理五子者卜明年之三月壬午祔于皇考府君屯田員外郎贈兵部員外郎諱冶之墓而具書使圖所以詔後世者敘曰蔣氏常之宜興人世以財榮其鄉而其族人有以進士至大官者太君年二十一歸于錢氏與兵部君敦其孝兵部君沒太君進諸子於學惡衣惡食奄之不恤均親嫡庶有鳲鳩之德終不以貧故使諸子者趨於利以適己既其子言於朝豐顯矣里巷

之士以爲太君勞而家人卒亦不見其喜焉自其嫁至於老卒饋之事親之惟謹自其老至於沒紉縫之勞猶一不廢于婦嘗諫止之曰吾爲婦此固其職也子婦化服循其法嗚呼不流於時俗而樂盡其行己之道窮達榮辱之接乎身而一不失其常心今學士大夫之所難而以女子能之是尤難也女六人皆有歸孫七人皆幼云銘曰

詩始關雎士莫不知孰能其家內外無違閨豈在多譽成於好於惟夫人孰輔而告婦功之修婦道之行宜休而勤不耄以明紹良配淑式穀爾後昌熾其興以克有輔

建陽陳夫人墓誌銘

夫人建陽陳氏嫁同縣人余君爲繼室余君諱楚有子四人其二人則夫人之子夫人之少子翼生三歲而余君卒余氏世大姓也夫人盡畀其產以仁先母之子而使翼之四方遊學戒曰仕成汝志必力無以吾貧爲恤於是翼年十五蓋在外十二年而後以進士起家爲吏歸見夫人於鄉里方此時夫人閉門窮窶幾無以自存母子相泣閭巷聚此觀歎息曰賢哉是母有子食其禄宜也蓋食其子之祿十四年翼尉宿松而夫人年七十八以某年某月某日卒於宿松之官舍某年某月某日葬宣州宣城縣鳳林鄉竹塘里夫人之子長曰某死矣翼有文學喜議論雖久困無所合然一時文人多知之者其卒能追榮夫人乎於其葬臨

川王某銘曰

在句之陰有幽新宅誰筮葬毋瘞銘斯石子聞余姓毋氏惟陳㷀㷀其行婉婉其仁吾禄有終名則不泯

李君夫人盛氏墓誌銘

夫人盛氏其先錢塘人曾大父某諱某某官贈某官父諱某某官贈某官實始去吴有塋籍於汴夫人之幼李父文肅公稱其智曰宜以某字遂名之年二十三歸隴西李某爲某官以後生三男皆進士某某官其季曰某女子四人其長嫁某官某次嫁某官某處者其季也春秋若干先李君卒於寧海之官舍卒之某年葬某所實皇祐四年夫人事舅姑以孝聞持喪哀臞事齋飾卑衣食以其餘推親黨能讀易論語

孝經諸子之書親以教子子男女亟嫁必問賢否有挾貴以請著孝君輒不聽維夫人有以助云銘曰

夫人之德順慎明祇來胥有家婦一節節維節之難我敬爲之誰爲女史視此銘辭

金太君徐氏墓誌銘

夫人天性篤於孝謹女工婦事不懈以敏恭儉有節仁於宗族故以事其舅而順以相其君子而宜以臨其子孫而治以有賢子丈其家室其亶壽福終于壽考銘曰

姚姚女工彼徐之子來嬪金宗有衍其始鄱人大家相望而有諱則無父無姑無母帝嘉汝子服位在朝賜邑用書象首錦囊孝祇順慈俯仰皆宜考終榮祿

於慶有施偉歟夫人叶此銘詩

楚國太夫人陳氏墓誌銘

夫人陳氏故鎮安軍節度使檢校太師同中書門下平章事贈太師中書令兼尚書令定國文簡程公諱琳之妻也陳氏世家壽春其先潁川人漢太丘長寔之後也夫人曾皇考諱詡左班殿直皇祖考諱誨皇考諱京皆不仕而皇考愛賢夫人不欲以妻鄉邑乃從居京師擇所居得定公以嫁當是夫人年十九定公尚爲進士其後公至將相終于位夫人用公自臨潁縣君九封而爲衛國夫人用公子加號陳國夫人再封而得楚國夫人莊而仁儉而禮上承下御無不得其宜故在父母家爲淑女既嫁爲令妻其卒有子爲

賢。毋公薨六年當嘉祐七年夫人年七十一以十二月戊午薨于開封武成坊之第室明年二月甲申而公子以夫人祔于河南伊闕縣神陰鄉定公之墓於是公子四人嗣隆爲尚書屯田員外郎嗣弼爲國子博士嗣恭爲尚書屯田員外郎嗣先爲大理寺丞女子五人公壻榮諲爲尚書刑部郎中韓縝爲侍御史晁仲綽爲尚書屯田郎中潘士龍爲殿中丞王傜爲試將作監主簿銘曰

程公克壯萬夫所嚮奮功發名乃取將相云誰公配嬀姓氏陳文武自出太姬之孫歸佐休顯自公初邑序歷爵邑爲君夫人公旣樹勳以相爲伯帝曰留矣夫人好德能勸其夫使有嘉績往以朕命賜封大國

出書五色牋首金葩褭之重錦來告于家有豫不怠有盈不修致好內外具宜福履仍仁鳲鳩以母諸子歲時振振爲壽在廷手笏腰章亦有公甥維子之才而甥又獻維貴維富而兼壽善哉此媲姚考終得願作詩并藏爲識新窆

寧國縣太君樂氏墓誌銘

尚書屯田員外郎通判河南府西京留守司事陳君諱見素之夫人樂氏太常博士諱黃裳之子尚書職方員外郎直史館贈尚書兵部侍郎諱史之孫而贈尚書刑部郎中諱璋之曾孫也其先自京兆遷江南爲臨川人至李氏國除而史館君歸仕於 皇朝子孫多顯著於是又遷其家爲河南人焉夫人以祥符

八年歸嬪陳氏封萬年縣君又以其子封寧國縣太
君年七十五以嘉祐八年二月辛巳卒于京師卜以
三月丙寅祔葬河南唐興鄉屯田君之墓於是夫人
之子男三人其一人爲太常博士集賢校理其一人
爲祕書丞集賢校理其二人爲祕書省著作佐郎開
封府户曹參軍女子六人存者三人皆已嫁諸孫男
女十九人曾孫一人尚幼也夫人少知讀書能略識
其大指微詞數當故博士君特愛而賢之欲有所爲
多與之謀及歸陳氏不逮養皇姑矣屯田君二弟皆
尚幼也夫人鞠視如己子出奩中物以助施族人游
士之貧者盡其家蕭然也而無慍色治諸子有節法
誨厲教督造次必於文學故諸子皆以藝自奮名稱

一時以至諸孫亦多有爲善士先人與屯田君皆祥符八年進士昆弟又與夫人子爲同年友故其葬來屬以銘銘曰

夫人旣嚴兮又順以祥來配君子兮是生三良以才自致兮名聲之揚慶暨諸孫兮學問文章象服命書兮寵祿方將氣魂天游兮體魄在牀往營新宮兮嶷洛之陽作詩幽石兮示後無疆

仙居縣太君魏氏墓誌銘

臨川王某曰俗之壞久矣自學士大夫多不能終其節況女子乎當是時仙居縣太君魏氏抱數歲之孤專屋而閒居躬爲桑麻以取衣食窮苦困阨久矣而無變志卒就其子以能有家受封于朝而爲里賢母

嗚呼其可銘也於其葬爲序而銘焉序曰魏氏其先江寧人太君之曾祖諱某光祿寺卿祖諱某池州刺史考諱某太子諭德皆江南李氏時也李氏國除而諭德易名居中退居于泗州以太君爲賢而選所嫁得江陰沈君諱某曰此可以與吾女矣於是時太君年十九歸沈氏歸十年生兩子而沈君以進士甲科爲廣德軍判官以卒太君親以詩論語孝經教兩子兩子就外學時數歲耳則已能誦此三經矣其後子迥爲進士子遵爲殿中丞知連州軍州而太君年六十有四以終于州之正寢時皇祐二年六月庚辰也嘉祐二年十二月庚申兩子葬太君江陰申港之西懷仁里於是遵爲太常博士通判建州軍州事而迥

君贈官至太常博士銘曰
山朝于躋其下惟谷纘[illegible]我博士夫人之淑其淑維何
博士其家二子翼翼蕚跗其華詵詵諸孫其實其能
執云其昌其始萌芽皇有顯報日絳在後碩大蕃衍
封牲以告視銘考施夫人之效

右武衛大將軍黎州刺史世高故夫人安喜
縣君李氏墓誌銘

安喜縣君李氏連州刺史贈太師中書令尚書令繼
昌之曾孫鎮國軍節度使駙馬都尉贈太師中書尚
書令秦國文和公遵勗之孫仕備庫使贈安武軍節
度使端愿之子是為[illegible]授右衛大將軍黎州刺史
世高之妻溫柔靜恭內外親族[illegible]治平四年年二十

丟以十一月二十四日感疾死至二年十二月十三日
葬河南府永安縣銘曰

懿懿獻穆下歸以祔有來蕭雍詒乃孫子厥續皇宗
莫覩其美噫乎終藏兆此新里

仁壽縣君楊氏墓誌銘

太子中允致仕晉陵孫君諱賈之夫人仁壽縣君楊氏者其先青州千乘人曾祖諱允祖諱從皆不仕父諱寀爲進士數舉不遂初徙其家常州之無錫夫人年十七歸孫氏舅姑曰吾婦之承我也孝夫曰吾妻之助我也仁至生子而成爲士能賢以有名則又曰吾母之能誨我也自內外族親以至州里之言則又皆以其舅姑夫子之言爲信嗚呼可謂賢矣夫人生

三男子伯曰舜卿季曰昌言皆早死曰昌齡簽書建康軍節度判官廳公事治平三年自尚書屯田員外郎召爲御史五月十四日卒高郵而夫人卒享年七六十四以其月某日葬某縣某鄉某里銘曰

猗嗟夫人女德之茂中允之妻御史之母孝其舅姑以順其主人又善教子終成御史官封偕老祿養卒齒歸安新丘送者空里其哀無窮榮則多已

臨川先生文集卷第九十九

臨川先生文集卷第一百

墓誌

鄞女墓誌銘

太君羅氏墓誌銘

縣君王氏墓誌銘

太君曾氏墓誌銘

夫人吴氏墓誌銘

郡君晉氏墓誌銘

郡君齊氏墓誌銘

郡君劉氏墓誌銘

太君徐氏墓誌銘

縣君陳氏墓誌銘

王夫人墓誌銘

縣君康氏墓誌銘

太君李氏墓誌銘

縣君武氏墓誌銘

夫人李氏墓誌銘

鄞女墓誌銘

鄞女者，知鄞縣事臨川王某之女子也。慶曆七年四月壬戌前日出而生，明年六月辛巳後日入而死，壬午日出葬崇法院之西北。吾女[illegible]惠異甚，吾固疑其成之難也。噫！

仙遊縣太君羅氏墓誌銘

仙遊縣太君羅氏，出家南劍州之沙縣。祕書少監陳君諱某之曾父比部員外郎曰畯古田縣尉侃衛尉寺丞佩同學究出身偉殿中丞德之母年八十三以某年某月某甲子卒女一人適張氏孫男女若干人太君有賢行事皇姑薦氏順焉諸姒慕其所為後亦皆稱孝婦經紀內治能勤不懈以至於共少監君行治勞烈稱天下有施於後世其子孫蕃衍能中其家法皆由太君善相其夫而能教子陳氏之所以興太君與有力焉銘曰

嗚呼夫人有德有祉婦于嚴姑酒食燕喜乃相君子陳宗以興乃教衆兒有以賢稱樂其室家以暨孫曾歸然壽考寵宜從之承

壽安縣君王氏墓誌銘

江淮荆湖兩浙制置發運使少府監廣陵孫君之夫
人壽安縣君太原王氏其先自滄州之清池徙河南
世有顯人太府卿諱某贈某官皇曾祖也虞部員外郎贈
禮部侍郎諱某贈某官皇祖也屯田郎中贈吏部侍郎諱
某贈某官皇考也至夫人諸兄亦皆為郎尚書而多以材
能有稱當世夫人好讀書善為詩靜專而能謀勤約以
有禮吏部君愛之尤而擇所嫁於是少府君為大理
評事簽書淮南節度判官廳公事以夫人歸焉皇姑
曰自見有婦內外族人加親而吾食寢甘焉少府君
材能為朝廷所信以至佐昭顯其盡心外事不以家為
卹者以夫人為之内也嘉祐四年某月某甲子夫人
卒年五十三明年某月某甲子葬揚州之天長縣博

陵鄉皇姑之兆子男二人某某女六人一嫁蘇州節
度推官毗陵張誨一尚幼四先夫人卒銘曰
揭揭少府有儀有聲誰相其禄以迄休成維王淑女
順婦慈母内諧尊卑燕及婚友錦韜象軸告命之華
序章爵邑維榮有家方大弗禄以宜寵服嗚呼其祖
葬有吉卜

河東縣太君曾氏墓誌銘

尚書都官員外郎臨川吴君諱某之夫人河東太君
南豐曾氏尚書吏部郎中贈右諫議大夫諱某之子
諫議君伉直以擯死而都官君尤孝友忠信鄉里稱
爲長者夫人於財無所蓄於物無所玩自司馬氏以
下史所記世治亂人賢不肖無所不讀蓋其明辨智

識當世游談學問知名之士有不能如也雖内外族親之悍強頑鄙者循知嚴憚其爲賢而夫人拊循應接親疎小大皆有禮焉嘉祐三年某月某甲子年七十四終于寢有子四人蔿祕書丞贄亳州録事參軍其次蕃蒙曾出也皆進士而蒙爲濠州司户參軍於是蔿蕃皆已卒蔿蒙以某年某月某甲子葬夫人某縣某鄉某所之原其實夫人之外孫而夫人歸之以其孫著也涕泣而爲銘曰

靜專幽閒女子之方閱觀傳考乃士之常徜歟夫人學問明智其德女子其能則士我求子佳孰與比儕

嗚呼公父穆伯之妻

曾公夫人吳氏墓誌銘

夫人吳氏太常博士南豐曾君之配世家臨川二十四歸曾氏三十有五以疾病終子男三肇布宰女子將博士方爲撫州節度推官某年月日乃啓其殯臨川葬南豐之某地前葬肇詣於宗之長者而請於博士曰夫人事皇姑萬壽太君承顏色教令一主於順與酌衣服飲食盡其力皇姑愛之如已女於夫人得輔佐之宜於族人上下適其分今其葬宜得銘祕之墓中於以永永延夫人之德無不可者博士曰然乃來求銘夫人固早沒不及見其存時雖然博士先人行也而又肇於友莫厚焉於夫人之葬而銘也其何讓

銘曰

宋且百年江之南有名世者先焉是爲夫人之子葬

夫人於此於戲

樂安郡君翟氏墓誌銘 并序

尚書主客員外郎錢塘沈君名扶之夫人翟氏者鄂州節度推官諱希言之子太子左清道率府率致仕諱守序之孫利州葭萌縣令諱令圖之曾孫少則賢孝父母稱之及嫁爲婦則舅姑稱之如父母處娣姒能和以有禮畜妾御能正以有仁閨門雝雝上下順治自皇舅尚書公以才爲時用繼以主客及夫人之子而沈氏曰大矣夫人之德善亦曰以顯内外親皆悦服而歸之以謂其必大享爵禄終於壽考乃以治平三年九月十日卒于京師享年五十七初主客自河北提點刑獄移知明州而長子方領開封府事治

有異狀爲 上所禮以夫人父之孫請於 上留主家京師詔特聽留以佐三司於是諸名壘治夫人無所不爲然終不起始封長安縣君進京兆樂安二郡君生五男三女男曰■翰林學士右諫議大夫知制誥曰迥秦州軍事判官曰遼將作監主簿監壽州酒曰邈漳州漳浦縣主簿曰迪試將作監主簿女適校書省著作佐郎顏處恭邢州堯山縣令王子韶太常博士監察御史裏行蔣之奇翟氏齊州金鄉人齊州團練使守素當 太祖時親信任事後人因多爲武吏而夫人獨好文學舉進士中第負材任氣不苟有所屈以終不得意夫人之兄嚴亦知名又早世夫人傷其家替每獨歎息 今上即位翰林守蘇州其季

舅推康以奉獻得仕今爲道州寧遠縣主簿夫人既卒詔以主客知蘇州十二月某日葬夫人杭州錢塘縣龍居山舅姑之兆銘曰

沈侯世獻得祖推媛歸嬪于宗誨子而產相之斯何德則有儀壽之靳何慶則有貽始周姓姬從氏爲翟於梁曰瓊實詒其國至漢高陵又以才稱世降弗嗣乃隋女子許公之良公武之母昭於銘詩鏗鏗與夷彼暴而興亦蕩其沮我以吾仁其昌孰禦杙杙中立萬木如蒙往從舅姑協我初龜

高陽郡君齊氏墓誌銘

夫人故翰林侍讀學士贈開府儀同三司王公諱洙[illegible]力臣今太常寺太祝欽臣祕書省

著作佐郎陟臣秘書省正字曾臣之繼母也齊氏好讀書能文章有高節美行治平二年年五十五以五月初三日終于亳州其子之官舍治平三年十月初八日祔葬於南京虞城縣孟諸鄉田丘里初夫人自衷早孤誓不嫁以養母及公失初室諸子幼聞夫人賢行求之曰是必能母吾子於是母兄強嫁之及歸果能母諸子聰明而仁恭儉以有禮閨門欣欣無一異言始封縣文安又封郡高陽而公卒即舉家屬之子婦齋居素服不御酒樂以至沒齒雖能爲詩然未嘗以視人及終乃得五十四篇其言高潔曠遠非近世婦人女子之所能爲又得遺令一篇令薄葬其言死生之故甚有理齊氏祁州蒲陰人夫人曾祖諱

其攷不仕祖諱安故不仕並考諱永清莫州防禦推官兄校弟惲皆知名公四男一女女嫁尚書職方員外郎陳安道夫人既善撫諸子而諸子亦多賢能致孝於葬來求銘銘曰

往葬中山有孝孝齊少孤侍母悲不忍離及以義行乃終順慈顯顯王公學問文章族爲大家爵祿寵光來繼來助其賢則譽銘詩幽言以告齊終齊終有始自其爲子

同安郡君劉氏墓誌銘

尚書戶部侍郎致仕廬陵王公贄之夫人同縣劉氏女也父諱某祖諱某曾祖諱某三世皆弗仕然[illegible]人姓方公少時夫人父知公必貴故歸以其子[illegible]

人之有父母家既以孝聞及嫁舅姑[illegible]又能相
其夫以順又能為其婦子以慈公嘗[illegible]
史館聽用閤天章龍圖樞密三學士夫人亦累封為
司。郡君治平四年十一月七日終於廬陵宜地坊
之私第有二子儀殿中丞前死翁今爲尚書都官員
外郎女一人嫁撫州軍事推官呂嘉問公之告老謂以
傳通判奉州以養及是喪夫人能自致焉明年某月
某日葬某縣某鄉某里銘曰
於美夫人明惠順飭來嬪王宗時甚宜其德公登玄朝
望命所特出使入侍往來赫赫登蘇大家自我承冀
有田有廬偕老而息亦有孝子媚于朝夕嗚乎終哉
兆此幽宅

仁壽縣太君徐氏墓誌銘

夫人徐氏饒州浮梁縣人曾祖諱某官祖諱某父諱某皆不仕夫曰尚書屯田郎中金君諱某同縣人進士子十一人男四人君著君佐君壽君佑皆進士君卿今爲尚書職方員外郎女七人皆適士族孫十九人男六人女十三人巳嫁者十二人曾孫男女十四人外孫四十七人夫人以職方故封金堂壽安二縣君又封仁壽縣太君後郎中之歿九年享年七十七卒於池州官舍嘉祐三年八月十三日以四年某月某日葬於某鄉某里祔郎中之葬夫人天性篤於孝謹及攻婦事不懈以敏躬儉有節仁於宗族故以事其舅姑而順以相其夫子而宜以臨其子孫而

子夫其家，宜其子孫，福祿終壽考。臨川王某銘曰：

婉婉女工，彼徐之子。來嬪金宗，有衍其始。鄱人大家，相望而有。諱則無父，無姑無母。帝嘉汝子，服位在朝。賜邑用書，冒來首錦。囊孝衣順，慈俯仰皆宜。考終舉祿，於慶有施。偉歟夫人，協此銘詩。

永嘉縣君陳氏墓誌銘

陳氏於蘇州爲大姓，夫人者太子中允諱之武之子，某官贈太常卿諱郁之孫，左贊善大夫諱賁之曾孫，而太常博士王君諱逢之妻也。聰明順善，動有禮灋。以不及養舅姑也，故於祭祀尤謹。博士祿賜盡之宗族朋友，不足則出衣服簪珥助之，而不言。盡飾妾御進之不忌然博士終無子蓋吾聞於博士者如此撫博士之兄子如己子哭博士三年未嘗無陳氏除喪大貧顯者求以爲妻族人强之不可又强之則涕泣自誓居頃感疾以死蓋吾聞於博士之兄子景元者如此然夫人之行非特出於二人之言凡習陳氏三氏者皆知其爲賢而哀其志其封曰永嘉縣君其卒於蘇州以治平二年十一月九日年三十八其葬以三年十一月某日從博士於閶門之西原銘曰

穀也從於此哭也隨以死歸哉與命奚傷乎無子

王夫人墓誌銘

右侍禁知循州興寧縣事瀛陵馬君諱彥先之夫人王氏我叔祖尚書主客郎中贈右諫議大夫諱貫

之子年二十三嫁周氏嫁六年生一子獬而周君卒後十八年子濤爲秘書省著作佐郎知汝州梁縣事而夫人年四十八以疾棄世於梁縣子濤等護其喪歸以嘉祐四年十一月二十九日庚申塟海陵城北之兆夫人心壯而行厲氣和而色婉撫接内外親踈皆有恩意而於人終不校嗚呼其賢如此銘曰

於嗟夫人少憫憂祗專靜嘉好衆仇克協娣子祠春秋方胥有家裕厥修不永於享其何充序哀以銘款諸幽

右監門衛大將軍世耀故妻仁壽縣君康氏墓誌銘

皇族右監門大將軍世耀之妻康氏故内殿崇班閤

門祗候遵度之子祖曰廷翰皇任磁州防禦使曾祖曰碩皇贈左千衛牛大將軍以嘉祐三年爲宗婦封仁壽縣君生令一子優爲右千牛衛將軍而以熙寧元年六月九日疾病死享年二十有六自爲女子以至於爲母卑尊幼長無所非議故於其死皆哀憐二年二月十七日葬河南永安銘曰

芒乎其孰致而來奄乎其孰推而往爲之幽宮覆以新壤魂浮氣游變化惚恍宛其德音尚可追想

壽安縣太君李氏墓誌銘

新喻蕭渤狀其母授息總使來求銘以葬惟夫人姓李氏於邑里實大姓曾祖諱某祖諱某考諱某皆弗仕而曾祖以其孫憲成公故封官至太子太師夫人

柔順靜專俯仰有儀年十有五而嫁是爲鼎州團練推官蕭君諱貢之妻年二十有一生渤湞澈三男一女子而寡執節不嫁父母欲奪之不得卒就其男官學歸其女爲士妻孫曾詵詵饋祀裕如鄉人歸高稱諺嘆息治平三年渤用尚書駕部員外郎選主廣濟河漕而夫人年六十有八以九月八日卒於東都之私寢越明年某月十有一日合葬新喻某鄉某里於是推官君以渤故贈右諫議大夫夫人封壽安縣太君銘曰

有幽新宮在昇之陽慶既造家乃終同藏共伯之妻文伯之母於嘉夫人亦緒厥後磨石摛丹詒銘永久

石千牛衛將軍仲馬故妻永嘉縣君武氏

墓誌銘

皇族右千牛衛將軍仲馬之妻故永嘉縣君武氏內殿崇班掖之子故左班殿直昭遜之孫贈尚書工部侍郎崇亮之曾孫年十八以熙寧元年十二月十四日棄世以明年二月十七日葬河南永安縣君在襁褓父母以爲婉及嫁節儉慈仁人稱之銘曰

象服之粲兮容車之睆兮歸于陵陂哀歌以相挽兮摛銘纊石識幽以告遠兮

鄭公夫人李氏墓誌銘

尚書祠部郎中贈戶部侍郎安陸鄭公諱紓之夫人追封汝南郡太君李氏者尚書駕部郎中贈衞尉卿文蔚之子也光州仙居縣令贈工部員外郎諱岵之

金陵全書

丁編·文獻類

臨川集拾遺

（宋）王安石　撰
（民國）羅振玉　輯

南京出版傳媒集團
南京出版社

宣統紀元再游海東觀書于宮內省之圖書寮見宋槧本王文公集每半葉十行行十七字構字下注御名蓋刊于南渡之初彫刻至佳宋槧之最精善者尚存七十卷而佚其末典書官爲予言曾以宅善本與此比勘宅本往往有佚篇時以行程匆遽不及詳究惟覺其類次先文後詩與明代復刻紹興中桐廬本先詩後文者大異爰記其目次曰書（卷一至卷八）曰宣詔（卷九）曰制誥（卷十至卷十四）曰表（卷十五至卷二十一）曰啓（卷二十二至卷二十四）曰傳（卷二十五）曰雜箸（卷二十六至卷三十三）曰記（卷三十四三十五）曰序（卷三十六）曰古詩（卷三十七至卷五十一）曰律詩（卷五十二至卷七十）於小冊中而歸亡友合肥蒯禮卿

京卿篤好荆公集求宋槧本不可得歸以告之並示所記目次禮卿大喜而恨不得寓目讓予曰君盍再作十日留詳校其目寫其佚篇以歸不猶賢于僅記目次乎相與憮然乃未幾而禮卿物化及歲辛亥避地扶桑度門戢影惟以校勘古籍消遣歲時今年春念及斯集計惟東友島田氏翰曾校書祕省彼或校錄而數年前已以事自裁墓草宿矣彼固有增訂本古文舊書考在武進董氏許中或載此書叉疑佚文未必備錄姑移書假之比至展觀則諸佚篇咸在焉爲之喜出望外長夏苦雨取歸安陸氏所錄荆公佚詩佚文載入羣書校補者

合以宋槧本所載不見桐廬本臨川集者依其類次輯爲一卷命兒子福萇錄之既成顏之曰臨川集拾遺將寄滬上校印以償十年未竟之志以慰禮卿島田於地下並弁語簡首以告讀是書者俾知此編成之之難有如是也宣統十年戊申六月上虞羅振玉書於海東寓次之嘉草軒

臨川集拾遺目録

古詩

律詩七言絶句

蓬萊詩宋槧本王文公集

夏畋扇紀事宋詩

賦

首善自京師賦宋文鑑

劄子

論孫覺令吏人寫章疏劄子同上

進二經劄子宋槧本王文公集卷二十

制誥

大理寺丞張服改太子中舍制同上卷十一

宋守約殿前都虞候制同上

表

賀降皇太子表代播芳大全文粹

賀生皇子第五表宋槧本王文公集卷十五

又第六表同上

又第八表同上

賀正第五表同上

又第六表同上

賀冬第四表同上

賀南郊禮畢表同上

名實論下同上

荀卿論上同上

雜著

夫子賢於堯舜說宋槧本王文公集卷二十八

國風解同上卷三十

論舍人院條制同上卷三十一

祭先聖祝文播芳大全文粹

祭先師祝文同上

書

上蔣侍郎書宋槧王文公集卷二

與林宰書播芳大全文萃

與呂參政書同上

再答呂吉甫書宋槧王文公集卷六又播芳大全文粹

答田仲通書王文公集卷六

答杭州張龍圖書同上

答王深甫書同卷七上

啓

賀杭州蔣密學啓宋槧王文公集卷二十二又播芳大全文粹

賀太守正啓播芳大全文粹

回皇親謝及第啓宋槧王文公集卷二十二

目錄

上海聚珍倣宋印書局印

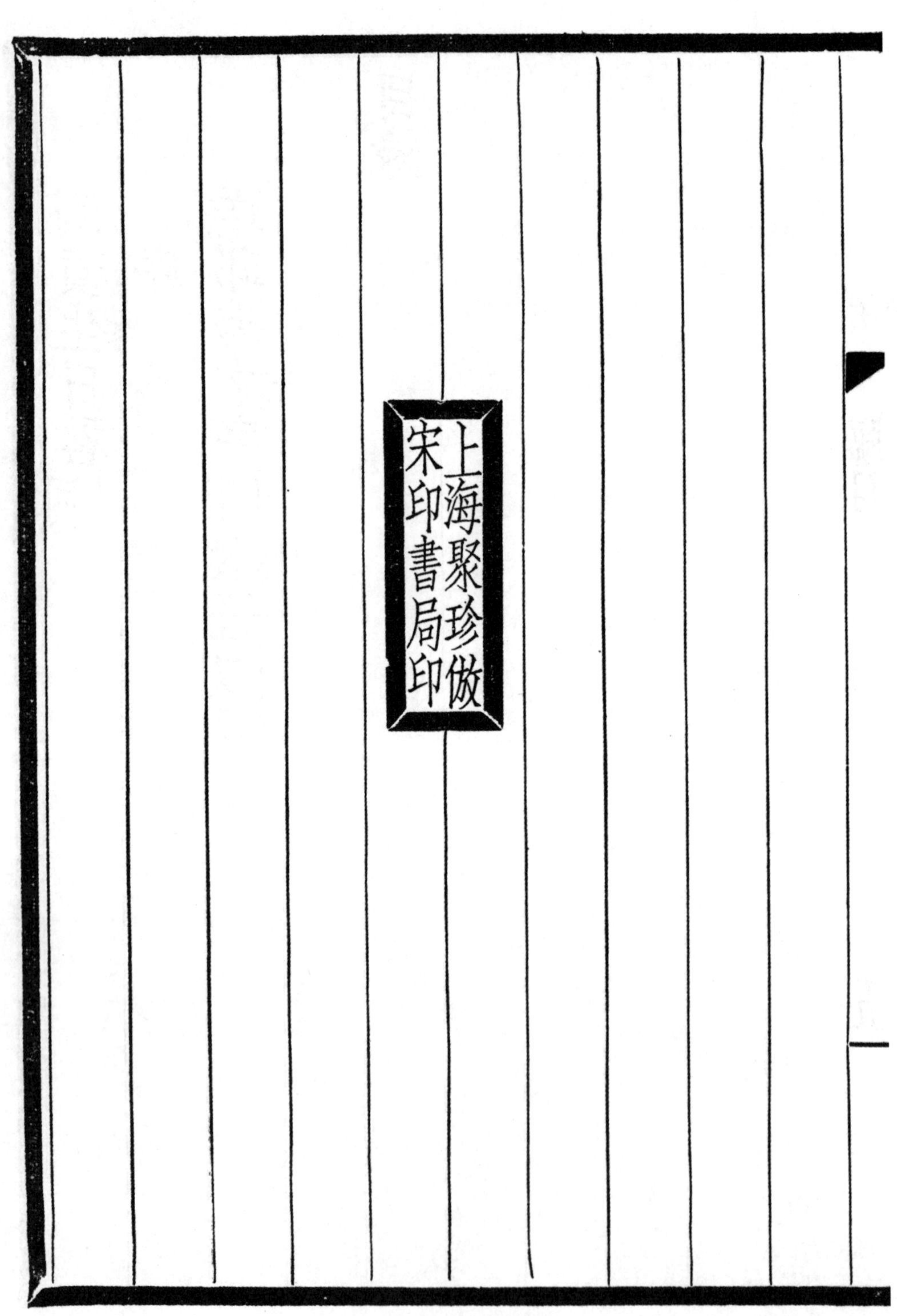

臨川集拾遺

古詩

書會別亭

西城路居人送客西歸處年年即問去何時今日扁舟從此去春風吹花落高枝飛來飛去不自知路上行人亦如此應有重來此處時

馬上

三月楊花迷眼白四月柳條空老碧年光如水盡東流風物看看又到秋人世百年能幾許何須戚戚長辛苦富貴功名自有時簞瓢菜茹亦山雌

老人行

老人低心逐年少年少還爲老人調兩家挾詐自相欺
四海傷真誰復誚飜手作雲覆手兩當面論心背面笑
古來人事巳如此今日何須論久要

律詩七言八句

西去

馬頭西去百沾襟一望親庭更苦心巳覺省煩非仲叔
安能養志似曾參憂傷遇事紛紛出疾病乘虛疊疊侵
手把詩篇臥空室欲歌商頌不成音

寄池州夏太初

一水衣巾翦翠綃九華環佩刻青瑶生才故有山川氣
卜築兼無市井囂三葉素風門閥在十年塵跡履綦銷
歸榮早晚重攜手莫負幽人久見招

律詩六言絶句

題舒州山谷寺石牛洞

水泠泠而北出山靡靡而旁圍欲窮源而不得竟悵望
以空歸

律詩七言絶句

蓬萊詩

西風不入小窗紗秋氣應憐我憶家極目江南千里恨

依前和淚看黄花

夏畋扇

白馬津頭驛路邊陰森喬木帶漪漣斜陽一馬悤悤過
夢寐如今十五年

賦

首善自京師賦崇勸儒學爲天下始

王化下究人文內崇繄京師首善之教自太學親民之
功闓承師論道之基先緜轂下廣成俗化民之誼甫暨
寰中古之聖人君有天下治遠於近制衆以寡不用文
何以修飾政教非設校何以崇明儒雅迺建左學率先

諸夏在郊立制繫一人之本焉養士興仁形四方之風也本仁祖義取材斂賢講制量于中土邕聲明於普天始於邦家用廣師儒之衆行乎鄉黨斯爲庠序之先是何拳拳諸生亹亹先覺所傳者道德仁義所肄者詩書禮樂以言乎功則萬世用乂以言乎化則八紘匪邈其流及於三代率以明倫此理達於諸侯誰其廢學故曰校官者庶俗之原本京邑者羣方之表儀養原於上則庶俗流被設表於內則羣方景隨惟時於變緊上之爲三王四代惟其師使人知化兆姓黎民輯於下自我興基向若俗敗隄防朝隳統紀教化之宮衰落禮義之官

廢弛鄉風者無以勸於善肄業者不能官其始則撫封之主毁鄉校者有之承學之民在城闕者多矣必也啓胄子之祕宇據神邦之奥區憲先王而講道風下國以恢儒邑翼翼以宅中契商人之詠士彬彬而蒙化參漢室之謨噫孝武逸王也而有興置之謀公孫具臣也而有將明之論矧睿明之主紹起俊乂之僚並建宜乎隆儒館以視方來使元元之敦勸

劄子

論孫覺令吏人寫章疏劄子

臣今日蒙宣諭召以孫覺令吏人寫論列大臣章疏臣

初亦怪其不能謹密但疑此朋友所當誨責非人主所當譴怒繼又反復思惟陛下以覺爲可聽信故擢在諫官進賢退不肖自其職分所當論列雖揚言於朝以迪上心於義未爲失也但令吏人書寫章疏誠不足加以譴怒凡人臣當謹密者以君子小人消長之勢未分言有漏泄或能致禍如其不密則害於其身若遭值明主危言正論無所忌憚亦何謹密之有乎惟有姦邪小人以枉爲直懼爲公論之所不容則惟恐其言之不密若得此輩在位陛下何所利乎若陛下疑覺有交黨之私招權之姦則恐盛德之世不宜如此魏鄭公以爲上下

各存形迹則國之廢興或未可知若陛下不考察邪正是非而每事如此猜防則恐善人君子各顧形迹不敢盡其忠讜之言而姦邪小人得伺人主之疑行讒慝也若陛下恐陳升之聞此或不自安臣亦以爲不然漢高祖雄猜之主也然鄂秋明論相國蕭何功次而高祖不疑乃更加賞亦不聞蕭何以此爲嫌陛下聖明高遠自漢以來令德之祖皆未有能企及陛下者每事當以堯舜三代爲法奈何心存末世褊吝之事乎書曰任賢勿貳去邪勿疑不明知其賢而任之以爲賢不明見其邪而疑之以爲邪非堯舜三代之道也陛下以臣爲可信

故聖問及之臣敢不盡愚今日口對未能詳悉故謹具
劄子以聞

進二經劄子

臣蒙恩免於事累因得以疾病之餘日覃思內典切觀
金剛般若維摩詰所說經謝靈運僧肇等注多失其旨
又疑世所傳天親菩薩鳩摩羅什慧能等所解特妄人
竊藉其名輒以已見爲之訓釋不圖上徹天聽許以投
進伏維皇帝陛下宿殖聖行生知妙法方册所載象譯
所傳如天昭曠靡不幬察豈臣愚淺所敢冒聞然方大
聖以神道設教覺悟羣生之時羽毛皮骼之物尚能助

發實相況臣區區嘗備顧問又承制旨安敢蔽匿謹繕錄上進干浼天威臣無任惶愧之至

制誥

大理寺丞張服改太子中舍制

周官三歲則大計羣吏之治而誅賞之故朕時憲以爲考績之法夫吏者三歲能率職厲行而無罪悔是亦宜有賞序官一等以慰爾勞績維爾艮能宜加報稱

許將可大理評事制

勅將先帝親策進士於廷而以爾爲第一爾於藝文可謂能矣所以施於政者朕將有所試而觀焉夫士之遇

時不患無位患所以立而已往其勵勉以副朕求

沈德妃姪授監簿制

勅某京官吾所重也故設磨勘之法以待吏部之選非有勞而無罪及有任舉之官則不可以得之爾由外戚以孩幼入官得吾之所重其强勉學問求爲成人以稱吾待爾之意

皇親叔敫轉官加勳制一

朕大賜於天下雖疏以遠無遺者矣又况於宗室之近哉爾序官內朝克有嘉問繩繩之慶協於聲詩褒命有加往其祇服

皇親叔敖轉官加勳制二

朕既肆祀於明堂而大賚以布神之福爾列名屬籍序位內朝肅雍在庭克相釐事以差受寵其往懋哉

覃恩轉官制一

勅某等永惟先帝君臨天下餘四十年功德之所及博矣非夫在廷文武之士宣力中外亦何以致此哉眇然之躬嗣守成業敢忘大賚以勞衆工爾等各以才選序于朝位膺踐祿次往其丕欽

覃恩轉官制二

朕初即位奉行先帝故事大賚四海阻深幽遐無所不

及矣又況於朝廷之上豈可以忘哉爾等能以忠力靖共職事進位一等往其欽承

吳省副轉官制

朕設考課之令以待萬官之衆不欲使一介之賤有勤而不察有善而不知又況於左右任信才良之臣校功數最當以敘進者乎以爾具官某學足以知前人智足以議當世比更選用皆以才稱三司地征使務爲劇往貳厥事不勞而能疇其積功遷位一等是雖有司之常法然非夫效實之如此則何以稱焉

士度支轉官制

爾才能行義多爲士大夫所稱故起爾於貶斥而歲餘超遷以佐三司今有司考績又當增位朕爵賞樂與士共而嘉爾之有勞往其欽哉永稱厥職

承制王欽等轉官制

勑某等嘉我未老而經營四方詩人之所謂賢勞也可無報稱哉以爾欽戍于南方之窮而任監護之官以爾惟正屯于西路之要而服追胥之事其役遠其責重而能祗慎所職以有累日之勞其各遷位介于內朝之使以爲報稱夫有功而見知則說矣此人之情也以所願乎上施於下則士孰不樂爲爾用哉其亦勉之而已

崇班胡珙等改官制

功懋懋賞先王之所以厲天下而成衆治也今吾使珙監兵馬于外而使可一典治材于中皆積日月以赴功其各賜官一等以稱吾懋賞之意

宋守約殿前都虞候制

營衛之士皆天下武力之高選也所使虞度軍中之事者豈可以非其人哉具官某等造行謹艮致位休顯勳勞之實簡在朕心各以序遷往惟祇服

表

賀降皇太子表代

甲館告𥁞天爲百瑞恩言周布懽動四方中賀臣聞聖則多男人之所祝冠而生子古以爲祥恭惟昌期宜有昭報上以慰兩宫之念下以爲萬世之基凡在寰區舉與善頌伏維皇帝陛下聖神文武睿哲温恭以天縱生知之資務日就默識之學内修法度焕然一代之文外服戎夷終自兩階之舞承列聖之丕緒方懷燕翼之思以百姓而爲心宜有子孫之福謚著思齊之聖更形既醉之詩十四月而生堯已有同德之兆千萬歲而壽武願同庶物之心

賀生皇子第五表

祉扶宗祏慶襲宮闈凡預照臨惟胥鼓舞中謝臣聞有秩秩幽幽之德所以考室而見祥有詵詵揖揖之風所以宜家而多子克參盛美允屬昌時伏維皇帝陛下膺命上天紹休烈祖本支方茂用光世德之求功業能昭永賴孫謀之燕遹追來孝申錫無疆臣久玷恩私外叨屬任四方來賀望雙闕以無階萬福攸同撫微軀而有賴

賀生皇子第六表

本支浸衍實爲萬世之休遐邇同欣胥賴一人之慶中謝臣聞王懋厥德則后妃無嫉妬之心天錫之祺則子

孫有衆多之美蕃蘁有繼垂裕無窮伏維皇帝陛下躬睿智之資撫休明之運教由内始正自身先治既格於人和誠遂膺於帝祉乃占我夢實多考室之祥則百斯男克紹刑家之慶臣叨榮特厚竊忭尤深雖接武縉紳莫預造庭之列而瞻威咫尺唯傾就日之誠

賀生皇子第八表

臣某言伏覩進奏院狀報誕生皇子者宮闈嗣慶寰海交欣凡逮戴天惟均擊壤中謝臣聞螽斯之言衆子是爲王者之詩華封之祝多男亦曰聖人之事恭惟皇帝陛下紹祖休顯憲天昭明致文武之憂勤成堯舜之仁

孝宅師無競筦簟之寢既安傳類有祥弓韣之祠屢應詒謀方永錫羡用光臣託備藩維叨承睿獎不顯亦世家實預於榮懷於萬斯年心敢忘於慶賴臣無任瞻天云云

賀正第五表元豐六年

人正肇序歲事更端物乘引達之期朝布始和之令臣中謝伏維皇帝陛下動稽天若道與時行一德紹休新又新而弗息萬靈隤祉朔復朔以無期臣久誤聖知外叨方任奉觴稱慶踵弗繼於朝紳嚮闕傾心目如瞻於天仗

賀正第六表元豐七年

伏以肇天德於青陽羣生以遂憲邦經於正歲百度惟新臣中謝伏維皇帝陛下妙用勑於時幾大仁參於化育于帝其訓既格神人之盗維春之祺遂如山阜之固惟仰祈於壽祝思自致於誠心

賀冬第四表元豐五年

陽舒以復陰極而終視履考祥乃見行中之吉對時育物以滋衆萬之生恭維皇帝陛下心玩神明誠參天地保大和而率豫介百福以來崇臣比解繁機叨承外寄莫預稱觴之列但深存闕之思

賀南郊禮畢表

臣某言伏覩今月二十七日南郊禮畢者熙事備成湛恩汪濊上格三靈之祐俯臻萬物之和中謝臣聞致孝以顯親而其仁極於配天隆禮以尊上而其義盡於饗帝迪前王之能事考有司之盛儀作民恭先唯聖時克伏維皇帝陛下紹膺丕緒懋建大中飭齋戒之誠心稱燎煙之吉禮四表率籲皆致寍神之驩多士具來悉秉在天之德既受釐於元祀遂均惠於寰區凡在觀瞻孰不呼舞臣夙叨睿奬親值休辰雖進趨無預於相儀而欣幸實同於賴慶臣無任云云

乞皇帝御正殿復常膳第三表

臣某等言：伏覩手詔，彗出東方，自今月十一日更不御正殿，減常膳，如故事者。太史瞻文，告星躔之表異；中宸軫慮，順天道以變常。凡暨臣工，靡遑夙夜。臣某等中謝竊以天人相與，精祲交通，厥維至誠，迺有嘉應。伏維皇帝陛下欽文繼統，恭儉在躬，因世久安，革時大弊，運聖神之化，鼓動於羣生；建文武之功，緝成於大業。雖有異星之變，何傷聖德之明？顧乃徹膳避朝，深念畏天之實；赦過宥罪，廣敷惠下之仁。精誠式孚，妖象既殄。伏願趍傳清蹕，肆陳路寢之儀；復御珍羞，中飭內饔之職。冀垂

淵聽俯徇輿情臣等無任祈天俟命激切屏營之至

辭使相第三表

臣某言兼榮將相託備藩維雖皆序爵以稱功乃以辭榮而竊寵自惟忝冒彌積凌兢中謝伏念臣晚值聖時久陪國論詢謀下逮或有誤合之片言睿智日躋實爲難逢之嘉會所願備殫其智力以圖稍就於事功末學短能固知易竭要官重任終懼顛躋遂當引分以避嫌重以罹憂而成疹冒聞已瀆敢逃逋慢之誅聽察俯加更溢褒延之數此蓋伏遇皇帝陛下懋昭大德灼見俊心謂其陳力之已疲及此籲天而賜閔弃包之度示無

替於始終報稱之心冀不忘於夙夜臣無任云云

乞免使相充觀察使第一表

臣某言近累具表乞以本官外除一宮觀差遣伏奉勑命就除充集禧觀使權於江甯府居住仍放朝謝者以病自陳庶全於私分蒙恩幸許尙竊於隆名淪肌雖荷於優容省巳終難於叨昧輒披情素上冒聰聞伏念臣久玷近司迄無明効終蒙解免實賴保全自顧衰骸巳難勝於勞勩數違明詔實仰冀於矜憐號兼將相之崇身就里閭之逸誤恩若此前載所無非惟私義之難安固亦公論之弗與伏望陛下深垂簡照俯徇虔祈特回

復號之已孚許以本官而充使如此則上足以成陛下
循名之政下足以免愚臣冒寵之輕臣無任云云

乞免使相充觀察使第三表

温厚之辭屢加褒勉顓愚之守尚冀矜憐敢逃冒責之
誅願獲終辭之志伏念臣衰殘控訴寵奬優從休其疲
勩之餘賜以燕閒之樂叨恩已厚序爵更崇且名器不
以假人而乃繆當非次飫牢欲其稱事而乃坐享不貲
是將危身亦以累國伏維陛下公聽以揆萬事原省以
通衆情因志反汗之嫌俾遂籲天之欲庶安愚分用厭
師言

謝賜生日表

臣某言伏蒙聖慈特差臣女壻前守常州江陰縣主薄蔡卞沿路押賜生日禮物衣一對衣着一百匹金花銀器一百兩馬二匹金鍍銀鞍轡一副者寬假之恩幸從於私欲匪頒之寵尚玷於常科知報稱之艮難積驚慙而實厚伏念臣見收末路承乏近司犬馬之力己殫訖無補報螻蟻之誠自列竊幸退藏尚兼將相之崇且受藩維之託叨逾已極賜與更蕃此蓋伏遇皇帝陛下仁冒海隅禮優臣庶宥衆尤之積累示全度之弃包爰及微生具膺殊獎致養以樂永懷弗洎之悲移孝則忠敢

怠進思之義臣無任云云

論議

性論

古之善言性者莫如仲尼仲尼聖之粹者也仲尼而下莫如子思子思學仲尼者也其次莫如孟軻孟軻學子思者也仲尼之言載於語子思孟軻之說著于中庸而明于七篇然而世之學者見一聖二賢性善之說終不能一而信之者何也豈非惑于語所謂上智下愚之說與噫以一聖二賢之心而求之則性歸于善而已矣其所謂愚智不移者才也非性也性者五常之謂也才者

愚智昏明之品也欲明其才品則孔子所謂上智與下愚不移之說是也欲明其性則孔子所謂性相近習相遠中庸所謂率性之謂道孟軻所謂人無有不善之說是也夫有性有才之分何也曰性者生之質也五常是也雖上智與下愚均有之矣蓋上智得之之全而下愚得之之微也夫人生之有五常也猶水之趨乎下而木之漸乎上也謂上智者有之而下愚者無之惑矣或曰所謂上智得之之全而下愚得之之微何也曰仲尼所謂生而知之子思所謂自誠而明孟子所謂堯舜先得我心之所同此上智也得之之全者也仲尼所謂困而

學之子思所謂勉強而行之孟子所謂太山之於丘垤
河海之於行潦此下愚也得之之微者也曰然則聖人
謂其不移何也曰謂其才之有小大而識之有昏明也
至小者不可彊而爲大極昏者不可彊而爲明非謂其
性之異也夫性猶水也江河之與畎澮小大雖異而其
趨于下同也性猶木也楩楠之與樗櫟長短雖異而其
漸于上同也智而至于極上愚而至于極下其昏明雖
異然其于惻隱羞惡是非辭遜之端則同矣故曰仲尼
子思孟軻之言有才性之異而荀卿亂之楊雄韓愈惑
乎上智下愚之說混才與性而言之

性命論

天授諸人則曰命人受諸天則曰性性命之理其違且異也故曰保合太和各正性命是聖人必用其道以正天下之命也然命有貴賤乎曰有有壽短乎曰有故賢者貴不賢者賤其貴賤之命正也抑貴無功而賤碩德命其正乎無憾而壽以辜而短其壽短之命正也抑壽偷容而短非死命其正乎故命行則正矣不行則不正是以堯舜四門無凶人而比屋可封此其行貴賤壽短之命于天下也降及文王興而棫樸之詩作則士不僥倖而貴賤之命正矣成王刑措而假樂之詩作則民不

憾死而壽短之命正矣以至仁及草木而天下之命其有不正乎其後幽王有聖人之勢而不稱以德故君子見微而思古小人播惡而思高位詩曰謀之其臧則具是違謀之不臧則具是依夫有德者舉窮不德者舉達則貴賤之命行乎哉抑小人進用而刑罰不當故惡有所容而善斯以戮詩曰此宜無罪女反收之彼宜有罪汝覆說之失是善者殺不善者或生則壽短之命行乎哉此知命非聖人不行也去周之遠又不明情生於性分出於命而有命授分定之說是以漢唐之治亦曰堯舜之治堯舜以君子知命下民知分漢唐之治亦以君

子知命下民知分然曰命與分則同矣其所以知之則異豈概于振古乎振古聖人行于上者也所謂君子知命則侯奉上卿奉官士奉制沒而後止夫然貴賤壽短未始不悉以禮義上下也漢唐則不然其閉陰陽之術熾而運數之惑與讖緯之說侵而報應之訛起其所謂命者非曰性命也則命受分定也所謂行命者非曰聖人也則曰冥有所符默有所主也朝耕漢隴暮踰三國之魏晨藉唐版夕歸五代之梁此不曰不臣不民而曰命受分定者豈不瞽惑與然亦誰階之乎其皆賞罰不當而德眚無歸民厭其勢而一歸于命悲矣

名實論上

事有異同則情有逆順故好惡而毀譽不能已是名生于天下之好惡而成于天下之貴賤時之所好果是也歟時之所惡果非也歟士不顧其傷志害德隨物而上下故棄世之所惡而趨世之所好則天下貴之棄世之所好而趨時之所惡則天下賤之故曰不如鄉人之善者好之而不善者惡之是名生于好惡而好惡之情未嘗辨也是以近義則行何衆惡之足畏也遠義則止何衆好之能順也士有不得乎名則不急乎爲善故名雖高于其鄉而行不信于友立其朝而忠不盡于君是以

不實之弊其所以有者也然得名而行于世則所惡而安故以名爲事者身樂而意放此名出于人之所甚欲而得之不辭也是好名必求勝必用彊好名則諱過而善不進求勝則幸人之不及而徒欲以自見也用彊則過惟恐在己而善惟恐在人若然則爭能忌才之士並處于世而更爲強弱嗟夫求名所以自厚適所以自薄好勝所以自高乃所以自下以身徇物則內輕而外重非自薄與信己不足而求人之必信非自下與如能潔其身則全其內行其志而不求于外天下歸之不爲悅天下去之不爲憾顧天下或違或從蓋無有已又奚毀

譽之可加而得喪之存懷也故士無守名之累者所以得其實然勢不行法不立賢者少而不肖者多紛綸擾攘布處天下強者自其已強而樂其善弱者困于已弱而人樂其有過此人情之至惡因其疑心而有不能以自盡君子于斯其可以不察乎況欲爲治則以得人爲先用人則以名實爲本然名實之弊如此其可以苟取而不慎乎

名實論中

一鄉之人不能辨則可欺以言一國之人不能察則可欺以行天下之士不能知則可以欺以名蓋聽有所不

至則巧言勝俗有所不能則僞行尊道有所不明則虛名立然而巧言雖傳不中理則尚有可辨僞行雖固不中義則尚有可察名不得其實而欲得其僞則雖靡歲月殫思慮有不能盡之者故名亂實而欲求其僞則先王于道未嘗存而不講于政未嘗存而不議也是亦無所茍而已然近世之士矜名而自是好高而不能相下也不知自虛所以有取自下所以有得故道失而無求政荒而無問自知不審而志欲求問于人如販夫之售貨耕人之待穫其役物而失信要時而喪巳有待于外也如此是可悲矣古者明于自得而無所蔽故常反身

而觀其實其能可以爲卑方其居卑則勞而不怨有志
可以用大方其用大則安而不矜故居卑者不愧勞用
大者不易事遠近相維本末相應而天下之治畢舉是
蓋名不浮實則實不可以妄加多不可以妄損故名徹
于朝廷公卿大夫之間而士不遺于窮邦陋壤之遠得
之無疑用之必稱其名非有以欺世也及至誠之道亡
而天下苟于從事上無以得下之情下無以應上之實
名愈高則其詭譎愈多行愈隆則其養僞文飾愈甚進
退不以誠相懷利害不以情相收求欲之心多而及物
之志寡故其任重則顛覆任輕則怨誹是四方之士其

意莫不以天下自任之爲患也奈何隨而用之則有喪
而無得彼皆欲爲其大則將就一二爲之小則天下功
簿而不修業廢而不補蓋好名之士衆而去取之計昏
雖有可用之士莫得而見疑名足以亂實也好高而不
適于用雖有所取而恥事其巳能而務爲其所不至遂
亦喪其所長而效不立此其甚弊也然而才有餘而治
其寡則事舉而功倍才無餘而專其多則智寡而易敗
此好名無實必至之勢也合工技力役猶所不奪也以
伎從利雖不售則亦不怨易業而相爲事惜其業之不
專而忘其勢之必取也故函人不以治弓矢陶人不以

治輪輿巧有所偏智有所盡不以其所不習自名而欺世取名也以力事人者雖不用終不以其所不能而求役于人自信其能而有待也故善于御車者不善操舟習于用陸者不習于用川其致力各得其至而所趨相反所效不同也故名實不亂不如工伎力役然世之好名舉欲兼天下之能盡天下之務意欲與聖人並遊于世而爭相先後故天下恃名而不恃實求勝而不求義傲侮當世而無所憚尊隆自許而無所愧然而天下從之而公論滅矣是以軒冕爵禄不及善士而天下無以勸矯僞澆浮之風起而不可禦其爲惑天下也有甚于

此乎

名實論下

自古深患莫大于不智而輕與次之不智則天下用巧直道隱而至淪廢矣輕與則天下苟于妄合而幸於偶遇其俗浮而其行偷也是天下不明而名也亂實惟至智則不以理惑兼衆人之所不能明盡衆人之所不能察觀所舉則知所志審所守則知所用天下至隱之情無所施于上如此則何名之可加而何實之可誣然而智有所強而不能盡于物則其可取者益疏其可棄者益密是故僞起于動止之間而莫之察奸出于俯仰之

近而莫之辨至使貪者託名以肆欲夸者託名以擅權辨者託名以行説暴者託名以殘物實不足而名有餘則其爲患也如此事有不容于天下則大無過于盜國小無賤于盜貨然盜國之雄盜貨之强數旅之師可掩而獲匹夫有勇則擒而戮至于盜名之士則雖有萬乘之尊百里之封上不敢與爲君師不敢與爲友貴無敢驕而禮無敢亢悻悻然嘗恐天下以失士而議已也故盜名之士無王公之尊命令之重而屈人之勢移人之俗蓋嘗爲奇言異行以爲高世特立之人以驚駭愚俗之耳目是以合徒成羣而天下俗尚責其效則官學不

足以成業從政不足以經世然公卿大夫無以窺其非
而國人士民無以措其議名出于人上而有以伏其心
故也蓋求名有獲則利亦隨至故志于祿則僞辭以養
安志于進則僞退以要寵世之人不知求其心而徒得
其跡則天下稱之而不衰彌久而彌盛使好名之俗成
而比周黨起安坐而觀則莫知其志之所在雖能摧衆
口之辨屈百家之知奚足以勝其衆破其僞故名者天
下之至公而用之以至私僞者天下之至惡而處之以
至美故上失于所任下失于所望自古亂國者無他因
名以得人則治因名以失人則亂故不智而且輕與則

名實相疑而不明則有以養天下之大患然則無實之
譽其可使獨推于世而居物之先哉

荀卿論上

楊墨之道未嘗不稱堯舜也未嘗皆不合于堯舜也然
而孟子之所以疾之若是其至者蓋其言出入于道而
已矣荀卿之書備仁義忠信之道具禮樂刑政之紀上
祖堯舜下法周孔豈不美哉然後世之名遂配孟子則
非所宜矣夫堯舜周孔之道亦孟子之道也孟子之道
亦堯舜周孔之道也荀卿能知堯舜周孔之道而乃以
孟子雜于楊朱墨翟之間則何知彼而愚于此乎昔墨

子之徒亦譽堯舜而非桀紂豈不至當哉然禮樂者堯舜之所尚也乃欲非而棄之然則徒能尊其空名爾烏能知其所以堯舜乎荀卿之尊堯舜周孔亦誠知所尊矣然孟子者堯舜周孔之徒也乃以雜於楊朱墨翟而幷非之是豈異于譽堯舜而非禮樂者耶昔者聖賢之著書也將以昭道德于天下而揭教化于後世爾豈可以託尊聖賢之空名而信其邪謬之說哉今有人于此殺其兄弟戮其子弟而能盡人子之道以事其父母則是豈得不爲罪人耶荀卿之尊堯舜周孔而非孟子則亦近乎此矣昔告子以爲性猶杞柳也義猶桮棬也孟

子曰率天下之人而禍仁義者必子之言夫夫杞柳之爲桮棬是戕其性而後可以爲也蓋孟子以謂人之爲仁義非戕其性而後可爲故以告子之言爲禍仁義矣荀卿以爲人之性惡則豈非所謂禍仁義者哉顧孟子之生不在荀卿之後焉爾使孟子出其後則辭而闢之矣

雜著

夫子賢於堯舜說

孟子曰可欲之謂善有諸己之謂信充實之謂美充實而有光輝之謂大大而化之之謂聖聖而不可知之謂

神聖之爲稱德之極神之爲名道之至故凡古之謂聖人者於道德無所不盡也於道德無所不盡則若明之於日月尊之於上帝莫之或加矣易曰大人者與天地合其德與日月合其明與四時合其序與鬼神合其吉凶此之謂也由此觀之則自傳記以來凡所謂聖人者宜無以相尚而其所知宜同宰我曰以予觀於夫子賢於堯舜案此下有闕

國風解

周南召南者文王之詩曰言文王之化被民深則詩人歌者其志遠以見聖人之風而屬之周公故爲周南也

言文王之教化人淺則詩人歌者其志近以見賢人之風而屬之召公故爲召南也然其詩則文王其事則后妃夫人不言美而甘棠美召伯江有汜美媵何彼襛矣美王姬而皆言美者蓋召伯也媵也王姬也各主於一人而美之也若后妃夫人則皆文王教化之所致其美不足以爲言也故先以周南而召南次之也邶鄘衛皆衛詩三國本商紂之地而武王伐紂裂其地以封紂子武庚並管蔡者及其叛而周公誅之乃以餘民封康叔而後之刺美其君者三國之人咸有所賦是以分邶鄘衛焉故邶鄘之詩序必曰衛者以別其衛詩爾至於衛

則無所言衛矣有凱風定之方中干旄淇澳木瓜以美
文公桓公武公而凱風木瓜雖非其君然國之淫風流
行而有盡孝道以慰其母心之子國爲狄人所滅而有
救而封之之齊桓公則所以美之者其君亦與焉故次
召南也王者周也自平王東遷其後政不足以及天下
而止於一國於是爲風而不雅矣不言周者蓋平桓莊
王德之不脩政之不講非周之罪也故次衛也鄭有緇
衣武公之美而次於王後者蓋王之皆刺而不能加於
多美之諸侯者天下之公義也若諸侯之少美矣雖王
之皆刺而不足以勝之豈非君與臣善惡不相遠則君

得以先其臣而理所可也故次王也齊皆刺也然有木瓜美桓公繫於衛詩之末故次鄭也魏皆刺也而無所主名言爲魏之君者皆甚惡爾夫序詩者豈以一端而已皆美而無所主名則先之好其善之盛也周南是也皆刺而無所主名則先之醜其惡之極也魏是也故次齊也唐本晉詩而美武公者無衣也然武公始幷晉國而大夫爲之請命于天子之使而作是詩也夫不請命于天子雖云美而君子所不與猶若武公無美焉爾或曰魯之有頌亦請命于周乃列於周商之閒而於此詘晉何也曰魯請於天子而史克作頌與夫請天子之使

而爲之者異矣弟賢于無美者也故次魏也秦之車鄰美秦仲駟鐵小戎美襄公雖賢於唐然本西垂秦仲始大至於襄公方列於諸侯故次唐也陳皆刺也而所刺主於幽公僖公之徒言其餘君或不至於是然刺詩多矣故次秦也檜皆刺也而無所主名猶魏也故次陳也曹皆刺也然所刺止於昭公共公猶陳也故次檜也豳七月周公攝政之詩也所美見於東山破斧伐柯九罭狼跋也其七月陳王業鴟鴞以遺王者皆公所自爲故不言美也然名之以雅則公非王也次之以周南則公非諸侯因其陳王業先公之所由乃以屬於豳也不屬

於周者周王國也周公何所繫焉所以居小雅之前而處變風之後故次豳也或曰國風之次學士大夫辨之多矣然世儒猶以爲惑今子獨刺美序之何也曰昔者聖人之於詩既取其合於禮義之言以爲經又以序天子諸侯之善惡而垂萬世之法其視天子諸侯位雖有殊語其善惡則同而已矣故余言之甚詳而十有五國之序不無微意也嗚呼惟其序善惡以示萬世不以尊卑小大之爲後先而取禮之言以爲經此所以亂臣賊子知懼而天下勸焉

論舍人院條制

準月日中書劄子奉聖旨指揮今後舍人院不得申請除改文字者竊以爲舍人者陛下近臣以典掌誥命爲職司所當參審若詞頭所批事情不盡而不得申請則是舍人不復行其職事而事無可否聽執政所爲自非執政大臣欲傾側而爲私則立法不當如此前日具論冀蒙陛下審察而至今未奉指揮臣等不知陛下以今月八日指揮爲是而不改乎將不必以爲是而特以出於執政大臣之所建而不改乎將陛下視臣等所奏未嘗可否而執政大臣自持其議而不肯改乎以爲是而不改則臣等考尋載籍以來未有欲治之世而設法蔽

塞近臣論議之端如此者也不必爲是而特以出於執政大臣所建而不改是則陛下不復考問義理之是非一切苟順執政大臣所爲而已也若陛下視臣等所奏未嘗有所可否而執政大臣自持其議而不肯改則是政已不自人主出而天下之公議廢矣此所以臣等惓惓之義不能自已者臣等竊觀陛下自近歲已來舉天下之事屬之七八大臣天下之初亦翕然幸其所能爲救一切之弊然而方今大臣之弱者則不敢爲陛下守法以忤諫官御史而專爲持祿保位之謀大臣之彊者則挾聖旨造法令恣改所欲不擇義之是非而諫官御

史亦無敢忤其意者陛下方且深拱淵默兩聽其所爲而無所問安有朝廷如此而能曠日持久而無亂者乎自古亂之所生不必君臣爲大惡但無至誠惻怛求治之心擇利害不審辨是非不早以小失爲無傷而不改以小善爲無補而不爲以阿諛順已爲悅而其說用以直諒逆已爲諱而其言廢積事之不當而失人心者衆矣乃所以爲亂也陛下以臣等所言爲是則宜以至誠惻怛欲治念亂之心考覈大臣改修政事則今月八日指揮爲不當先改矣若以臣等所言爲非則臣等狂瞽不知治體而誣謗朝廷政事當明加貶斥以懲妄言之

罪則別選才能通達之士以補從官臣等受陛下寵祿典領朝廷職事不得其守則義不得不言而朝廷以爲非也則義不敢辭貶斥伏乞詳酌早賜指揮

祭先聖祝文

惟王之道內則妙萬物而外則師王者爲緒餘於一時而鼓舞於萬世學者範圍於覆幬之中而不足以酧高厚之德今與諸生釋奠而不後者茲學校之儀而與其所以愛禮之意也

祭先師祝文

外物不足以動心而樂者可謂知性矣然後用舍之際

始可以語命而三千之徒聖人獨以公預此所以學校有釋菜之事而以公配享焉

書

上蔣侍郎書

某嘗讀易見晉之初六曰晉如摧如正吉罔孚裕無咎此謂離明在上已往應之然處卦之初道未章著上雖明照而未之信故摧如不進寬裕以待其時也又比之上六曰比之無首凶此謂九五居中爲上下之主衆皆親比而已獨後期時過道窮則人所不與也斯則聖人賾必然之理寓卦象以示人事欲人進退以時不爲妄

動時未可而進謂之躁躁則事不審而上必疑時可進
而不進謂之緩緩則事不及而上必違誠如是是上之
人非無待下之意由乎在下者動之不以時干之不以
道不得中行而然耳夫讀聖人之書師聖人之道約而
爲事業奮而爲文辭而又習中所蘊異乎世俗之所尚
凡聞當世賢公卿大夫之名則必蘄一見以卜特達之
知庶乎道有所聞而志有所展其于進退之理可以不
觀時乎故自執事下車受署于茲數月士之藉于郡者
皆獲見於左右然某獨以區區之質保在逆旅適當宇
下屏息退處終未能伏謁麾棨豈無意乎蓋以聲迹沈

下最處疏賤舊未爲執事之知加公庭兼視之初賓游接武之際雖神明之政尚或未周某當是之時苟一而進則才之與否竊慮未察故晉之義有摧如之退也今執事聰明視聽悉已周洽風俗之美惡士流之能否皆得而知之矣況復側聆執事屢以羈齒掛於餘論某當此之時苟不自進是在比之義有後失之凶也故竊自蹈於二卦之象當可進之時得其中而行之則或幾于聖人之訓矣恭維執事稟天正氣爲朝名臣以文雅蹇諤簡在上意是以出入臺閣踐履中外朝廷百執事天下之人孰不憚執事之威名服執事之德望謂師尹庶

士坯治羣品天子用之期於匪久雖某居喪之制越在草土厭冠苞屨不入公門苟候外除然後請于左右儵然朝廷走一封之傳升執事於嚴近與諸公對掌機政召和氣於天下則必廉隅之上體貌之殊絕廊廟之間貴賤之不接某於是時願拜風采則無因而至前矣今所以道可進之時不以喪禮自忌直詣鈐下期一拜伏者誠以斯時之難得會也執事必以某進得其時於道無所戾賜之坐次察其言行若乃時政之得失國家之大體雖不能盡識其所底至於前古之盛鑒聖賢之大意亦少見其素蘊焉而某受知于執事豈止於茲乎冀

異時執事陶鎔之下庶或裨於均政之萬一言質意直

干浼英聽無任惶越之至

上龔舍人書

閏八月七日具位王某謹白書于安撫諫院舍人某讀

孟子至於不見諸侯然後知士雖阨窮貧賤而道不少

屈於當世其自信之篤自待之重也如此是皆出處之

義上下之合不可苟也爲人上者而不以是不足與有

爲爲人下者而不以是雖有材不足以有爲其進幾於

禍矣在上不驕在下不諂此進退之中道也某嘗守此

言退而甘自處於爲賤夜思晝學以待當世之求而未

嘗懷一刺吐一言以干公卿大夫之間至於今十年矣已而思之方孟子之時天下紛亂諸侯皆欲自以爲王強攻弱大并小戰伐侵入無歲無之此乃存亡得失之秋所謂得士則興失士則亡之時也故下得以自重而上不可以不求焉方今席弈世之基業治雖未及三代兩漢然亦可以謂之亡事矣其選才取士外則賢良進士諸科之舉內則公卿提轉郡守之薦然皆士自媒紹其所長以干於當世然後得充其選未嘗聞公卿大夫能自察其賢而薦之者則士之包羞冒恥栖栖屑屑伺人之顏色徇時之好尚以謀進退者世未嘗爲辱也又

豈知論出處進退之義者哉今公卿大夫之取士無問賢否而媚於己者好之今士之進退不以義而惟務苟合而已吁可悲也方公卿大夫據高明之勢外以富貴自尊內以智能自負必不欲求於人欲人之求己士不欲求於人如此則上下之合無時可得矣某是以翻然改曰苟一往公卿大夫之門與之議論察其爲人可與言則進不可與言則退於道宜未爲屈也由是頗欲虛遊於當世公卿大夫之間以觀可否而去就之方自竄於窮遠僻陋之地其勢不得以往也比聞天子念東南之民困於昏墊輟侍從之臣親至其地以勞徠安集之

某私切自喜以其所謂當世之公卿大夫將得而見之矣既而問某者果誰邪又有以閣下名告之者而因含笑大喜曰以閣下之勢方用於朝廷以閣下之賢嘗聞於天下則某不待接其議論察其爲人而後知其可以說干之也竊閣下官曰諫諍出宣霈澤當思所以副朝廷待之之意則天下之利害生民之疾苦未宜忽之而不以夙夜疚懷也儻有意於此則非士君子不可與論焉然則某之言可冀其合矣輒冒尊嚴以進其說閣下其擇焉某再拜

再上龔舍人書

閏八月九日具位王某再白書于安撫舍人閣下某前日輒以狂瞽之言有聞於下吏伏蒙閣下不閉踈賤借之以顔色接之以從容使極論而詳說之是其可以吐胷中之有發露于左右之時也然辭有所未盡意有所未竭蓋將有以何哉前日所與某言者不過欲計校倉廩誘民出粟以紓百姓一時之乏耳某之所欲言者非此之謂也願畢其說閤下其擇焉某嘗聞善爲天下計者必建長久之策與大來之功當世之人涵濡盛德非謂苟且一時之利以邀淺鮮之功而已夫水旱者天時之常有也倉廩財用者國家常不足也以不足之用以

禦常有之水旱未見其能濟焉甚非治國養民之術也某不敢遠引古昔止於近者十餘年間耳目之所經者論之頃自慶歷八年河北山東饑皇祐二年三年兩浙淮南饑三年四年江南饑嘉祐五年兩浙饑四年福建饑今年淮南兩浙又饑其川廣夔陝京西河東則某聞見所不及不可得而言也某竊計之歷年一紀而歲之空匱民至流亡殍死居其太半卒未聞朝廷有救之之術豈非政失於苟且而不建長久之策者哉伏自慶歷以來南北饑饉相繼朝廷大臣中外智謀之士莫不惻然不忍民之流亡殍死思所以存活之其術不過發常

平斂富民爲饘粥之養出糟糠之餘以有限之食給無數之民某原其活者百未有一而死者白骨已被野矣此有惠人之名而無救患之實者也某竊謂百姓所以養國家也未聞以國家養百姓者也記曰君者所養非養人者也有子曰百姓不足君孰與足此之謂也昔者梁惠王嘗移粟以救饑饉孟子論而非之所謂徒善不足以爲政徒法不能以自行若夫治不由先王之道者是徒善徒法也且五帝三王之世可謂極盛最隆亦不能使五穀常登而水旱不至然而無凍餒之民者何哉上有善政而下有儲蓄之備也某歷觀古者以還治日

常少而亂日多今宋興百有餘年民不知有兵革四境之遠者至萬餘里其閒可桑之野民盡居之可謂至大至庶矣此誠曠世不可逢之嘉會而賢者有爲之時也今朝廷公卿大夫不以此時講求治具思所以富民化俗之道以興起太平而一切惟務苟且見患而後慮見災而後救此傳所謂轂既破碎乃大其輻事已敗矣乃重太息其云益乎某於閣下無一日之好論其相知固已疏矣然自閣下之來以說干閣下再矣某固非苟有覬於閣下者也某嘗謂大丈夫有學術才謀者常患時之不遭也既遭其時患言之不用也今閣下勢在朝廷

不可謂時不遭矣居可言之地不可謂言不用矣惟閣下未爲之爾某故感激而屢干於左右者以此閣下其亮之某再拜

與沈道原書一

某啓知在長蘆營造功德無緣一造豈勝鄉往見黄吉父説四姐甚瘦悴恐久蔬食而然切需斟量勿使成疾一切如夢不須深以概懷但精心祈嚮亦不必常斷肉也每欲與七弟到長蘆相要會聚數日然頭眴多痰動輒復劇是以未果稍寒自愛念二謝書思憶不可言也某啓上

與沈道原書二

某啓承眷恤重以慼慰衰莫眩昏幸而獲愈然槁骸殘息待盡朝夕頓伏牀枕無足言者十四念二並煩存問感愧四妹且時時肉食恐夕而成疾也相去雖近無緣會晤艮食自愛疲倦書不及悉某啓上

與沈道原書三

某啓比承誨問豈勝慼慰腫瘍雖未潰度易治不煩念恤推官到此深喜闔門吉慶疲困不宣悉冀倍自愛某啓上

與耿天騭書一

某啓比得誨示以無便不即馳報然鄉往何可勝言也歲月如流日就衰薾今夏復感眩瞀如去秋偶復不死然幾如是而能復久存乎旁婦已別許人亦未有可求昏處此事一切不復關懷陶淵明所謂身如逆旅舍我爲當去客於未去間凡事緣督應之而已藿香散並方附去或別要應病藥不惜諭及臺上草木茂密芙蕖極盛未知何時可復晤語千萬自愛

與耿天隲書二

某啓承誨示勤勤並致美梨極荷不忘純甫事失於不忍小忿又未嘗與人謀故至此事已無可奈何徒能爲

之憂煎耳旁每荷念恤然此須渠肯乃可以謀一切委之命不能復計校也藥封上未審營從何時能如約見過日以企竚稍涼自愛貴眷各吉慶不宣某啓上

與郭祥正太博書

某啓近承屈顧殊不得從容奉顔色遽此爲别豈勝區區愧恨乍遠千萬自愛承行李朝夕當復來此諸須面訴乃悉許詩不惜多以藁副見借爲幸

與郭祥正太博書

某頓首比承手筆尤劇欣慰時序感心不能自釋咫尺無由奉見嚮往尤深蒙許寄詩幸甚尚此留連不惜數

賜教也冬寒自愛舍弟近出歲盡乃歸承書所以不得報也

與孟逸祕校書

某頓首仲休兄足下辱手筆感慰跋涉溪山之遠亦勞矣然足以慰二（播芳大全文粹作嚴）邑元元之望惟寬中自愛也人求還急修答不謹幸見亮有不逮見教

與林宰書

數日得奉談笑殊自慰懷渴仰殊深伏惟動止萬福鵬已領得感怍當有元給之直幸示下不然則魯自是不贖人矣按田艮苦惟寬中自愛

與呂參政書

承累幅勤勤爲禮過當非敢望于故人也不敢眡此以爲報禮想蒙恕察承已祥除伏維尚有餘慕知有所諭者恨未見之雖賴恩愛得優游疾憊棄日茫然未獲奉弃惟冀愛重

再答呂吉甫書

承誨示勤勤豈勝感愧聞有太原新除不知果成行否想遂治裝而西也示及法觀文字輒留玩讀研究義味也觀身與世如泡夢幻若不以洗心而沈於諸妄不亦悲乎相見無期惟刮磨世習共進此道則雖隔闊常若

交臂雖衰薾瞢耗敢不勉此猶冀未死閒或得晤語以究所懷未爾艮食爲時自愛令弟想各安裕必同時西上也惠及海物愧荷不忘村落無物將意粟二籠馳獻某今年雖無大病然年彌高矣衰亦滋極稍似勞動便不支持向著字說粗已成就恨未得致左右觀古人意多寓妙道於此所惜許慎所傳止此又有僞謬故于思索難盡耳

答田仲通書

某再拜仲通兄足下鄉時在京師欲走陽翟見顏色以事卒不果至今悔恨非復可自解釋自得從足下游私

心未嘗一日忘爵窮不幸不得常從以進道藝其恨豈有忘時哉而足下于交游中亦最見愛云云

答杭州張龍圖書

某啓阻闊歲久豈勝鄉往承誨示乃知輿衛近在京口動止多福重增企仰無緣會晤惟冀爲時倍自壽重衰疾書不宣悉某啓上知府龍圖

答王深甫書

某啓僶俛從事不能無勞略嘗奉書想已得達承手筆知與十二娘子侍奉萬福欣慰可知所示異論具曉然道德性命其宗一也道有君子有小人德有吉有凶則

命有逆有順性有善有惡固其理也又何足以疑伊尹曰茲乃不義習與性成去善就惡謂之性亡不可謂之性成則伊尹之言何謂也召公曰惟不敬厥德乃早墜厥命所謂命凶也命凶者固自取猶謂之命若小人自取或幸而免不可謂之命則召公之言何謂也夫古之人以爲無君子道爲無道無吉德爲無德則去善就惡謂之性亡亦不可也雖然可以謂之無道不可謂道無小人可以謂之無德不可以謂之德無凶可以謂之性亡不可以謂之性無善孔子曰性相近也習相遠也此言相近之性以習而相遠則習不可以不慎非謂天下

之性皆相近而已也孔子見南子爲有禮則孔子何不告子路曰是禮也而曰天厭之乎孟子曰男女授受不親禮也嫂溺則援之以手者權也若有禮而無權則何以爲孔子天下之理固不可以一言盡君子有時而用禮故孟子不見諸侯有時而用權故孔子見南子也孔子與蒲人盟而適衛者將以行法也不如是則要盟者得志矣且有制於人而不得行則聖人之無所奈何孔子適衛非蒲人之所能制則孔子何爲而不適衛適衛然後足以明義此孔子所以適衛也凡此皆略爲深甫道之以深甫之明何難於答是而千里以書見及此固

深甫之好問嗜學之無已也久廢筆墨言不逮意幸察知罷官遂見過幸甚然某疲病恐不能久堪州事不知還得相見於此否向秋自愛

啓

賀杭州蔣密學啓

右某白近者伏審拜命徽章陞榮北省伏維慶慰竊以上大夫爲內諫漢擢忠良府學士統要藩唐稱優顯逮宋兼任非賢不居恭惟（二字據播芳大全文粹增）某官天與粹温岳儲靈哲夙抱經濟游天子之彤庭首見推明爲士林之高選斷直躬以自處伏大節而不回名動一朝官歷兩

省望之補外理固非宜陽城拜官賀者甚衆上方圖任夕有召書某展慶未遑抃心竊倍顧言塵冗將幸坯陶依戴所深翰墨難致

賀太守正啓

獻歲發春自天降祉方竦瞻於治所阻交致於壽觴伏以某官德履端方才猷敏妙久鎮臨於邊劇巳茂著於勞能諒因正始之辰倍享宜新之祐某省承榮翰第切感悰方履餘寒冀加珍護

回皇親謝及第啓

伏審校藝中程霈恩移鎮凡兹有識皆謂至榮今國家

興學校以養育天下之材而材猶未能有成革科舉以新美天下之士而士或未盡去故況於以公子之樂善而能先儒者以試經黨非出常之才孰能出類如此伏維某官世縣瓜瓞才韡棣華不以富貴而自驕矜而爲貧賤之所求取決科異等有光漢族之文章進秩重藩益壯周家之屏翰非特爲榮於室室蓋將有激於士風某限列諫垣莫趍宮屏未能馳謝乃枉賜言惟荷眷之至深非多辭之可喻

回賀生日啓

閤史記時永念劬勞之報牙兵傳教乃蒙慰賜之加仰

荷眷憐豈勝感惻伏維判府留守太尉望隆國棟聲冠時髦如畎畝之餘生乃門闌之舊物尚負品題之賜每愧愚憧敢圖恩紀之施未遺幽遠仰承嘉惠增激懦衷

序

送丘秀才序

古之人以婚姻爲兢兢合異德以復萬世之故春秋世此禮始寖廢不親迎者吾聞之矣先配而後祖者吾聞之矣時其遂不復振人皆直情而徑行烏識所謂兢兢者乎至隋文中子喟然傷之曰昏禮廢天下無家道矣始采周公孔子之舊續而存之賈瓊者乃曰今皆云焉

用續夫瓊何人也世世之所謂賢人也親炙子之教也賢而親炙子之教然且云爾其不在於程仇董薛之列也宜今世之讀中說者皆知瓊之言非是然而不爲瓊之所爲者亦未矣夫人萬一有喜事者追古之昏禮而行之世必指目以怪迂之名被之矣若之何其肯拂所習而從之也於戲古既往後世不可期安得法度士與之奮不顧世獨行古之所行也南丘子學於金陵以親之命歸逆婦吾望其能然以是諗之